MIURA AYAKO LITERATURE MUSEUM
三浦綾子記念文学館

手から手へ～三浦綾子記念文学館復刊シリーズ⑦

雨はあした晴れるだろう

三浦綾子

雨はあした晴れるだろう　もくじ

カバーデザイン　齋藤玄輔

雨はあした晴れるだろう

雨はあした晴れるだろう

世界一の悲劇

六月三十日

学校の帰り、山野《やまの》先生といっしょになる。

「高校三年ってつまらん時だろう？　みんなの話は大学の受験や就職のことばかりで」

そんなことを先生はおっしゃった。

「少なくとも高校の先生の毎日よりは、生徒であるわたしたちのほうが楽しいんじゃないかしら」

というと、

「うん、まあ、そう言われればそうだ」

と先生は笑っていらっしゃった。

わたしたちの未来に何が待っているのか、そう思うことの楽しさ。

何があったっていい。わたしはわたしの人生に真っ正面から素手でぶつかるのだ。

「傷痍《しょうい》なき人生は恥」

ということばを義兄《あに》に教えてもらった。いいことばだ。一度も傷ついたことのない人生なんて、わたしもごめんだ。

夜、義兄がわたしのへやに本を借りにきた。パラパラと本のページをめくる義兄の端正な横顔から、わたしは視線をそらすことができなかった。

ああ、世界でいちばん好きな人が、わたしの姉の夫だなんて……。

だめ、だめ、だめ。これ以上何も書いてはいけない。わたしは義兄にだけは正面からぶつかることはできないのだ。

「おにいさん。わたしはあなたのものになりたい」

もしも、そういったなら、いったいどういうことになるのだろう。傷つくのはわたしひとりではすまされない。

夜、雨が降っていた……。

七月十二日

義兄と姉が映画に行った。

「サッちゃんも行きましょう」

と姉が誘ってくれたが、勉強があるといってことわった。

「サッちゃん、もう少しおにいさんになついてよ」

姉は、そっと、わたしの耳にささやいて映画に行った。

ああ、かわいいおねえさん。おねえさんは疑うということを知らないのだ。わたしの心の中を知ったなら、きっとおねえさんは気絶するだろう。だれにも、知らせたくない大きなヒミツ。

おねえさんたちの車をじっと見送っていたのを、ふたりは知らない。

ひとりで勉強をしていると、直彦《なおひこ》君から電話がきた。

「サチコ。君は何をしてる?」

「あのね、今、世界一の大悲劇を書いてるのよ」

「世界一の大悲劇?　はははは」

直彦のやつ、ゲラゲラ笑っている。

「君って相変わらず楽しいやつだなあ。その悲劇を拝読に、これから行ってもいいかい」

だって。

「そうね。今、姉も義兄もいないのよ。あき巣ねらいでもいいの?」

直彦君はスクーターで飛んできた。わたしと直彦君はすごい仲よしだと人は思っている。

いや直彦君だってそう思っているのだ。

「傑作を読ませてくれよ」

直彦君の表情が少しかたくなっている。ふたりっきりだということを、意識している表情だ。

「書かれざる傑作よ。そんな小説できるわけないわよ」

わたしが笑った。

「そうだろうと思ったよ。サチコみたいな陽気な人間に、悲劇なんて書けるはずがないよ」

直彦君よ、陽気なピエロって悲しいものなのよ。でも、いいの。これはわたしの秘密だから。

「サチコ。ぼくね。なんだか変な夢をみるんだ」

直彦君がいった。

「ふーん。どんなユメ?」

「サチコがときどき夢の中に現れるんだけど、たいてい寂しい顔をしているんだ」

ギョッ。それはまさゆめよ。

「あら、直彦君、それは願望かもしれないわ。もっと寂しい女の子が好きなんじゃない?優子さんのような……」

そういうと、直彦君がおこったように、わたしをにらんだ。まるい澄んだ目だ。美しいと思うけれど、義兄のように深々と何かをたたえているような目ではない。直彦君のような年齢の男性は、わたしには異性としてなんの魅力もない。

「サチコ」

直彦君がかすれたような声でいった。

「ぼくね、サチコといつまで仲よしでいられるかと思うと不安なんだ」

「あら、いつまでも仲よしのお友だちでいられるわ。あなたさえよかったら……おじいさん、おばあさんになるまでもね」

「お友だち?」

直彦君がきき返した。

「そうよ。なぜ?」

「ぼくは……君と友人で終わるつもりはないんだ」

わかってるよ、直彦君。

「でも、この世でいちばん美しい関係って友情だと思うの」

「いやだ。サチコとは友だちではいやなんだ」

だだっ子のように直彦君はいった。

「じゃ、きょうだいの盃《さかずき》を酌《く》みかわす?」

わたしはおどけた。ごめんね。わかっているのに。

「サチコ。君はわかっていてくれると思っていたんだ。サチコはぼくをどう思っているの」

直彦君はまじめな口調でいった。

「好きよ。親友よ。でも、それ以上ではないわ」

そういってから、

「ただし、今のところはね」

と、わたしはあわててつけ加えた。直彦君の心を傷つけることはできなかった。

直彦君はやや安心したように帰っていった。風の吹いている町をスクーターに乗って。うそつきのサチコ。どうして、直彦君に希望を持たすようなことをいってしまったのだろう。

映画から帰った姉たちを出迎えずに、ふとんの中にもぐりこんでいた。楽しそうなふたりを迎えることはわたしにはできない。

だれよりもあの人に！

七月二十五日

きょうから夏休みだ。遠軽《えんがる》の父や母のところへ帰りたいと思ったが、アルバイトをするからという名目で旭川《あさひかわ》にいることにする。父はまた一年もすると帯広《おびひろ》のほうに転勤するらしい。

七月二十七日

遠軽の母から手紙がきた。父がことしの秋にまた、転勤になると思うから、夏休みには帰ってくるようにという。あの町に三年、この町に二年と、おちつきなく転任して歩く税務署づとめも楽ではない。ことしの夏はゆっくり母のそばで本でも読もうかとも思った。

でも、わたしにはわかっている。義兄のそばをはなれては、本一冊おちついて読むことはできないということを。だからことしも帰ることはやめよう。一週間ぐらい（ああ、なんという長さだろう）は母の顔を見に行ってあげることにして。

かわいそうなおとうさん、おかあさん、子どもの成長を楽しみにしているのに。子どもというものは成長すると、父や母よりもっと大事な人ができるのです。四六時ちゅう親を思っている娘はいないが、四六時ちゅう、恋しい人のことを思う娘は世にあふれています。

おとうさん、おかあさん、ごめんなさいね。

ああ、今夜はなんと散文的なんだろう。風さえも吹いてはいない。

七月二十九日

きょう、平和通りでバッタリ留美《るみ》ちゃんに会った。小さな男の子の手をひいていた。弟さんかと思ったら、

「ママ、ママ」

と呼ぶのにびっくり。

「あら、留美ちゃんの子どもさん?」

というと、

「そんな大きな声を出さないでよ。中学をでてすぐに結婚したんだもの。この子、一歳六か月なのよ、恥ずかしいわ」

と口ではいうが、そう恥ずかしそうでもない。

「サチコさんたちはまだ学校で勉強しているっていうのにねえ。わたし、恥ずかしいわ」

留美ちゃんはそういっていた。

何が恥ずかしいことがあるだろう。勉強なんて学校だけでするものじゃない。留美ちゃんは家政科の女子大生だと思っていればいいのよ。妊娠、育児、家計のやりくり、人間関係と、いろいろたいへんなことだなと思う。

「君たち高校生は恋愛なんて早すぎる」

この間、松野江《まつのえ》先生がいっていた。しかし、高校生のわたしと同じ年の留美ちゃんは、すでにひとりの子どもの母なのだ。わたしだって結婚していても別段おかしい年齢ではないのだ。先生たちは制服を着ている生徒を見て、子どもだと錯覚しているだけなのだ。全校生徒が制服を脱いで、ちょっと髪型を変えて、おしろいをつけて、和服でも着て登校する日を一年に一日でもつくるといい。先生たちはあらためて、制服の下の、なまなましい女を感じて、考え直すにちがいない。

わたしの母が結婚したのは数え年十八だ。そして十九で姉を生んだ。

その十八という魅惑的な年が、このわたしの年なのだ。

七月三十一日

直彦君に誘われて嵐山《あらしやま》に遊びに行った。いくとき、

「ふたりだけで行くの?」

というと、ふっとあかくなって、

「だれか連れていってもいいけれど」

といった。嵐山には人ひとり来ていなかった。

みんな海や川へ行ってしまったのだろうか。嵐山からながめた旭川は美しい。広い上川《かみかわ》盆地《ぼんち》の野のかなたから流れてくる牛朱別川《うしゅべつがわ》と石狩川《いしかりがわ》が一つになって目の下をゆったりと流れていく。さらにその川下で美瑛川《びえいがわ》と忠別川《ちゅうべつがわ》をのみこんだ石狩川が川幅ひろくゆうゆうと流れていくのがよく見える。

晴れた空の下に大雪山《だいせつざん》がそびえ、つづいて右手に十勝岳《とかちだけ》がびょうぶのように並んでいる。

「いつきても美しいながめね」

直彦は何を考えているのか、ひどくぼんやりと、

「うん」

と答えた。

夏の日にぎらぎらと輝く川、川と川にはさまれた旭川の街。どこかでせみが鳴いていた。

「直彦君、わたし、夏休みになったら一週間ほど遠軽に行ってくるわ」

そういうと直彦君が、

「サチコ、君は高校生の恋愛をどう思う？」

と、つきつめたようなまなざしでいった。

「どうって？」

いいたいことはわかっている。高校生の恋愛じゃなくて、直彦君とわたしのことを話したいのだ。

「ぼくは、サチコを見ていると、高校生の恋愛を罪悪視しているように思われてならないんだ」

「あら、どうして？」

「だって、君はぼくとふたりっきりでいても、意識して、友人の関係をくずすまいとしているだろう？」

そのとおりよ、直彦君。

「だれに遠慮をしているの？　一度だって握手をしてくれたこともない」

そうよ、直彦君。わたしはね、このわたしの手を、だれよりもいちばん先に、あの人に握ってほしいの。あの人の握ってくれる前には、だれとも握手はしたくないの。

これが、少女の潔癖というのね。いつまで持ちつづけられる潔癖かわからないけれど、女の一生の中に、そんな潔癖な、愛らしい時があってもいいと思うの。

「わたしはね、結婚すると決まったその人に、だれとも握手したことのない手を、さしのべたいという女なのよ」

わたしのことばに直彦君はじっと穴のあくほど、わたしをみつめてから、

「そのはじめての握手を、ぼくにさせてくれないか」

といった。ああ、これは結婚の申し込みということになるではないか。

「もし、あなたと結婚すると決まったらね。でも、わたしたち、まだ子どもでしょう? 結婚のことなんて決められないわ」

わたしは自分をけっして子どもだなんて思っていやしない。ゆるしてね、直彦君。

「もう子どもじゃないよ。ぼくらは大学に行くけれど、結婚は大学生でもできるからね」

「食べていくのはどうするの?」

「大学を出るまで、おやじに送金してもらうからね」

直彦君のおとうさんは大きな材木屋だ。金はうなるほどある。いつも市の高額所得のベストテンにはいっている。

「直彦君って、そんないくじなしなの？　学費も結婚生活の費用もみんなおとうさんからいただくの？　結婚するっていうのは、人格もおとなになっていなきゃだめだよ。からだだけは一人まえでも、心が子どもじゃないの、あなたは」

「どうして？　ぼくが大学を出たら働いておやじに金を返すよ」

「返せるものですか。大学を出ても月に二万か二万五千円の初任給よ。それだけじゃ、生活するだけでもいっぱいいっぱいよ。それはともかく、経済的に自立もできないで、親のすねかじりをしながら結婚だなんて、わたしはいやよ」

「だけど、サチコは、ぼくが大学出るまで四年間も待っていてくれる？」

「わたし、あなたとは仲のよいお友だちよ。でも、それ以上じゃないわ」

　思わず、わたしはたたきつけるように言ってしまった。直彦君のなんとかなしい目。胸につきささるようなあの目。

　ああ、わたしも知っている。あんな目になってしまう悲しいこころを。

　とうとうあのあとひと言も口をきかずに直彦君は帰っていった。しかたがない。おそかれ早かれ、あんな目をさせなければならないんだもの。

ふたりっきりの車

八月一日

あした遠軽《えんがる》に帰るというと、義兄《あに》が土曜日だから車で送って行ってやるという。

「おねえさんもいっしょに行かないの」

わたしのことばに姉は首を横にふった。そして義兄にうなずいてみせた。姉と義兄にだけ通ずることばにわたしは寂しかった。

「わたしひとりならバスででも、汽車ででも行けるもの」

うそ。三十分でも義兄とふたりっきりの車の中はうれしいくせに。

「いや、わたしも遠軽のおかあさんに会う用事があるものだから……」

義兄がいった。

ああ、神様。あすという日を与えてくださってありがとうございます。

「仲のいいきょうだいだな」

義兄は食事のときにそういった。ときどき、義兄はわたしたちをそういう。

わたしが姉に話すことってなんだろう？

隣のネコと向かいのネコがけんかしているだの、バスの中で会った男が、降りるまで鼻くそをほじっていただの、学校の先生が転任するだの、そんなたわいのない話ばかりではないかしら。

ほんとうに話したいことは胸の中にたっぷりあるけれど、その話は姉にはできない。姉からみると、ほんとうはわたしは許すことのできない敵ではないだろうか。

「サッちゃんも、この夏休みが高校最後の夏休みだね。大学は北大だったな」

「はいれたらね」

わたしはつとめて義兄の顔をみない。この目が義兄をみるときは、目は真実を語るだろう。わたしはこの目を義兄に向けることができないのだ。

「サッちゃんも大学になんかいかないで、結婚するといいのにねえ」

レース編みが好きで、お菓子をつくることが好きな姉には、大学にいきたいという女の気持ちはわからない。

夜、うれしくてねむられず。あした、あした。何もかもあしたが知っている。

窓から星がいっぱいのぞいていた。

八月二日

わたしは助手台にすわらなかった。うしろから義兄のがっしりとした肩や、広い背を思う存分ながめたかった。それに、うしろにすわると、バックミラーに映る義兄の顔を見ることができる。旭川《あさひかわ》を出て気がつくと、車はもう層雲峡《そううんきょう》にはいっていた。その間、わたしはただ義兄のうしろ姿をじっとみつめていたのだった。何もいわずにただながめているだけで、それだけでわたしは幸福だった。車の中にたったふたり、そう思うだけでしあわせだった。

(ただみつめているだけでしあわせだなんて)

わたしは自分が哀れになった。バックミラーにうつる義兄の真剣な目。義兄はただ、真剣に車を走らせているだけなんだ。

もしかしたら、うしろに乗っているわたしのことなど、荷物ほどにも思っていないだろう。

「あのね、あかちゃんが生まれるのよ。おにいさんは、そのことを遠軽にしらせにいくの」

けさたつとき、姉がそっと、わたしにささやいた。

「いま、車に乗っていけないときなの。だから……」

姉はそういって幸福そうに笑った。

義兄はわたしのことより、あかちゃんのことでいっぱいにちがいない。義兄も旭川を出て以来、むっつりとだまっている。

こんなにすぐ近くでこんなに好きだと思っているのに、おにいさんは何もわかっていてくれはしない。わたしは寂しかった。直彦君が、わたしを悲しそうにみつめたような、あんな目を今、自分がしているのかと思うと、思わず涙があふれてきた。涙をいっぱいためたまま、わたしはバックミラーにうつる義兄の深い湖のような目をながめていた。

ふと、義兄がバックミラーの中のわたしをみた。泣いているわたしにおどろいて、義兄は車をとめた。ちょうど銀河の滝のそばだった。

「どうしたの？　サッちゃん」

車がとまると義兄はうしろをふり返った。義兄は見たのだ。わたしが義兄を、じっとみつめたわたしの目を。

「ううん、なんでもないの。この上川《かみかわ》の高台に入植した農家の主婦がね、疲れてとうとう病気になって、あのかんがい溝に身投げしたという話を思い出したの。ほんとうにかわいそうね」

「…………」

義兄はだまったたまま、たばこに火をつけた。

「それなら、いいけれど、何か悲しいことがあったら、にいさんにも相談してほしいんだ。サッちゃんて、めったにうちとけて相談してくれるってことがないからなあ」

「ありがとう。なんでもないの。きれいな滝。きれいねえ」

わたしは銀河の滝を見あげた。水が少なくて、白い散薬《さんやく》が岩の上をすべり落ちるように見えるのも、珍しかった。

「降りてみようか」

義兄が先に降りた。ふたりは手すりに並んでながめた。ふと気づくと義兄がわたしの顔を食い入るようにながめている。思わずギクリとするような悩ましいまなざしだった。わたしの心は騒《さわ》いだ。

「わたしの顔に何かついている？　おにいさん」

「いや」

義兄はそういって、自動車に帰っていった。

ときどき義兄のうしろ姿をながめながら、遠軽までわたしはねむったふりをしていた。

家につくが早いか、わたしは大声でいった。

「おとうさん、おかあさん。こんどおばあちゃん、おじいちゃんになるのよ、うれしいでしょう？」

義兄は夕方、旭川に帰って行ってしまった。

生マレテキテスミマセン

八月五日

旭川《あさひかわ》を離れてきょうで四日め。寂しいということはなんと心をしっとりさせることだろう。ゆかたをうら返しに着て笑われたり、買い物に行ってつり銭《せん》をもらうことを忘れて笑われたりしながらも、わたしの心の中は義兄《あに》のことでひたひたに満ちている。

義兄のそばを離れては、何も手がつかないと思ったのに、勉強もかえって能率が上がり、読書もはかどった。

太宰治《だざいおさむ》はどうして自殺したのだろう。

生マレテキテスミマセン

こんな悲しいことばを知った人は、死ぬよりしかたがなかったのだろうか。太宰治は必死になって生きていた。わたしはそれがわかるような気がする。

わたしもまた、必死になって生きてゆきたい。しかし、生きるっていったいなんなのだろう。

高校を出て、大学に行き、たった四年ほど勉強して大学出といわれ、そしてどこかで数学の教師でもしながら、わたしは生きてゆくだろう。

けっして愛してはいけない義兄をひっそり思いつづけながら、死ぬときに大声で、

「好きだった」

と叫んでしまうことだろうか。

わたしはいったいなんのために生きているのだろう。義兄を思うために生きているのだろうか。それでもいい。たったひとりの人に生きがいを感じて終わる人生。そんな人生があってもいいではないか。

しかし、この義兄への愛が、ほんとうに一生つづくものだろうか。少女のときに思った人を、三十になり、四十になったときも思いつづけることができるだろうか。やがて、この愛もみすぼらしくしぼみ、悔いる日がこないだろうか。人生って、恋だけのためにあるんじゃないって、ハッと気づく日がくるのではないだろうか。

それでもいい。ハッと気づく日がきたら、また、その日から生き直せばいい。そのときそのときを精いっぱいに生きているのなら、それはそれでいいじゃないか。

それにしても、太宰治はいったいあの心の底の底で何を考えていたのだろう。

「われ山に向かいて目を上《あ》ぐ」

とはだれのことばか。このことばを太宰は小説に書いている。

太宰の山は、神だ。わたしの山は、おにいさん、あなたなのよ。

一日雨……。

八月八日

きのうまでの自分ではありたくないとつくづく思う。一日一日向上したい。

義兄のいる旭川に帰りたいという炎のようにふき出す感情をじっとおさえて、とうとうきょうもわたしは一日母のそばにいた。

マヨネーズソースをじょうずにつくるこつをならったり、母の幼いころの話をきいたりしながら、わたしは自分の思いに耐えていた。耐えるということの、このつらさ。しかし、それはまた、なんとずしりとした重みのある充実感であろう。

会いたい、会いたいと思いながら、一分もう一分とじっと耐えているこの一日。耐えるということは、けっしてわたしはきらいじゃない。耐えているそのことが、わたしの血となり肉となるような充実感である。

『実存』ということばが浮かぶ。

なんでもほしい

八月十二日

とうとう旭川《あさひかわ》に帰ってきた。義兄《あに》のところに帰ってきた。

「やっぱりサッちゃんがいないと寂しかったわ」

姉は心からそういってくれた。

五つ年上のこの姉と、幼いころいっしょに遊んだ思い出はない。わたしが二、三歳のころ、姉はもう小学校にはいっていた。わたしはわたしと同じ年ごろの子と遊び、姉はその友だちと遊んだ。

でも姉はわたしをかわいがってくれたことはたしかだ。ときどき姉はわたしに本や人形などをくれた。それはむろん、姉のおふるではあったけれど。

義兄は会社から帰ってきて、一瞬ではあったが熱っぽいまなざしでわたしをみつめた。

「一週間で帰るといっていたけれど、十日以上もいたんだね。やっぱりおかあさんのそばがいいらしい」

義兄はそういって笑った。

「そりゃ、そうよ。サッちゃんって末っ子だから、人より子どもなのよ」

姉のことばに義兄はふたたびあの激しい目のいろを見せてわたしをみた。やはりほんの一瞬ではあったけれど。

やっぱり義兄はわたしの、あのバックミラーにうつった目をみてしまったのだ。わたしの思いを知ってしまったのだ。

大事な大事なわたしのひみつを、わたしはわたしひとりのものにしなくてはならない。

「直彦君から手紙こなかった?」

わたしはわざと、義兄の前で姉にきいた。

「あら、サッちゃんの机の上においてなかった? 三通もきてたわよ」

「あら、ほんとう。うれしいっ」

わたしは声をあげて自分のへやに走っていった。

直彦君からの手紙は、さっききちゃんと読んである。

一通は『嵐山《あらしやま》では失礼した。どうかもとどおり友人としてつきあってくれ』という手紙で、二通めは神楽岡《かぐらおか》公園に遊びに行こうというたよりである。

三通めは返事がこないのでおこっているかどうか心配だ。電話をかけたいが、もし電話に出てくれなかったらと思うと、おそろしくてかけられない。何とか返事をくれという手紙だった。

夜電話をしようかと思ったがやめておく。

八月十四日

町でバッタリ直彦君に会う。直彦君は優子さんと歩いていた。優子さんの長いお下げ髪にちょうのような白いリボンがすがすがしかった。

「ごめんね、遠軽《えんがる》に行っていたの」

そういおうと思ったわたしの横を、直彦君はだまって通りぬけて行ってしまった。優子さんが困ったように会釈をして直彦君についていった。

まっさおな空に飛行機雲が美しい。

一日なんとなくゆううつ……。

八月十五日

ゆうべへんな夢をみた。義兄の横に直彦君そのまた横におにいさん、その横に直彦君と一列に並んでいる。その前でわたしは長い白い服を着て、踊っていた。足が三センチほど宙に浮いていた。

直彦君から手紙なし。優子さんと歩いていたときの直彦君の顔を思い出すと電話もかけられず。

急に直彦君がひどく貴重な存在に思われてくる。いつも自由に会って話をしていたときは、それほど大事な人とも思われなかったのに、いったん遠くに離れてしまうと、大事な友を失った寂しさで、何をしていても妙に寂しい。

わたしってなんて貪欲《どんよく》なのだろう。おにいさんさえ、そばにいればよいはずなのに、直彦君が離れてしまうと、直彦君もそばにいてほしいと思う。

これが女心というものなのだろうか。

八月十六日

「どうだい。サッちゃんも一杯飲まないか」

おにいさんがビールをコップについでくれた。

「あら、サッちゃんはまだ子どもよ。高校生にお酒なんか飲ませていいのかしら」

姉がおどろいた。

ビールもチョコレートも、バレーボールもデートも、勉強もキスも、なんでもほしいのが高校生なのよ、おねえさん。

わたしははじめて飲むビールをにがいと思った。チビリ、チビリ飲んでいると、

「ぐいと飲むんだよ、サッちゃん」

と、おにいさんが笑った。目をつむって思いきって、ぐいと飲みほすと、胃の中までにがいものが詰まったような感じ。

「ああ、おいしかった」

わたしは急いでビール豆を口にほうりこんだ。

はじめての経験というものは、ビールを飲むぐらいのことでも、本人にとっては、少なくとも日記に書くほどの重要なことなのだ。

八月十七日

「ボーイフレンドよ」

午後、姉がいうので、てっきり直彦君かと思って出てみたら、思いがけなく青山君がてれたような顔をして立っていた。

「珍しいじゃない」

青山君は直彦君の親友である。

「ふうん、サチコって案外きれい好きなんだな。花なんかかざって」

と、わたしのへやを珍しそうにながめている。

「何か用なんでしょう?」

「まあね」

青山君がいうには、このごろ直彦君の様子がおかしいというのだ。

「どんなふうにおかしいの?」

「このごろ、おれのうちにきても、たたみの上にねころんで、ただぼんやりとしてるんだ」

わたしは優子さんと連れ立って歩いていた直彦君を思い出した。

「優子さんと何かあったんじゃない?」

「優子さん?」

青山君は大きな目をくるりとまわした。

「そうよ。直彦君は近ごろ、優子さんと仲がいいのよ」

「それ、ほんとうか?」

青山君は信じられないという顔をした。

「くわしいことは知らないけれど……」

一回町で見かけただけだもの。

「それでサチコは平気なのか」

「どうして? 直彦君とわたしは友だちよ。恋人じゃないのよ」

だけど、ほんとうは優子さんと歩いていた直彦君を見てから、わたしはけっして平静じゃない。

「ふうん。わからんもんだなあ。ゆうべも直彦のやつ、おれのところにきて、たたみの上にねころんでいるんだ。ふとみると、あいつ、目にいっぱい涙をためてるんだ」

思わず、わたしの胸はキュンと痛くなった。

青山君が帰ったあと、わたしもたたみにねころんで、直彦君のことを思っていた。

共犯者

八月十八日

「われ思う、ゆえにわれありか、なるほどな」

夕食後、おにいさんがぽつんといった。

「われ思う。ゆえにわれあり」

わたしもつぶやいてみた。なんとなくわかることばだ。

「おにいさん、だれのことばなの」

ときいたら、

「なんだ、高校生がこのことばを知らないのか」

と、おにいさんはおどろいている。デカルトのことばだそうだ。

「われ思う、ゆえにこの世あり」

というのはどうだろう。わたしにとって、わたしの胸に住むものだけが、わたしの世界だ。

わたしがおにいさんを思うから、わたしにとって彼は重大な存在なのだ。直彦君だって
そうだ。わたしが死ねば、わたしの胸に住むものもすべて死ぬ。パリもロンドンも何もない。

世界じゅうみんな死ぬのだ。

客観的に存在するってこともわかるけれど、主観的には存在しないということだってあり得るんだ。デカルトさんのことばはよくわからないけれど……。だけど自分が死ぬとき、胸の中に住む人もみんな死ぬと思うことって楽しいな。

わたしが死ねばおにいさんも死ぬ。いいな、いいな。

そんなことを思っているとは、まさかおにいさんも知らないだろう。

今夜は珍しくおにいさんがギターをつまびいていた。

八月十九日

神楽岡《かぐらおか》公園に自転車に乗ってひとりで行ってみる。みどりしたたるという形容詞をはじめて使った人に脱帽したくなった。まったく神楽岡の木々は、したたるばかりに青かった。草原に腰をおろして、日にきらきらと輝いている川をみる。すわればふしぎに直彦君のことを思ってしまう。わたしは直彦君を愛しているのだろうか。そんなはずはない。わたしはおにいさんのあの、深い森のような、神秘的なものが好きなのだ。

しかし直彦君がおにいさんと同じ三十歳ぐらいの男性だとしたらどうだろう。直彦君の三十歳って、きっと清潔で親切で、やはり深い何かを持つ青年になるのではないだろうか。いったいわたしはだれのことを思っているのだろう。なんだか自信がなくなってきた。

八月二十一日

晴れた朝だ。

いよいよきょうから学校。案外きょうから直彦君ともとどおり仲よしになれるんじゃないかと、期待して登校すると、校門のところで直彦君と優子さんが何か話し合っている。

「おはよう」

と元気よく声をかけたら、直彦君はさっと顔をそむけた。優子さんだけが、おはようといった。

玄関で上ぐつをはきかえているわたしの目の前に、ふいに白い封筒がつき出された。直彦君だった。

「ありがとう」

えがおになったわたしの顔を、直彦君はつきさすようなひややかな視線で一べつすると、さっさと学校の中にはいっていった。

封を開いているわたしの背をポンとたたいて、

「お安くないわよ、二学期そうそう」

といったのは、〃親分〃こと、安川礼子だった。彼女は一年のとき〃あねご〃というニックネームだったが、二年になってからだれがいい出したのか〃親分〃になってしまった。女からも男からも好かれるさばさばとした、気持ちのいい人だ。頭もいい。試験のとき、いかにして近くの友人たちに自分の答案を回覧させようかと腐心している愉快な人だ。

親分が行ってから、封を開いてみると、中には赤インクで、

『絶交状』

と書いてある。

『君に手紙を三度書いたが、とうとう手紙も、そして電話さえもくれなかった。語りかける友に返事をしないのは、君の友情が冷えたからだとしか考えられない。

長い間の友情を謝す。幸福を祈る』

わたしは足のほうに血が引いていくのがはっきりわかった。

手紙をスカートのポケットに入れて教室に行った。廊下を踏む足がふらふらとして定まらない。

「どうした。青い顔をして」

職員室の前で山野先生が心配そうに、わたしをみつめていた。教室にはいると直彦君の机の横に優子さんが立って何か話をしている。

幸福そうな微笑で。

直彦君はとうとうわたしのほうは、ちらりともみてくれなかった。

風のひどい夜……。

八月二十四日

おねえさんが流産で入院。病院は完全看護だから、付き添いはいらないとのこと。

「少し血圧が下がったの。出血がひどかったのよ。一週間ほど家に帰れないから、おにいさんのお食事をたのむわね」

おねえさんはすっかり青ざめた顔になっていた。

ああ神様、おにいさんとたったふたりで一週間も過ごせるなんて。わたしうれしいんです。でもなんだか恐ろしいんです。わたしすごく悪い女になったような気がします。どうぞ、神様、わたしをお守りください。

でも、なんだか神様に目をつぶっていてもらいたいような気がする。直彦君はちっともわたしのほうをみなくなった。すごく寂しい。この寂しさに耐えられるのは、おにいさんがいるからだ。おにいさんはわたしが心をこめてつくったちらしずしを、だまって食べていた。

「おにいさん」

というと、

「うん」

と、おにいさんは寂しそうにはしを運んでいる。おにいさんも寂しいんだ。わたしがそばにいるというのに。そして、わたしだって、大事なおにいさんがそばにいてくれるのに、心の中はしんしんと寂しいのだ。

夜おそくまで、おにいさんのへやに灯がついていた。

雨がさっと走ってすぎた……。

八月二十五日

からりと晴れた朝だ。

「よくねむれたかい」

おにいさんは朝は元気になっていった。流産で、ひとつの命が消えていったことを、もうさっぱりとあきらめたのかもしれない。

わたしもまた、おにいさんの洗面のお湯をとってあげたり、背広を出してあげたりするだけで、なんともいえない喜びを感じていた。

男と女っていいなと思う。いつかわたしも、だれかの奥さんになって、こんなことに喜びを感ずるのだろうか。おにいさんのそばに行くと、からだに電気がビリビリと流れるような、ふしぎな感じがする。夫婦っていつもこんな喜びがあるのだろうか。

「サッちゃんも、なにかとたいへんだな」

おにいさんがそういって、玄関で見送るわたしの肩に手をおいたとき、わたしはからだがぐらっと揺れて、おにいさんの胸の中に倒れこむところだった。

「サッちゃん」

おにいさんがわたしをじっとみつめて、そのままくるりと背を向けて歩いていった。

学校に行っても、おにいさんのあのときの手をいくども肩に感じていた。直彦君のことはすっかり忘れてしまうほど、わたしはおにいさんのことだけを考えていた。

何を考えているのかわからないけれど、油っけのない髪を前にパサリとたらして、哲学の本を読んでいるおにいさんって、すてきだと思う。

「ああ、頭にきた」

とか、

「トサカにきた」

とか、そんなことばとはおにいさんはまったく無縁だ。

おにいさんは林のような感じだ。いや、湖かな。

夜、おにいさんはおそく帰ってきた。

「おねえさんのところにいらっしゃったの？」

おにいさんは、それには答えず、

「サッちゃんて、妙子《たえこ》には似ていないな。爆弾でも胸にかかえているような、そんな激しさを持っているね」

と、わたしをみつめた。わたしはフフフと笑ってごまかした。おねえさんと正反対のわたしを、おにいさんはきらいなのだろうか。

夕食後、シューベルトの『冬の旅』のレコードをかけてくれた。

『『冬の旅』という題が好きよ」

というと、おにいさんも好きだといった。

あしたはおねえさんのところに行ってこよう……。

むし暑い夜に『冬の旅』をきくのもおもしろいと思う。

八月二十七日

きょうという日は一生に二度とない。そう思うと、わたしはじっとしていられなくなる。今と思ったその今も、もうすぐに過去のものとなる。自分の大事なものが、川に流れていくのをあれよあれよと見ているような感じ。しかし、わたしはいったい何に向かって生きていったらよいのだろう。

直彦君は、

「すべてを受験に!」

とよくいっていた。ああ、そういえる人がうらやましい。わたしは自分で何をしてよいかわからないのだ。エネルギーが爆発しそうなほどからだの中に満ち満ちているのに、何をしてよいかわからないのだ。

この旭川《あさひかわ》から九州まで歩きたい。地球を向こうまで掘りぬきたい。そんなこともできそうに思えるほど元気いっぱいなのに、だれかにすがって泣きたいような、妙に寂しい思いもする。

これが若さというものなのだろうか。

こんなこと書いてしまったのは、おにいさんの帰りがおそいせいだろうか。

病院にいるおねえさんのことは、ほとんど考えず。

八月二十九日

おにいさんが早く帰ってきた。しばらく外食つづきだったので、わたしのつくったおいものみそしるもおいしいといって食べてくれた。

夕食後茶わんを洗っていると、

「サッちゃん」

とおにいさんがうしろに立っていた。

「なあに」

「ううん、なんでもないんだ」

おにいさんはそういって茶の間にもどって行った。

なんだか気になってしかたがない。あとかたづけを終わって、暗くなった窓をみていたら、

「散歩に行かないか」

と誘ってくれた。

「おねえさんのところへ?」

そういうと、おにいさんは瞬間こわばった顔で、わたしをみつめたが、頭を横にふった。

ふたりはかぎをかけて家を出た。人けのないお菓子屋のショーウインドーに蛍光灯が輝いていて、F屋のP子ちゃんが舌を出している。その店の前の細い道路を通っていくと、床屋があった。白衣を着た男の人と女の人が並んでテレビを見ている。ここにも客はなかった。

この向こうは田んぼの中にポツンポツンと家が建っているだけだ。ふたりはさっきからだまって歩いている。だまっているのになんとなく楽しい。

明るい電灯の下に、男の人がランニングシャツ一枚で、あかちゃんを抱いていた。その奥さんらしい人が、あかちゃんに手を出した。あかちゃんは小さな手をおかあさんのほうに向けて、すぐおかあさんにだっこした。わたしはおねえさんのことを思った。

(ああ、あかちゃんにならないうちに、おなかの中で死んだのだな)

そのときやっと、その消えた命が、わたしのめいかおいになるはずだったとわたしは気づいた。

「サッちゃんはいくつだ」

ぽつりとおにいさんがいった。

「高校三年よ。十八歳」

「十八か？　子どもじゃないんだね」

おにいさんはそういって、まただまった。

「若いな、十八か」

しばらくして、おにいさんがいった。わたしはうれしかった。だまっている間、おにいさんはわたしのことを考えていてくれるような気がしたからだ。

「若さというものの貴重さを、サッちゃんは知らないだろう？」

おにいさんは立ちどまった。暗いなかで、おにいさんの顔の輪郭はよくわからない。

「そうね。たぶん二十年か三十年後にわかるだろうと思うけれど……」

「若さをとりもどせるなら、全財産もいらないと思っている大金持ちだっているよ」

「そうなの？」

そのとき、いきなりおにいさんの両手がわたしの肩におかれた。

「サッちゃん」

おにいさんはわたしをその広い胸にすっぽりと抱いていた。わたしのからだはこきざみにふるえていた。暗やみはふたりをすっぽりとつつんでいる。

しかし、わたしは、わたしたちふたりにだけ光を当てられているような恥ずかしさを感じた。

おにいさんはじっと抱きしめたまま何もいわなかった。

「おにいさん」

わたしの声はかすれていた。

「サッちゃん」

おにいさんのほおがわたしのほおにふれた。ざらざらと、ひげの感触がうれしかった。

「おにいさん」

おにいさんに抱きしめられたまま死んでもいい、とわたしは思った。しかしおにいさんの手がふっと弱まった。

「ごめんよ」

おにいさんは、はなれた。

「サッちゃん。おにいさんがサッちゃんを好きだったこと知っていた?」

おにいさんがいった。わたしはやみのなかで首を横にふった。

「だけど、サッちゃんはぼくをきらっていただろう? ぼくにはちっともなついてくれなかった」

おにいさんのことばにわたしはおどろいた。

「うそよ。わたし、好きだから、好きで好きでたまらないから、だから……」

「うん、いつか遠軽に行くとき、バックミラーにサッちゃんの泣いている顔をみてぼくはハッと気がついたんだ」

おにいさんはそういって、たもとからタバコを出して、ライターをつけた。そして、ライターをつけたまま、おにいさんはわたしの顔をみつめた。

「おにいさん」

わたしはもう一度抱いてもらいたいような気がした。しかしおにいさんは、

「帰ろうね」

といった。とうとうおにいさんはそのあと手もにぎってくれなかった。家に帰ると、おにいさんは、

「サッちゃん、おにいさんが悪かったね」

といって、さっさと自分のへやにはいっていった。

まゆのような細い月が出ていた……。

くずれた偶像

九月一日

おねえさんが帰ってきた。

「ごくろうだったわねえ、サッちゃん」

おねえさんはだいぶやせたようだった。わたしはおにいさんの胸に抱かれた自分の姿を思いうかべていた。

「もうすっかりいいの、おねえさん」

わたしは、何事もなかったようにそういった自分におどろいた。人間ってこんなにぬけぬけとしていられるものだろうか。おにいさんの胸に抱かれたことを忘れたように。

「疲れているね。ゆっくり大事にするんだな」

会社から帰ってきたおにいさんも、なにくわぬ顔をしていた。以前のおにいさんと、ほんのこれっぽちも変わってはいない。

(おにいさん、わたしとおにいさんは共犯者ね)

わたしはそう思いながら、おにいさんを見たが、おにいさんはおねえさんの顔をながめて微笑していた。

九月二日

放課後図書室で調べ物をしていたら、隣にすわった人がいる。何げなく顔をあげると直彦君だった。直彦君はそしらぬ顔をして英語の辞書をひいている。なんだか落ちつかない妙な心持ちだった。

夜、夕食後おにいさんが散歩に行くといってでかけた。あとを追いかけたいのをがまんして、わたしはひるに整理できなかったノートに手をつける。

直彦君がそばにいたときと同じように落ちつかず、おにいさんのことばかり考える。人間というものは、あんまり近くにいても、遠くにいても気になる存在らしい。

「あのね、サッちゃん」

おねえさんが何か話をしたそうにわたしのへやにはいってきた。

「忙しいのよ。勉強なのよ」

そういうとおねえさんはうなずいて出ていった。素直すぎるおねえさん。なんだか悪いことをいったようで、気になって落ちつかないことおびただしい。

へんな人間の心。

九月五日

図書室でまた直彦君がいつの間にかわたしのそばにすわっている。

（なにも絶交状をたたきつけておいて、そばにすわることはないじゃない？）

そうは思いながら、やっぱりうれしい。席がなくて偶然隣にすわったとは思われない。

夜まで何となく楽しかった。

九月八日

うちへ帰ると、おにいさんがひとりでるす番をしている。

「おねえさんは？」

「買い物じゃないのか」

おにいさんはそういって、水色のきれいなリボンのかかった包みを手渡してくれた。

「おねえさんにないしょだよ」

おにいさんはそういって、わたしの肩をひきよせた。

「なあに？　このプレゼントは？」

「わからないの、サッちゃん」

おにいさんはわたしを抱きよせたままいった。

「わからないわ」

「そう。きょうは、君とはじめて会った記念の日なんだ」

わたしはおどろいておにいさんをみた。わたしはおにいさんがはじめて家にきたのは春のように思っていた。家のすぐ近くの道を、白いショールをかけたおねえさんとふたりで歩いていた。タンポポが道のそばに咲いていたような気がする。おにいさんは、

「はじめまして」

と、ていねいにあいさつをした。おとなの男の人から、あんなにていねいにあいさつされたのははじめてだった。

「きょうだったかしら？　わたし春だと思っていたけれど」

わたしがふに落ちない顔をしていると、

「サッちゃんは、ぼくのことなどおぼえていなかったんだよ。ぼくがこの家をはじめてたずねたとき、裏玄関から自転車で飛び出していった。ショートパンツをはいて、とても勇ま

しい姿をしていたよ」

おにいさんはそういって、わたしの顔を両手ではさんだ。わたしは思わずドキリとした。

「いいね？」

わたしはだまってうなずいて目をつむった。胸がドカンドカンと波うっている。だがそのとき、玄関の戸があいた。わたしはおどろいて自分のへやにとんでいった。

おにいさんとおねえさんが何か話をしている声をききながら、わたしはいつまでもからだのふるえがとまらなかった。

夜になって箱を開いてみたらパールをひとつちりばめた木の葉形の銀のブローチだった。

わたしはパールにそっと接吻《せっぷん》した。

九月九日

直彦君は、きょうも図書室でわたしのそばにすわった。優子さんと仲がわるくなったのかしら。悪い気はしないが腹だたしいような気もする。

とうとうきょうも口をきかずにふたりは肩をならべて勉強をした。

「どうしたのかしら。おにいさんの帰りがおそいわ」

夕食のときになってもおにいさんは帰らない。たいていおそいときは電話がくるのだ。

「自動車事故かしら?」

おにいさんは車には十年も乗っている。めったなことはないと思いながらも不安になる。

会社に電話したが、いつもの時刻には帰ったという。

「警察に事故があったかどうかきいてみるわ」

わたしのことばにおねえさんはびっくりしたように、

「あら、そんなにおにいさんのこと心配してくれるの、サッちゃん」

といった。わたしはわざとめんどうくさそうにダイヤルをまわした。ああ、ああである。

本日旭川《あさひかわ》および近辺で事故はなし、と若いポリさんの声。

とうとうおにいさんは帰らない。

「急に出張でもしたのかしらね」

ときどき義兄《あに》は急に出張することがあった。

十二時すぎ、おねえさんはあきらめてふとんにはいった。

九月十日

雨はあした晴れるだろう

学校から帰るとおねえさんが青い顔をして敷台にべったりとすわっている。ハッとして、

「おにいさんがどうかしたの」

とたずねたが、おねえさんはぼんやりとして返事もしない。

「どうしたのよ。おにいさんがどうかしたんじゃないの」

思わず涙ごえになったわたしの胸に、倒れこむようにしておねえさんが泣いた。

わたしの顔から血がひいていくのを感じた。おにいさんは死んだのだ。あのおにいさんが。自動車もろとも何かに押しつぶされて。そう思うとわたしは泣くことも忘れた。

「あのね、あのね」

しゃくりあげるおねえさんの声が遠くできこえている。

「どこで死んだの」

自分の声のような気がしない。わたしのくちびるがかすかに動いていただけかもしれない。

「ちがうのよ、死んだんじゃないの」

「じゃ、重傷」

わたしはおどりあがるようにたずねた。生きてさえいれば、それでいい。

「ちがうの。自動車事故なんかじゃないの。おにいさんは……あの人は女と逃げたのよ。会

社のお金を持って」

「女と逃げた？」

わたしはパールのブローチを思い出した。

「まさか。おにいさんはそんな人じゃないわ」

おにいさんはわたしを愛しているのよ、おねえさん。どこかの女となんか逃げるわけがないでしょうと、わたしはいいたかった。

「へんだなと今になってから気がつくことがあるの。わたしが子どもを生みたがったのに、もう少しふたりっきりで楽しみたいなんていって……。おろしたのよ。流産じゃなかったの」

おねえさんはもう泣いていなかった。

「……でも……」

「サッちゃんみたいな子どもにはわからないわ」

日ごろのおねえさんには似合わず手きびしかった。わたしは子どもなんかじゃないといいたかった。

「相手は十も年上の女の人よ。その人にはふたりも子どもを生ませたのよ。いま会社の人がきて、そういっていったわ」

「そんな他人のことばを信用するの、おねえさん」

「あたりまえじゃない？　会社の人たちは前から知っていたのよ。その女の人、料理屋をしていたものだから、お金持ちだと思っていたらしいの。ところが、あの人が会社のお金をながいことじょうずにその女の人にやっていたのがバレたのよ。五百万円もね」

「まあ」

わたしには何もかも信じられなかった。

「新聞ざたになるはずのところを、会社は信用にかかわるからって、なんとか知られないようにしてくれるらしいの。五百万円は多すぎるが退職金だって」

わたしは自分のへやにかけこんで、真珠のブローチをとりだした。

（こんなもの！　こんなもの！）

わたしはくやしくて、ぶるぶると手も足もふるえた。

九月十一日

とうとう学校を休む。おねえさんもわたしも朝からずっと食事をしていない。

ほんとうにおにいさんは、その女を愛していたのだろうか。わたしのことは、ちっとも愛していなかったのだろうか。散歩に出たとき、わたしをすっぽりと抱きしめてくれたあれが、うそっぱちの愛だったのだろうか。そんな不潔なやつに、私は二年間も、ただあこがれてきたのだ。

ああ、いやだ。あの青い空がまっぷたつに裂けて、血のようにまっかな舌をぺろりと出すがいい。

九月十二日

きょうも学校へいく気がしない。何もしたくない。

何の恨みがあって、あいつはわたしをだましたのだろう。

「おにいさんもサッちゃんを好きだった」

なんて。ああ、あいつのひげづらに、このわたしのやわらかいほおがふれたのだ。どろ足でふみにじられたような腹だたしさ。

けさになって電話をしたら、夜、遠軽の父と母が飛んできた。

「会社の車だなんていってたけれど、くすねた金で買った車だったんだねえ」

母は憎らしそうにいっていた。父はだまって、むやみにタバコばかりふかしている。

「サッちゃん、あなたは男にだまされたり逃げられたりするバカじゃないわね」

母がわたしにそっとささやいた。わたしはだまってくちびるをかみしめた。

傷は人間の印

九月十三日

父も母も朝帰って行った。

とうとうきょうは学校に行く。先生の話は耳にはいらない。友だちのことばも耳にはいらない。わたしはだまって自分の手をながめていた。

(この手をはじめてにぎったのが、あいつなんだ)

わたしは、あいつ！　あいつ！　と心の中でののしっていた。

図書室で勉強する気もしない。校庭のポプラの下にねころんでぼんやりと空をみていた。

白いいわし雲がでて、風が少しさむい。

「女ってまったくたいへんなもんだなあ」

つい四、五メートル先のリラのあちらで話し声がする。

「どうしてだ」

「だって、手をにぎってやるだろう？　すると、すぐに、いつまでも愛してね、なんていうからさ」

「そういえば、そうだな」

「こっちはただ白いむっちりした手だなあと思って、ひょいとつかんだだけなのに。すぐに女はのぼせあがるんだ」

「別にそいつの手でなくてもいいんだよ、こっちはね。そこにあった手が偶然その女の手だったということなんだがな」

軟派で有名な原岸君《はらぎし》と安井川君《あいかわ》の声だ。わたしは自分の手をみつめた。男って大して好きな人でなくても手をにぎったりするものなのか。わたしなら、好きでもない男に、指先だってさわらせやしない。

おにいさんも、やっぱりそんな男のひとりだったのだろうか。

家に帰るとおねえさんが、荷物を整理していた。

「どこかに勤めたいの。でも、この家にいるのはいやだから、アパートにでも移りたいわ。いいでしょう？　サッちゃん」

おねえさんは人がかわったようにきびきびしていた。コスモスの花のように、なよなよしていたおねえさんなのに……。そう思いながら、きびきびと荷物をまとめている姿をみていると、ふいに涙があふれた。

このおねえさんをうらぎったのは、おにいさんばかりじゃない。このわたしだって……。

そうだ。このわたしこそいまわしいうらぎり者なのだ。今まで、あいつがうらぎり者だと思っていたけれど、わたしは実の姉をうらぎって、あいつを愛していた。あいつの胸に抱かれたりした。

もし、おねえさんがそれを知ったら……。涙がぽとぽととこぼれた。

「ありがとう、サッちゃん、そんなにおねえさんのこと思ってくれて……」

おねえさんはわたしの肩にやさしく手をおいた。わたしはおねえさんにしがみついて泣いた。でも、おねえさんには何もいうことはできない。

夜半、風ががたがたとガラス戸を鳴らしつづけていた。なんだか死にたいような夜……。

九月十四日

日曜だ。朝からおにいさんの、いや、あいつの書斎の本の荷づくり。おねえさんは書斎には一歩もはいりたがらない。

「サッちゃんにまかせるわ」

おねえさんの勤め先は、すぐにきまった。父の友人が経営している喫茶店のレジスターだ。客商売なんかおねえさんに向くだろうか。

本の整理もラクじゃない。ボードレールや堀辰雄《ほりたつお》やカロッサや、会津八一《あいづやいち》や、種々雑多だ。世界文学全集、美術全集などぼう大な量だ。

これだけ本を読んでも、あいつにできたことは、公金横領と妻とその妹をだますこと、そしてかけ落ちじゃないか。そう思うとなんだか人間というものが、ひどく愚かに思われてくる。

ひと休みをしながら、モンテーニュの『随想録』をめくっていると、一枚の写真がはさまっていた。

おにいさんだ！　そして、そのそばに五つと三つぐらいの目のぱっちりとした男の子がふたり、にこにこ笑っている。少しはなれて細面《ほそおもて》の女の人がしゃがんでいた。

「似てるわ」

わたしは思わずつぶやいた。その男の子たちは見れば見るほど、おにいさんによく似ている。

わたしは、うらぎりによって生まれたふたりの子をつくづくとながめた。

写真のはさまっているページに朱線を引いたことばがあった。

《過ギタル幸福ノ思イ出ガ現在ノ不幸ヲ倍ニス　タッソ》

そのことばをみたとたん、ああ、おにいさんも不幸だったのだなと、わたしは思った。ゆるす気はないが、責める気もなくなった。人間の心のふしぎさよである。ただ「生マレテキテスミマセン」と太宰治のように、わたしもだれかにあやまりたくなった。

九月三十日

外はひどいどしゃ降りだ。

放課後図書室で、数学をしていると、直彦君がやってきた。視線が合ったとたん、ふたりは思わずにっこり笑ってしまった。直彦君はわたしのそばにすわった。

「しばらくだったね」

「お元気?」

「元気になるだろうな、きょうから」

直彦君はうれしそうだった。

帰りはだいぶ小雨になっていた。

「日曜日に引っ越しするのよ」

「へえ、どこへ?」

「アパートよ。おねえさんとふたりぐらしになるの」

直彦君はけげんな顔をしたが、立ち入ってきくことを遠慮したようだった。

「優子さんと仲がいいんじゃない」

「うん」

直彦君はそういってから、

「だけど、サチコみたいにいろいろ話し合えないし、だいいち、サチコがそばにいないと、どうも落ちつかないんだ。勉強が手につかなくてね」

「なんだ。受験用の友だちね、わたしは」

ふたりは声を合わせて笑った。ずいぶん久しぶりにふたりは笑うことができた。

しかし、わたしはひとつの罪ぶかい経験をしたけれど、直彦君は何も変わっていない。

「雨は晴れるかしら」

別れるときにそういうと、

「今まで晴れなかった雨があったかい、サチコ」

と直彦君はいった。

そうだ、今まで晴れなかった雨があるだろうか。

ころんだら起き上がればいいんだ。失敗したらやり直せばいいんだ。

「傷痍《しょうい》なき人生は恥」

と、おにいさんはいった。教えてくれたそのおにいさんに、わたしは傷つけられたわけだけど、せいいっぱいに生きて受けた傷、愚かなゆえに受けた傷、その傷は人間の印ではないだろうか。

人を傷つけるより傷つけられたほうがいいのだ。わたしは、自分の人生に高い目標を持って生きる元気がでてきたようだ。

たぶん、あすは晴れるだろう。

この重きバトンを

まちがっていた私

小島鶴吉《こじまつるきち》は、二百坪《つぼ》ほどある芝生に、ホースで水をやっていた。ステテコ一枚の鶴吉のうしろ姿が、夏の陽の下に、七十二歳とも思われない若々しさを感じさせた。

ホースからほとばしり出る水が、弧を描いて芝生をぬらしていく。かわいた芝生は、水にふれると、鮮やかな緑を取りもどし、生き生きと息づいて見える。

「じいさん、小づかいをくれよ」

いつのまにか、鶴吉の息子の明《あきら》が、そばにのっそりと立っていた。明はまだ二十歳、札幌《さっぽろ》市内の予備校に通う学生である。

「なんだ、じいさんとは」

鶴吉は、つやつやしたひたいにまゆ根をよせた。

「七十二にもなったら、じじいじゃないか」

明は、耳よりも長くさがった髪を、二、三度ボリボリとかいた。

「親に向かって、なんという言葉だ」

「へえー、親だって？　じいさん、あんたほんとに、おれのおやじさんのつもりかい」

「なにっ！」

腹を立てた鶴吉は、ホースを、思わず取り落としそうになった。

「おっとあぶないよ。おれに貸しな」

小《こ》ばかにしたような笑いを浮かべて、明はひょいとホースを自分の手に持った。

「明、おまえいま、なんといった」

「やっぱり、痛いところを突かれたんだね。顔色が悪いよ、じいさん」

明はおもしろそうに、ホースの口を空に向けた。水は細く霧のように空中に散った。

「ばかなやつだ。おまえはおれの息子にきまってるじゃないか」

「ちぇっ、こんなじじいが、おれのおやじだなんて、笑わせらあ。じいさん、おれの友だちのおやじはね、みんな、まだ四十代か、せいぜい、五十代だぜ」

「だからいっているだろう。おまえは戦後に生まれた子だって」

「そうかねえ。まあ、そんなことはどうだっていいや。金をくんなよ」

「何をするのだ」

「なんでもいいじゃないかよお。二万ほどほしいんだ」

「二万？」

鶴吉の目にありありと深い歎《なげ》きの色がうかんだ。

「なんだい、いやだってえのかよ」

明は上目づかいに、自分より体格のいい、一メートル七十センチの鶴吉を見あげた。

「だめだね」

鶴吉は腰に両手をおいて、つくづくと明の顔を見た。

「なんだい二万ポッチ、けちるなよ。じいさん、どうせ不動産でがばちょともうけた金じゃないか」

瞬間、鶴吉はその大きなこぶしをぶるぶるとふるわせた。

「なんだい、おもしろいじゃないか。おれだって、これでもけんかはかなり強いんだぜ」

明はホースを投げ出して、拳闘《けんとう》のように下からこぶしを突きあげるまねをした。

「おれがまちがって育てたのかもしれない」

鶴吉はそういうなり、くるりと背を向けて家のほうに歩き出した。

「じじい、逃げるのか。二万円出せないのかよう」

鶴吉はふり返らない。

「やい、ほんとうの子なら、二万ぐらい、けちることはないじゃないか」

しかし鶴吉は足を止めなかった。明は、足もとのホースをにぎると、鶴吉の背をめがけて、水をあびせかけた。さすがに鶴吉はふり返った。しかし、ふり返っただけで、彼は黙って、テラスから家にはいってしまった。

「あら、あなた、どうなさいました」

妻の友江《ともえ》が雫《しずく》をたらしてはいって来た鶴吉を見て、声をあげた。

「友江……」

鶴吉は庭にいる明のほうへあごをしゃくった。

「まあ、明があなたに」

鶴吉は淋しそうに笑っていった。

「背中に水を浴びせられたようだという形容があるが……明はどうしてあんなになったのかねえ」

友江は、ふっくらとした色白の、どこにもけんのないやさしい顔をくもらせた。

「大学をすべってからですわ。それまでは、やさしいまじめな子だったんですのに」

「そうだなあ、何かいらいらと、突っかかりたくてたまらないんだろう。しかしわたしは、それだけではないような気がするんだ」

「なんでしょう」

「うん」

鶴吉はこたえずに庭に目をやった。すでに明の姿はどこにも見えない。鶴吉は「じじい」

といわれたことを妻にはいいたくなかった。それは、だれにもいいようのない深い淋しさであった。七十二歳の自分に、二十歳のむすこひとりしかいないということを、他の人間はどう考えているだろうか。

「いやあ、大きいお孫さんですね」

いくど鶴吉は、そんなあいさつを受けてきたかわからない。息子だとこたえる。事情をよく知らぬ人々は、

「ああ、末のお子さんですか、これは失礼」

と頭をかいた。ひとり息子だと知ると、人々は必ずけげんな顔をし、唇の端に、ちょっといやしい笑いをうかべて、二十も年のちがう傍らの友江と鶴吉を、あらためて見くらべるのだった。そのたびに受けてきたものは、不快とも、悲しみとも、わびしさともいいようのない気持ちだった。しかし、その心のなかは、妻の友江にもわかっているかどうか。近ごろ明がときどき「じじい」と呼ぶ。そのとき友江は、細い柔和な目をいっそう細めて、おかしそうに笑うだけだ。友江と会った五十にいたるまでの年の、鶴吉の苦しみは、おそらく友江にはわかるまい。鶴吉もまた、たどって来た人生を、ともに語ろうともしなかった。

友江と結婚したのは昭和二十三年である。中国大陸から復員して二年目だった。そのとき友江は、幼いひとり娘を育てながら、札幌の街で小さな飲食店を経営していた。ときお

り友江の店の片すみに、ぼんやりと飲んでいた鶴吉に、友江は「おじさん、おじさん」と気軽く声をかける三十の女だった。

友江は生来柔和《せいらい》な、気のいい女だった。もののいい方も、表情も、からだつきも、すべてがまろやかだった。そんな友江を見ているだけで、孤独な鶴吉は慰められていたのだった。自分よりも二十も若い友江に、何の野心もなかった。いつも無口に、わずか一本の銚子《ちょうし》をあけてあっさりと引きあげていく鶴吉に、友江はいつしか信頼を抱くようになっていた。友江はしだいに、何かことがあると、鶴吉をたのみにするようになった。

ひとり娘の文子がからだが弱くて、よく熱を出した。客がたてこんで忙しい夜など、ろくに看病ができない。すると友江は、

「おじさん、ちょっと文子のそばで、飲んでやってくださる?」

などとたのむこともあった。鶴吉は、気軽に銚子と盃《さかずき》を持ったまま、のっそりと奥の間に通った。口数は少ないが、鶴吉はこどもが好きだった。まだ五つだった文子は、鶴吉によくなついた。

その奥の間で、黒枠の額ぶちにはいった、軍服姿の友江の夫の写真を見た。友江の夫は、敗戦から一年まえの、昭和十九年七月、サイパン島で戦死したのであった。

親子ふたりにしては、ひろい家であり、ひろい土地であった。

友江の夫はある銀行の行員であった。彼の父母兄弟は、新潟にいた。旧家の両親は、転勤先の札幌といえども、借家に住むことをよしとしなかった。この家はその両親から買ってもらった家であった。

友江は、飲み屋などできそうもない性格に思えたが、その店はよくはやった。敗戦後のけわしい世相のなかで、疲れ尖《とが》っている人々の神経を、友江の人がらは、包むように慰めたからであろう。

飲み屋をしているうちに、友江は男性というものを、いろいろな面から知ることができるようになった。そしてそのなかで、もっともうらぶれているように見え、年の差もある鶴吉と結婚したのであった。

結婚した鶴吉は、不動産業に手を出した。店からあがる金は、市の周辺の土地を、少しずつ買っていくために使った。友江は、そのことになんの口出しもしなかった。

一年後に明が生まれた。店はいつのまにか、ひとりの板前と、ふたりの女の働く店になっていた。そのときに、店を売ってくれというものが出てきた。鶴吉は、すぐ売ろうとはせず、しばらく待てと、友江にいった。はたして、鶴吉が思ったとおり、かなりの高額で、家と土地を買いたいという話が出た。鶴吉は友江に売ることをすすめ、その金で、買えるだけの土地を買い、親子四人借家住いをすることになった。それが、いまの小島不動産を築く土台となったのだった。

鶴吉は、浴室に行ってシャワーを浴びた。しかし、明にかけられた水は、シャワーの水では流し去ることはできないような気がした。


それから二日ほど、明は友だちの家を泊まり歩いて、家に帰ってこなかった。明は父も母もおそろしくなかった。いや、それでも、母の友江のほうが、どこかおそろしいところがあった。だが、鶴吉にいまだかつてきびしく叱られたことのない明には、鶴吉は自分の下僕《しもべ》か何かのように、自由になる人間のように思えてならなかった。しかしその明が、背に水を浴びせたときに、ふり返った鶴吉の何ともいえない悲しげな表情が、みょうに胸にこびりついて離れなかった。女友だちとゴーゴーを踊ってみても、友だちの家で酒を飲んでみても、鶴吉の悲しげな表情が、いよいよ鮮明にうきあがるばかりであった。

三日め、明が家に帰ってきたとき、友江も鶴吉も家にはいなかった。お手伝いの則子《のりこ》が、ひとり電話をかけて、大きな声で笑っていた。自分の部屋にはいった明は、思わずぎょっとした。大きな角封筒と、一冊の部厚いノートが机の上にあった。

『明へ　父より』

と、その封筒には書かれてあった。明はとっさに、父が死ぬのかと思った。いきなり封筒の端を破ると、その第一行めに目を走らせた。

『明、おとうさんはいま、自分がまちがっていたと、つくづくおまえにもすまなく思っている。私がもし、おまえにもっときびしく、叱るべきときは叱り、注意するべきときには注意してきたなら、けっしておまえのようなひよわな、ぐうたらな人間はできなかったにちがいない。私はまちがっていたのだ。自分の小さいときを思い、たったひとりのわが子であるおまえには、何ひとつ苦労をかけまいと、ただおまえの望むとおりに、なんでもいうことを聞いてきた。

毎日遊び歩き、勉強する意欲もないおまえに心を痛めながらも、私はやはりきびしく注意することをしなかった。明はおれの子だ。おれに似ないわけはないと、いまに立ちあがる日を、私はしんぼう強く待っていた。

だがそのおまえから、憎々しげにじじいと呼ばれ、背に水を浴びせられたとき、私は決心した。獅子《しし》はわが子を千仭《せんじん》の谷に落とすという。おまえはもう、きょう限りこの家を出ていきなさい。ただし、私の生涯の歩みが、このノートに書いてある。このノートを読んで、おまえが真剣に自分の道を歩みはじめるなら、出ていくにはおよばない。しかし、これを読んでも、同じぐうたらな人間であったなら、私は断固として、おまえにきょう限り出ていってもらおうと思う。

このノートに書いてある私の歩んできた道は、おかあさんにもほとんど話したことがない。私は心ひそかに、自分の過去を書いておいた。私が死んだ後、明、おまえに読んでほしいと思ってきたものなのだ。だが、生きているうちに、このノートを見せなければならないときがきた。読むのがいやなら、それならそれでおしまいだ』

(出ていけってんなら、出ていってやる)

明は立ちあがり、ふてくされたように、自分の部屋をぐるりと見わたした。ステレオも、カラーテレビも、冷蔵庫さえもそろっている。

「なんだい、こんなもの!」

明は冷蔵庫を蹴《け》った。なかでカチャカチャとビンのふれあう音がした。いままで何一つ注意らしい注意もしたことのない父親が、いきなり「出ていけ」といい出したことに、明はいきり立った。明にとって、父親とは自分のいいなりになる存在だった。出ていけといわれる事態を、明は夢にも想像したことがなかった。

明はドアを足で蹴飛ばし、憤然と廊下に出ていった。階段を一気にかけおりた。

（二度と帰ってやるもんか）

明は、お手伝いの則子を呼んだ。

「何かご用ですか」

則子は、三十を過ぎた聡明《そうめい》な未亡人である。

「金くれよ」

「またですか」

則子はいやな顔をした。

「またって、きょうっきりだ。きょう限り、おれはこの家を出ていくんだ」

「あら、出ていらっしゃるんですか」

則子はまじまじと明の顔をみた。そして、冷たくいった。

「出ていらっしゃるのなら出ていらっしゃい。出ていく人間にお金はあげられません」

「なにをっ、生意気な」

「生意気って、どっちがです。明さん、あなた何不自由なく育っていらっしゃるでしょう。いったい何が不足で出ていくなどとおっしゃるの」

「なにっ！」

「出ていく人間は、もうわたしのご主人の家族ではありません。さ、出ていくんなら、早く出ていらっしゃい」

則子はそういい捨てると、さっさとテラスから庭へ出た。そのとき、傍の電話のベルが鳴った。

「もしもし、小島君いますか」

「朱美《あけみ》か、何の用?」

「今夜、公園の入り口で待っててくれない?」

「今夜か、いやだよ」

朱美は明より一つ歳下だが、三つも歳上のような口をきく。

がちゃんと明は受話器をおろした。だれにも会いたくなかった。たったいま見せた、お手伝いの則子の冷ややかな態度が、明を不安にさせた。みんなで、自分を追い出そうとしている気がした。

(追い出そうたって、おれは出やしないぞ。ここはおれのうちだ)

明は肩をそびやかすようにして、自分の部屋にもどって行った。則子は見送って笑った。

明はステレオをかけた。少しもたのしくない。テレビのスイッチをいれた。どのチャンネルも野球をしていた。いまは何も興味がなかった。やはり気になる。父の書いた手紙が気になるのだ。ノートを読むのが業腹《ごうはら》だった。だが読まなければ、このまま家を出ていけぬと、父の手紙には書いてある。

何をしてもおちつかないままに、しかたなく明は、部厚い大学ノートを手に取った。

うちには帰るな

——私は明治三十一年九月八日、江別《えべつ》の村に生まれた。その九月八日は、北海道の歴史に残る、石狩川《いしかりがわ》の大洪水があった日である。

私の母は、三十歳でふたりめのこどもである私を生んだわけだが、私の生まれたこの日こそ、また私の父の死んだ日なのである。九月八日の朝になって、母は産気づいた。父は助産婦を呼ぶために、土砂降りの中を外に出ていった。

「また洪水がくるかもしれんからねえ、あんた気をつけて」

と母がいうと、父はふり返って、

「なあに、こったら雨に、負けてたまるか。おまえ、がんばって待ってるんだぞ」

と、にっこり笑ったという。しかし、父が街につくまえに、石狩川の波は屋根よりも高く、頭をあげて江別の街に襲いかかった。母は、洪水を告げるはげしい半鐘の音を聞きながら、不安のなかに私を生んだ。私は小さいときから、この話を聞いて育った。それは何ともやりきれない誕生哀話ともいうべきものだった。

「なんぼ待っても、なんぼ待っても、おとっつぁんは帰ってこんかった」

母は、それを聞く私の悲しさを思いやるだけの、やさしさを持っていなかったのだろうか。

いや、それはひとつのきびしい、母の教訓だったのかも知れない。

「おまえの命は、おとっつぁんの命と引きかえに生まれたんだ。おとっつぁんのぶんまで生きてくれ」

母はそういいたかったのかもしれない。

姉と、幼い私を抱えて、母は野良《のら》で根限《こんかぎ》り働いた。しかしある年は冷害、ある年は洪水と、災害のくり返される明治の開拓は、女手ひとつにはあまるものだった。くる日もくる日も食べるものは麦か豆。砂糖など、盆か正月ででもなかったら、見ることすらできなかった。

私が一年生にあがるころ、母はもう私を野良に出して働かせた。

「鶴吉、おまえはまだこまくっても、男の子だからな。男というものは、一生働かなくちゃあなんねえもんだ」

母はこういいいい、朝早く私を起こし、私は自分の背よりも高いくわに、すがりつくようにして、野良仕事をしたものであった。

「人間ってものはなあ、力を出すだけ、力が出てくるもんだ」

母はそうもいった。

小学校の三年生になったころ、母はたしか、四十になるかならずの年だったが、もう五十も過ぎたような、老《ふ》けた母になってしまった。

「野良仕事はきつい」

そういって、床《とこ》から出ない日もあるようになった。私は、幼心に、これでいったい、自分たち親子は、食べていけるかどうかと、それはそれは心配したものだった。草取りも、種まきも、私は小さなからだで、せっせとやったものだった。だが、いくら働いたとしても、たかが小学校三年生の私に、いったいどれほどのことができたろう。

そのころから母は、たびたび私に、年季奉公《ねんきぼうこう》にいけというようになった。百姓より商人のほうが、からだも生活も楽だというのである。

「四年生を終えたらなあ、おまえは、札幌に年季奉公にいくんだぞ。小学校だけは出さんと、お上《かみ》がうるさいからなあ」

その当時の小学校は四年間の義務教育だった。私は年季奉公と聞くと、身ぶるいするほどおそろしかった。なぜなら、母や姉と別れて札幌にいき、兵隊にいくまでは、二度とこの家に帰ってはならないと聞いたからだった。

とうとうおそれていた日がやってきた。私が小学四年生を終わった翌日、見知らぬ男が、私をつれにやってきた。母は、何度も何度も頭をさげ、

「ほんとうに助かります。この子ひとりの食いぶちでもへれば、なんとかやって生きていけます」

と礼をいった。そして私に、それまでいく度も繰り返した言葉を、あらためていった。

「いいか、鶴吉、どんなことがあっても、うちに帰ってきてはだめだよ。なんぼ逃げて帰ってきても、かあさんは家に入れないからな。兵隊検査までは、どんなことがあっても、がまんするんだよ」

私はこの言葉を聞いたとたん、ああ、とうとうきょうこそ母や姉と別れねばならないのかと、涙が目の底から噴き出るような勢いで流れ出た。しかし泣きながらも、私はうなずいた。その私の手を、しっかりとにぎりしめてくれた母の手の、がさがさと荒れた感触をいまだに忘れることができない。

私はただ一枚の着替えをふろしきに包んで、背中に斜めにくくりつけられ、迎えに来た男とともに家を出た。

「鶴吉、からだに気をつけてな。ご主人さまのいわれることを、よくきくんだぞ」

「いいか、どんなにつらくても、もう泣いちゃいかんよ」

母は未練気に、歩き出した私に、つぎつぎと大声で叫ぶのだった。私はそのたびにふり返った。涙にうるんで母の顔も、そのそばに立って黙りこくっている姉の顔も、さだかに見ることはできなかった。男の手をふりはらって、私はどんなに、母のそばにかけもどりたかったことだろう。まだ深いザラメ雪のなかを歩きながら、私は大きな涙をボタボタとこぼしていた。

生まれて初めて乗った汽車も、私にはけっしてうれしいものではなかった。いまでこそ、江別と札幌はほんの目と鼻の先だが、生まれて初めて江別の街を去る私には実に遥《はる》かなる彼方へ汽車は自分を運んでいくという、切実な悲しみだけを与えた。

十年の年季証文《しょうもん》を入れた私の店は、大きな呉服屋だった。幼い私には、主人も番頭も、そのほか先輩たちすべてが、だれも彼もおそろしく思われてならなかった。

私の仕事は、まず掃除からはじまった。ときには勝手仕事も手伝わされた。女中はいたが、食事の後片づけや、ちゃわんふきなどを手伝わされた。返事ひとつにしても、「ハイ」とこたえては叱られる。

「商人はハイとこたえるもんじゃない。そう突っ立ったままじゃいかん。ひざに両手をおいて、ヘイと頭を下げるもんだ」

先輩たちは、ようしゃなかった。いま考えてみると、小学校四年生を終えたばかりの、まだ背丈《せたけ》もおとなの半分しかない、ほんのこどもの私を、だれもあまやかしてはくれなかった。

夜、床にはいって、なんど大声をあげて泣いたことだろう。すると他の丁稚《でっち》たちは、口々に罵《ののし》るのだ。

「うるさい、眠れんぞ。泣くときは、ふとんをかぶって、声をおし殺して泣くもんだ」

私は、声をおし殺して泣くということさえ知らないほど、幼かったのだ。江別の空は、どっちにあるかもしらずに、私は藻岩《もいわ》の山を見上げては、「おっかさん」と、よく叫んだものだった。それを聞きつけた他の丁稚が、

「ばかやろう、藻岩のほうにおまえのうちがあるもんか。江別は向こうじゃねえか」

と、私を笑った。しかし私には、江別はあの大きな藻岩の彼方にあるような気がしてならなかった。

藪入《やぶい》りがきても、私は家に帰らなかった。日帰りできないことはなかっただろうが、私には、いく度もいく度も聞かされていた母の言葉が、胸にしみこんでいた。

「鶴吉、兵隊検査までは、けっして帰って来てはならないぞ。鶴吉が逃げて帰って来たら、おっかさんは店にお金をはらわなきゃならん。そんな金は、おっかさんにはないからな」

まったく、母には金がなかった。大の男の開拓農家でさえ苦しい時代だった。水害や冷害であすの食べものにことかく日がいく度もあったのを、私はけっして忘れてはいない。とにかく十年、兵隊にいくまでは帰ることができないと、自分でも固く心に決めていた。

そうではあっても、藪入りの日朝早く、うれしそうに家に帰っていく先輩たちを見送るとき、私はどんなに淋しかったろう。そんな私を、慰めてくれる人はだれもいなかった。

しかし、二年たち三年たって、私もしだいに変わっていった。私はぞうきんがけひとつにしても、人のやった仕事とはちがう仕事をする人間になろうとした。私は負けん気な少年になっていった。店先ひとつ掃くにしてもひと目で、それは鶴吉の仕事だとわかるようになったころ、私はしだいに主人にかわいがられるようになった。

実のことをいうと、それにはひとつのわけがあった。こんな気持ちになったかげに、実はそれなりの理由があったのだ。

主人にはたったひとりの娘があった。私より二つ歳上だった。ユキといった。あるとき、廊下のふき方が悪いといって、私は番頭に、したたか頰《ほお》をなぐられたのだった。十三の私にはまだ、自分の仕事のどこが悪いかわからなかった。

なぐられた頰に手をやって、口惜《くや》し涙にくれていたとき、お嬢さんのユキさんが、私の背に手をかけて、

「鶴吉、ちょっと、わたしの部屋にいらっしゃい」

と連れていった。私はびっくりした。胸がどきどきした。お嬢さんはめったに私たちと口をきかない。お嬢さんはけっしてからだはじょうぶでなかったが、色白の、目もとのパッ

チリした、何かお姫さまのような感じのする人だった。

私はお嬢さんの部屋に初めてはいった。殺風景な自分たちの部屋とはうって変わって、りっぱな八畳間だった。人形や、琴《こと》や、活《い》け花《ばな》や、それらが一度に私の目に飛びこんできて、華やかな感じだった。ぼんやりと部屋を見まわしている私に、お嬢さんはいった。

「鶴吉、番頭になぐられるのが口惜しいのなら、なぐられないような仕事をなさい」

冷たいほどきびしい声だった。その言葉が、十三の私の胸に、ぴしりとこたえた。

(なるほど、なぐられないような仕事をすればいいんだ)

心のなかで大きくうなずいたとき、お嬢さんはまたいった。

「鶴吉、鶴吉が叱られると、わたしも口惜しい」

思いがけない言葉だった。自分が叱られると、どうしてお嬢さんも口惜しいのだろう。私はそう思って、おそるおそるお嬢さんの顔を見た。お嬢さんの目に、涙がきらりと光っていた。そのとき私は、ああここに、ひとりの味方がいたと、まったく勇気百倍の思いだった。私が叱られると、私が口惜しいだけではない。お嬢さんまでが口惜しがってくれるのだ。そう思うと、私は何ともいえず、しあわせだった。

あたたかい言葉は、心の沈んでいるものを一変させる。私はめそめそと、母を恋することどもから、ようやくこのとき脱皮したのだった。仕事に張りが出た。叱られても苦になららなかった。いっしょに口惜しがってくれるお嬢さんのいることが、私の大きな慰めとなった。私はきびきびとよく働くようになった。

そしてそのうちに「叱られないような仕事をする」から、「ほめられるような仕事をする」気持ちに変わり、しだいに、

「さすがに鶴吉の仕事だ」

と、一べつしてわかるような仕事をするようになった。

「鶴吉を見習え」

主人や番頭の口から、この言葉が出るようになったのは、それでも十五歳のときだった。

愛にめざめる

私が十五の秋、お嬢さんが結婚することになった。相手は小樽《おたる》の呉服屋の次男坊だということだった。ひとり娘だったから、養子をとらなければならない。十七になったお嬢さんが結婚するということは、何も突然のできごとではなかった。なぜなら、そのころの娘は早くて十五から嫁入りし、十七で結婚するのは普通とされていた。十八では少し遅く、十九は重苦《じゅうく》といい、女の厄年《やくどし》でだれももらう人はなかった。

だから、十七になったお嬢さんが結婚するときいても、何も驚くにはおよばないはずだった。しかし、その結納《ゆいのう》の日取りがハッキリと知らされたとき、私は思いがけないほど大きな打撃を受けた。知らず知らずのうちに、私はお嬢さんの存在を、自分の生きがいとして、生きてきたのだった。

しかし私のそんな感情など、だれに語れるものでもなかった。語ったところで、人はふき出すだけだったろう。丁稚小僧の私など、お嬢さんとは何のかかわりもないはずである。

私を励ましてくれて以来、あるときはそっとまんじゅうを紙に包んで手わたしてくれたり、小ぎれで財布を作ってくれたり、お嬢さんはいつも私にやさしくしてくれた。だがそれは、単に主家《しゅけ》のお嬢さんが、雇い人にあわれみをかけるという、それだけのことであるはずだった。私はそれ以上お嬢さんに求めてもいなかったし、それでじゅうぶんに満足であった。それなのに、結納ときいてうろたえたのは、自分ながら思いがけない感情であった。

人間というものはふしぎなものだ。もしあのまま、お嬢さんがいくつになっても結婚せずに、家にいたとしたら、私は幼い時の気持ちのままで、お嬢さんに対していたかもしれない。

いよいよ明日は結納という夜だった。私が厠《かわや》に立ったとき、廊下でバッタリお嬢さんに会った。

「鶴吉、わたしの部屋にお茶を持ってきてちょうだい」

その声は、部屋に居る朋輩《ほうばい》たちにも聞こえるような、ハッキリとした声だった。

お茶を運んでいき、そのまま立ち去ろうとすると、お嬢さんは私を呼びとめた。

「鶴吉、おすわりなさい」

私はかしこまって、まえにすわった。

「鶴吉、どうして鶴吉は、私より二つ歳下に生まれたんでしょうね。私が十七になっても、十八になっても、鶴吉はやっぱり二つ歳下なんですもの」

私は、お嬢さんが何をいっているのか、わからなかった。

「鶴吉、あしたはわたしの結納がはいる日ですよ」

　私は黙ってうなずいた。そしてあわてて、

「おめでとうございます」

　と頭をさげた。と、そのとき、お嬢さんは叫ぶようにいった。

「いや！　おめでたくなんかあるもんですか」

　私は、自分が何か叱られているかのように困って、ただ「すみません」といった。そして私は一礼し、部屋を出た。

　翌日は店は閉じられ、幔幕《まんまく》が張られ、軒先《のきさき》には大きなちょうちんがつるされた。こうしてついに、お嬢さんに結納がはいったのだった。

　式はそれから一か月後ときまったが、お嬢さんは結納のはいった三日目、かぜをひいて寝こんでしまった。かなりの高い熱だったが、それでも十日もたてば、すっかりなおるだろうと、だれもがたかをくくっていた。だが十日たっても、半月たっても、お嬢さんのかぜはなおらなかった。おかみさんが心配して、つきっきりで看病していた。

　お嬢さんが寝ついて、二十日ほどたったある夜だった。私たちがみな寝静まったころ、突如、廊下を走ってくる音が聞こえた。私はがばと起きあがった。

「だれか、すぐ医者を！」

その声を聞いたとき、私はもう廊下に飛び出していた。何が起こったのかわからなかった。私はいまにもお嬢さんが息を引きとるのではないかと、わななく足で医者に走った。

翌朝、主人もおかみさんも、すっかりしょうすいしきった顔をしていた。やがて、店のものたちのひそひそささやく声に、私はお嬢さんが昨夜血を吐いたことを知った。

いまでこそ肺結核は、ストレプトマイシンや、その他の化学療法で、おそろしい病気とはいえなくなった。しかし大正《たいしょう》初期のそのころは、肺病といえば、死刑の宣告も同様であった。けっしてなおらない病気なのだ。しだいにやせ細り、顔がロウのようにすきとおり、やがて死んでいく。当時の人たちの肺病をきらうことは、いまの人たちには想像もつかない。肺病人が出たら、家主は家を追い出した。近所の人はもちろん、親戚さえもよりつかない。人々はその家のまえで袖《そで》で口をおおい、顔をそむけて走り過ぎたものだった。

店のなかはざわざわ落ちつかなかった。けっして人に知られてはならなかった。しかし、年季奉公のものさえ、肺病やみのものと同じ屋根の下にいるのは、おそろしいから逃げだそうと話しあい、そのひとりは早々に、お暇《いとま》をちょうだいしたいと、申し出たほどだった。

かわいそうにお嬢さんは、ただちに土蔵のなかに隔離《かくり》された。だが、その身のまわりのせわをしてやるものがいない。だれもがおじ気だっていた。女中はけっして食事を運ぼうとはしない。その食器を洗うのさえいやがった。大店《おおだな》のおかみさんが、つきっきりの看病をすることはできない。

　そうこうしているうちに、当然縁談は破談になった。それは、こちらから辞退したものかどうかわからなかったが、当時としては断られてもいたしかたのない事情であった。しかし、破談になったらしいと女中から聞いたとき、私はふいに怒りがこみあげてきた。理くつにならない怒りかもしれないが、私はお嬢さんがかわいそうでならなかった。結納がはいったばかりで病気になり、そしてそれが破談になった。なんという不運なお嬢さんだろうと、何かやりきれない気持ちだった。それは、私が番頭に頬《ほお》をなぐられたとき、

「鶴吉がなぐられると、わたしも口惜《くや》しい」

　と、いってくれたお嬢さんの気持ちと、同じ気持ちでもあったろう。

　私は、ある日思いきって、主人に願い出た。

「お嬢さんのおせわを、わたしにさせてください」

　ソロバンを弾《はじ》いていた手をとりやめて、主人は私の顔をじっとみて、そしてソロバンをひざの上に立てると、その上にあごを載《の》せて、何かじっと考えているふうだった。しばらくたって、主人はぽつりといった。

「鶴吉、恩に着るよ」

　そのとき初めて、主人は私に頭をさげた。

こうして私は、店の仕事の合い間に、お嬢さんのせわをさせてもらうことになった。

翌日私は、お嬢さんの膳《ぜん》を持って、もうすっかり霜のおりた庭をよぎって、土蔵にはいった。

（まるで囚人みたいに……）

私は胸がいっぱいになって、奥に進んでいくと、

「おまえは鶴吉じゃないの」

と、お嬢さんの驚く声がした。お嬢さんの大きな目は、私をくい入るように見つめている。

「お嬢さん、いかがですか」

食事を持って近づこうとする私に、お嬢さんは叫んだ。

「いけない！　そばによっては、うつるから」

その言葉が、かえって私を大胆に、お嬢さんに近づかせた。半月ぶりに見るお嬢さんはすっかりやつれて、あのふっくらとした頬《ほお》が、そがれたようにこけていた。

「お嬢さん、きょうから私がおせわさせていただきます」

そういって一礼すると、お嬢さんはふいに、たもとで顔をおおい、むせび泣いた。私はこのお嬢さんの病気ならうつってもかまわないと思うほどいとしいと思った。そのとき初めて、私は男としての愛情をお嬢さんに感じたのだった。

私は心をこめてお嬢さんの看病にあたった。どんなことがあっても、必ずむかしのお嬢さんにもどしてやる。それが私の大きな生きる目標となった。店にいる時間が少なくなっただけ、倍も私は働かねばならなくなった。お嬢さんのそばで、お嬢さんから字を習ったり、ソロバンの練習をした。ソロバンがじょうずにならなければ、お嬢さんの病気がなおらないような気がして、そんな思いが自分を一心不乱にさせた。

土蔵は、冬になってみると、思ったより暖かかった。しかし火鉢ではお嬢さんのからだに悪い。私は土蔵に穴をあけることはできないという主人を説いて、無理にストーブをつけてもらった。朝晩湯タンポも入れてあげた。そっとふとんのすそをめくると、お嬢さんの白い小さな足の裏が見えた。それを見るだけで、私はしあわせだった。

私は十六となり、お嬢さんは十八となった。私は、だれからも、いい若い衆だといわれるほど背丈ものびた。からだもがっちりとしてきた。それにひきかえて、お嬢さんの病気は、はかばかしくなかった。

冬を越し、雪がとけはじめたころ、お嬢さんのからだはさらにやせ衰えていった。私は気が気でなかった。どうしてもお嬢さんに生きてもらわねばならない。

ある日私は、蔵の小さな窓から外を見ていた。ナナカマドの新芽が萌《も》え出ていた。それが風に吹かれ、赤ん坊のにぎりこぶしのように愛らしかった。そのとき私はハッとした。

こんな蔵のなかに閉じこめておいて、お嬢さんの病気はよくなるわけはない。いい空気がたんまり必要なんだと、初めてそのとき気がついたのである。

だが主人は、窓をあけることを恐れた。店のものへの気がねからであった。

「そんなに恐ろしい病気ではありません。その証拠に、私はこんなに元気で働いているではありませんか」

私は抗議した。そしてお嬢さんを、午前と午後、蔵の外に散歩につれ出し、窓という窓はいつも開け放つようにした。その効果があったのか、あるいはお嬢さんの気が散歩で引き立ったのか、夏に向かいながら、しだいに食欲が出てきたのだった。もうそのころは、私に病気がうつらないと思って安心してか、お嬢さんは「鶴吉、鶴吉」と、私を心よりたよりにしてくれるようになった。

私は他の朋輩《ほうばい》よりも、重んぜられるようになっていた。私は、年季奉公があけ、兵隊にいったら、必ず独立しようと、かたく心に思い定めていた。だから取り引きをする主人の言葉も、問屋の言葉も私は心して聞いた。商売は、売るよりも仕入れが大事だということも、悟るようになった。品物の目ききはもちろんのこと、客にあいさつひとつするにも、私は自分自身の客に対するように、真実をこめた。

そのうちに、店にくる客も、

「鶴吉っつぁん、ちょっと着物をみせてちょうだい」

　と、私を名ざしすることが多くなった。

　私はしかし、年季奉公の身だったから、いかに重宝がられても、与えられる金は、ほんの床屋銭程度のものだった。そんな私に、江別の母から、ときおり寝巻や手づくりの足袋《たび》を送ってきた。そして必ず、足袋の太指のはいるところに、五銭か十銭銅貨を母は入れてよこすのだった。

　母恋しさは、十八になっても、けっして変わることはなかった。貧しくて嫁にいけない姉のことも心配だった。いまに年季があけたら、いまに年季があけたらと、ただ年季があける日を、私は一日千秋の思いで待っていた。その反面、お嬢さんの看病をしているとき、こんな日が永遠につづいたらと思ったりもするのであった。

　私はお嬢さんが好きだった。しかし、けっしてそれ以上を望まなかった。お嬢さんさえじょうぶになり、しあわせになってくれれば、私は満足だった。お嬢さんの病気は、春先になると悪くなり、秋になると小康を得、いわば一進一退の年月がくり返された。

　いよいよ年季奉公のあける日が近づいてきた。待ちに待ったその日が、うれしくもあり、またうら悲しくもあった。あと一か月で、この家とも、お嬢さんともお別れかと思うと、やはり、いうにいえない淋しさがあった。

その年は、春先もお嬢さんの病気は順調で、はた目には健康人と変わらないほどに、元気になりつつあった。土蔵を出て、自分の部屋にもどってもいた。そんなある夜、私は主人の部屋に呼ばれていった。主人とおかみさんが、きちんと正座して私を迎えた。

「鶴吉、まことにいいにくい話だが、私の願いを聞いてはくれないだろうか」

何のことかと、私はいぶかりながら、主人の顔を見た。

「どんなことでございましょう」

「実は、あのユキのむこになってはくれまいかということなんだが……」

私は驚いた。主人からそんな話が出ようとは、思ってもみなかったことだった。

「お嬢さんのですか」

「あんな病人だから、わたしも無理にとは、けっしてたのまない。だが、この店もわたしがこれといっしょに行商から始めて、築いてきた店だと思うと、このまま後継ぎもないのでは……と思ってなあ」

「…………」

私は返答につまった。十年の恩義がある。そしてまた、何よりもあのお嬢さんと結婚するのは、願ってもないしあわせだった。しかもこんな大店《おおだな》の後継ぎになることは、たしかに望外の出世だといわなければならなかった。しかし私は、貧しいとはいえ、一家の長男である。長男が他家にむこ入りすることなど、とうていかなわぬことだった。ややしばらく考えた後、私がそのことを述べると、主人夫妻は顔を見あわせ、

「やっぱりなあ……」

と、悄然《しょうぜん》とした。

私は心が痛んだ。何か裏ぎったような、うしろめたい思いすらした。こうしてこの話は立ち消えとなり、私はついに年季あけの日を迎えた。風の激しい日であった。お嬢さんの部屋にあいさつにいくと、もう目をまっ赤に泣きはらしていた。私は、何もいえずに泣きじゃくっているお嬢さんの姿を見ると、胸をしめつけられるような思いだった。

「長い間おせわになりました。お嬢さんも、どうかおからだをお大事になさって……」

私はそういって立ちあがった。

この部屋に私を招いて、

「鶴吉が叱られると、わたしも口惜《くや》しい」

といってくれた七年まえの日が、ありありと思い出され、私もまた涙をこらえかねていた。

「鶴吉、鶴吉には、そんなことしか……いうことはないんですか」

泣きじゃくりながら、お嬢さんがいった。

「は、何かお気にさわりましたか」

私はそこにすわりなおした。

「鶴吉……」

お嬢さんはそこで言葉をとぎらせ、私の顔を見た。

「たったひとことでいい、鶴吉はわたしを、いったいどう思っていたか、きかせてちょうだい」

私は黙った。

好きだった。それは考えてみると、あの十三の年からきょうまで七年、胸の底の底に、深く秘めてきた、私の大事な想いであった。それを口に出していえたら、私だってどんなにうれしかったことだろう。しかし、年季奉公をつとめる身には、そんなことは思うさえ悪いように思ってきたのだった。

私が黙っていると、お嬢さんは涙をぬぐい、

「わかりました」

と、きっぱりいい、そばのタンスの引き出しから、ふくさ包みを取り出した。

「鶴吉、長いこと、わたしこそおせわになりました。これは、ほんのわたしのお礼です。長い間、鶴吉のために、ためてきたお金です。鶴吉がお嫁さんをもらう結納金ぐらいはあると思います。使ってください」

と、それを私のまえに置いた。そのとたん、私は、長い間こらえていた思いが、一度にぐっ

とこみあげてきた。私は金包みをお嬢さんのまえに押し返しながらいった。

「お嬢さん、わたしは、嫁などもらいません。わたしは、嫁などもらいません。わたしはお嬢さんが……」

そういったかと思うと、私は思わずお嬢さんの手を取って、両手のなかにかたくにぎりしめたのだった。

それから、はじかれたようにお嬢さんのそばを離れた。そして男泣きに泣きながら、その部屋を出てきたのだった。

充実した人生

年季のあけた私を、家まで送ってくれたのは主人だった。

江別の母のもとに帰ったとき、母は私の顔を見るなり、

「おまえ、鶴吉か!!」

と、驚きの声をあげた。母の胸には、十年まえの私の姿しか、思い浮かばなかったのではなかったろうか。

「大きくなって、大きくなって……」

と、母はくり返すばかりで、ともに行った主人にあいさつすることすら、しばらくの間忘れていたほどだった。

主人が羽織、袴《はかま》の包みと、金と年季証文《しょうもん》を母のまえにおいた。そのとき母は、突如《とつじょ》大声をあげて泣きながら、その証文を、いきなりまんなかからびりりと破った。そして、それをさらに細かく細かくちぎりながら、母はいった。

「だんなさん。わたしはな、この子が奉公に出てからきょうまで、風に雨戸がガタガタしても、もしや鶴吉が逃げて帰ったのではないかと、なんぼハラハラしたか、わかりません。つら

ければ帰ってこいというのが、母の情というものです。それなのに、逃げてきたら困る。帰ってきたら、この証文にあるとおり、一日いくらの金を返さなければならん。金がないばかりに……。鶴吉、ああ貧乏は、おっかさんを鬼にしてしもうた」

そういって、母は私の首を抱いて泣いたのだ。主人ももらい泣きをして涙をぬぐった。

ややしばらくして、主人が、私をむこに欲しいといったが、長男なので断られたむねを母に告げたとき、母には何のことか、すぐにはのみこめないようであった。くり返して主人がいってきかせると、母は突然、男のようにカラカラと笑った。

「あほな鶴吉だ。こんな家など、つぶれたって、どうということがあるもんか。家よりは、みんながしあわせになって、おまんまを腹いっぱい食べるほうが、どんなにいいやら。うちには、小糠《こぬか》の三升《しょう》もありゃしない」

この母の言葉は、たしかにひとつの道理だった。ただ母のいう幸福は、金さえあればという、まちがったものだった。しかし金も、まったくないという生活よりは、むろんあるにこしたことはない。

こうして、私をむこに出す話はたちまちきまったのである。母も姉も、江別《えべつ》の原野を引きはらい、札幌《さっぽろ》に小ぎれいな家を一軒建ててもらうことになった。昨日に変わるきょうの身に、母は毎日呆然《ぼうぜん》とした面持《おもも》ちであった。

仮祝言《かりしゅうげん》を、入隊するまえにあげることになった。しかし、ユキはなんという不運な女だったろう。仮祝言をまえに、またも喀血《かっけつ》をしてしまったのである。だが私は驚かなかった。ユキと結婚する以上、ユキの病気は、一生ついてまわると覚悟していたからである。私は寝ているユキの枕もとで、仮祝言の盃《さかずき》をかわした。一日も早く、ユキを安心させたかったからである。晴着をふとんの上にかけ、ユキは寝たままであった。そのユキの唇をあてた盃に、私はためらわず口をつけた。

入籍は、当時のならわしとして、すぐにはしなかった。そして私は兵隊に行った。

一年半たって帰ってきたとき、ユキはまだ病床にあった。私とユキは、結婚したとはいえ、肉体のまじわりをもたぬ生活であった。しかしそのことに私は不満を感じなかった。ふたたびユキを看病し、店で働く生活が始まった。

結婚したことが、かえってユキの心の負担になったのだろうか。ユキはいつも、不自由をかけてすまないと、私にわびつづけた。少し散歩できるようになったかと思うと、また喀血をくり返す。そんなユキに、こどもを生ませることなど、とてもできない。私はただ、勤め人のように、くるくると店でよく働き、そして、暇をみてはユキを看病するだけの生活がつづいた。多分ユキの病気は良性だったのだろう。とにかくこんな生活が、実に二十年もつづいたのである。

すでに時代は、昭和十四年になっていた。二十年の月日も、過ぎ去れば早い。この間に大陸では満州事変が起こり、それがさらに支那事変（当時の日中戦争の呼称）に広がっていった。

母は大正の終わりにすでに死んでいた。夢にも思わなかった楽な生活が、かえって母の疲れを引き出したかのように、母を老《ふ》けさせ、衰えさせてしまったようだった。姉はそのまえに、ある大工と結婚していた。母は安心して死んでいっただろう。せめてもの慰めといえた。

昭和十四年の、忘れもしない八月四日、私に召集令状がきた。すでに、あちこちに赤紙《あかがみ》（召集令状）がきたことは知ってはいたが、まさか自分のところにもこようとは、予期せぬことであった。

ようやく元気になり始めたユキを、私は、この夜ばかりは、抱いてやらずにはいられなかった。人は信じ得るかどうかわからないが、私たち夫婦のまじわりは、一年に一度か二度の、淡いものであった。このときユキは四十四になっていたが、娘のように若々しい表情を持っている、可憐《かれん》な女だった。

しばらく旭川《あさひかわ》に民宿し、私たちは中国大陸に送られていった。初め華北《かほく》にあった部隊は、いつしか華中《かちゅう》に移され、やがて華南《かなん》にくだったころ、あのいまわしい大東亜《だいとうあ》戦争がぼっ発した。昭和十六年十二月八日のことである。

運のいいものは、応召して一年くらいで本国に帰ったものもいた。しかし私の編入された部隊は、つぎつぎに激戦地にまわされ、故郷の便りすらとだえることが、いく度かあった。

ユキの便りは昭和十七年の年賀状以来、バッタリととだえた。またしても喀血《かっけつ》をくり返しているのだろうと砲声の止んだ塹壕《ざんごう》のなかで、わたしはひざを抱えたまま、ユキのことをいく度思ったことだろう。ユキの父からは、月に一度の割で便りが届いた。ユキは臥《ふ》せったきりだが、心配するにはおよばない。またそのうちによくなるだろう。戦争のため、仕事のほうが思わしくない。何もかも統制になってきた。自分もこのごろ、ひどくからだが疲れて、一日も早くおまえが帰ってくるのを、ただ祈るばかりだ、というような手紙ばかりであった。

戦局が目まぐるしく変わり、兵隊同士のなかでも、日本はもう負けるのではないかと、ささやきあうようになったころ、父からの便りもなくなった。おおかた、転戦につぐ転戦で、無事に着く便りも少なくなったのだろうか。私は、想像もつかない本国の生活を思いやった。

日本の国内においては、食糧もつき果てたようなデマも飛んだ。私はユキのからだが案ぜられてしかたがなかった。金があっても食糧がない時代になっては、いかんともしがたいのだ。ついに故郷の便りをきくこともなくて、私は華南で敗戦を迎えた。私が四十八の八月十五日である。

命からがら、それでも日本にたどりついたのは、その年の暮だった。見渡す限り焼け野原の東京を見たとき、私は初めて、日本は負けたのだと思った。しかし、札幌に帰れば、また平和な生活が始まるのだ。札幌は焼けていないと聞いて、私はどんなに喜んだことだろう。

私はユキのからだをひたすら案じながらも、札幌駅におりたとたん、無事な街の姿に、ハラハラと涙がこぼれた。だがその喜びも束《つか》の間《ま》、ようやくわが家のまえにきたとき、私は目を疑った。そこは、あの呉服屋のマル三ではなく、竹ボーキや、タワシや、いろいろなものが店先に積みあげられている雑貨問屋に変わっているではないか。マル三の字を浮きぼりにした大きな看板は、どこにもなかった。私はつかつかと店にはいっていった。

「いらっしゃい」

聞き覚えのない野太《のぶと》い声が私の耳にはいった。

「ちょっとおたずねいたします。ここはたしかマル三という呉服屋ではなかったかと思いますが」

「ああ、もとはね」

五十がらみの男はうさんくさそうに、私のうす汚れた兵隊姿をじろじろと見た。

「ご主人はいらっしゃいますか。私はマル三のあととりでございますが」

と私がいうと、男は横柄《おうへい》にいった。

「ああ、あんたかい。小僧あがりのむこってのは。主人はわたしだが、何か用かね」

私は何もきく気がなくなった。聞こうと思えば、いくらでも札幌には知人がいた。すぐ隣の床屋にいって聞いてもいい。私は店を出て床屋にいった。床屋はむかしのままの、鏡が三面の小さな店で、前歯のかけた主人も、少しねこ背のその妻も、七年の歳月を感じさせないほど何も変わってはいなかった。

「おお！　だんな、マル三の若だんなじゃありませんか」

小僧あがりとはいえ、二十年、むことして働いていた私に、ここの夫婦は、むかしから若だんなと私を呼んでくれていた。

「若だんな、よくご無事で……」

おかみさんは顔を見るなり、カッポウ着《ぎ》の袖《そで》で目をおおった。

「若だんなの留守に、マル三もすっかりお気の毒になりましてね」

「隣は雑貨問屋になっているようですが、いったいこれはどうしたんですか。家内たちは……」

泣いていたおかみさんは、顔をあげて、夫と顔を見合わせた。

「……じゃ、若だんなは何もご存じないんですか」

「何もって、なんのことです」

ふたりは突っ立ったままの私を、ここでは店先だからと、奥に招き入れてくれた。

「若だんな、どうせ知られることですから、何もかも申しあげますがね。若奥さんは、あれはたしか……」

と、指を折り曲げ、

「……先おととしの正月でした。まだ松飾りも取れないうちに、突然お亡くなりになりました」

「えっ!? 死んだ、ユキが」

あまりのことに、私は呆然とした。

「なんでも、かぜをひいたのが悪かったらしいのです。ひどい大喀血で、ちっ息《そく》したとか……」

「ちっ息?」

私は唖然《あぜん》とした。長い長い療養の果てに、これはまたなんと無残な死であったろう。

「そのうえ、大《おお》だんなは、その年の暮に脳溢血《のういっけつ》で倒れ、十日あまりただ昏々《こんこん》と眠って、これまたお正月に……ちょうど若奥さんの命日に亡くなられたんですよ」

私はもう涙も出なかった。戦争のさなか、統制を受けた打撃が、娘を失った心労とともに、父に重なる苦労をあたえたにちがいない。呆然としている私に、おやじさんはいった。

「ただひとり残ったおかみさんが、大だんなの甥《おい》とやらを小樽《おたる》から連れてきて、店を見てもらったんですが、これがしぶといくわせものでした……」

なんでもその男は、札幌もどうせ空襲にあう。いまのうちに買い手があったら店を売り、金に替えておいたほうがいいと、うまくだまして店を売った。むろん終戦近い札幌では、家を売るものが続出したというから、これにだまされたユキの母を責めることはできない。ただ憎いのは、売った金を持って逃げたばかりか、銀行に預けていた金をおろして、そっくりそれを持って逃げたことだ。ユキの母は半狂乱になり、いまは精神病院に入院しているという。

それから私は、死んだもののように無気力になり、ただ人にやとわれるままに、担《かつ》ぎ屋《や》をやって、その日その日を生きていた。そんななかで、私は酒をのむことを知り、友江《ともえ》に会ったのだった。

人は、私の人生をなんと思うだろう。自分の生まれた日に父を失い、幼いときから野良《のら》に出て働き、小学校四年を出ただけで、十年の年季奉公にでた。そして、愛する妻のために何十年も働きつづけ、看病し、あげくに戦争にいき、知らぬ間に妻にも親にも死別した。長年苦労して貯《たくわ》えた金も家も、人手にとられた。もしあの戦争がなかったらと、私はいく度口惜しがったことだろう。もし戦争にいかずに家にいたなら、ユキはこの手を取りつつ死ぬことができたろう。

ともあれ、私が三十年マル三の家で働いて得たものは、無一文と孤独の境涯《きょうがい》だけであった。むだな人生だったと人はいうかもしれない。

だが私は、私にとっての五十年の人生が、まったくむだだったとは思えない。私は、戦友が、塹壕のなかで、ポケットから出した小さな本をひらきながら語ってくれた言葉を、いまもはっきりと思い出すのだ。

「汝《なんじ》ら互いに重荷を負え」

「汝の十字架を取りて歩め」

この男は中支で戦死したが、いい男だった。自分が疲れているのに、病人が出ると、その背《はい》のうを背負うのは、いつもこの男だった。そのことをいったときに、彼は私に教えてくれたのだ。

「汝ら互いに重荷を負え」

と。

そのとき私は感心しながらも、まだその言葉の価値をじゅうぶんにわからなかった。しかしいまになってようやくわかるのだった。私は母のために生き、ユキのために生きた。そしてこれこそ自分を真に生かす道だったと思う。自分の人生は、やはり充実していたのだとしみじみ思うのだ。――

ここで手記は終わり、つぎの言葉が追記されていた。

『私はこの重荷を、ただひとりの、血をわけた息子の明《あきら》にだけは負わせまいと、まちがって生きた。自分自身の重荷を負うこともできないヒョロヒョロの意気地なしに、私はおまえを育ててしまった。ほんとうの愛が私にあったなら、いかなる重荷をも負うばかりか、他の人の重荷まで負って、がっちりと自分の足であゆんでいく、たくましい生き方こそ教えるべきであった。

明、おまえは私をじじいだというが、五十二歳になって初めて、自分のこどもを得るという男の人生が、どんなものであったか、わかってくれたろうか』

明は、夕ぐれの暗緑の芝生に目をやった。残りの夕焼けが、西の空にまだ淡く赤い。

「汝ら互いに重荷を負え、か」

明は、ずしりと重いバトンをわたされたような思いで、そうつぶやいていた。

茨の蔭に

1

茨の蔭に

〈どんな人間の一生も、すべて、自分自身へ行きつくための、ひとつの道なのだ〉
〈どんな人間も、完全に自分になれたためしはない〉

二階の部屋で、ヘルマン・ヘッセの小説『デーミアン』を読んでいた佐津川景子《さつがわけいこ》は、ふと目をあげて窓を見た。

庭の裏から、いきなり石狩《いしかり》平野は、果てしなくひろがっていた。水のはいった田んぼに、青い五月の空が映り、平野のところどころには、黒々とした針葉樹の防風林や、青や赤の農家の屋根が散在し、その彼方に地平線があった。

（自分自身へ行きつくための、ひとつの道……）

景子は地平線に目をやりながら、心の中でつぶやいた。ほんとうの自分自身になるためには、ただひとつの道しかないのであろうか。とすれば、自分がほんとうの自分になるためには、はたして、この家で、父母や姉たちと生活をつづけるべきか、どうか。

（やっぱり、思いきってこの家を出るべきではないかしら）

景子はこのごろ、幾度かそう思っていた。それは必ずしも、十九歳という若さゆえの浅慮《せんりょ》とも、景子には思えなかった。

景子の父佐津川長吾《ちょうご》は、石幌《いしほろ》町の町長で、来春は三選を期待されていた。母の富喜枝《ふきえ》は誰の心をも惹《ひ》くしとやかな女性であり、姉の美図枝《みずえ》ものびやかな明るい女性であった。そして景子よりも十も歳下の雅志《まさし》は、少し神経質だが、景子によくなつく愛らしい弟だった。他から見て、景子が家出をしなければならぬ理由は、まったくないように見えた。

「景子、景子……」

母の富喜枝のやさしい声が近づいてくる。景子は黙って、英語のリーダーを本立てから取り出してひらいた。ドアがノックされ、母の顔がのぞいた。瓜実顔《うりざねがお》の富喜枝の顔は、いつものように微笑をたたえている。景子は母を見ていると、人間の印象や表情ぐらいあてにならないものはないと思う。この微笑の蔭《かげ》に何がかくれているのか。意外と人々は知ってはいなかった。

「なあに、お母さん」

「なあにじゃないわよ」

語調は少しも尖《とが》らない。が、まつわりつくように、目に見えぬ何かがあった。有無をいわさぬ何かがあった。

富喜枝は机の傍までやってきて、景子のひらいているものが英語の本だと知ると、

「よくお勉強するのね。でもね、景子、今日は新築祝いなのよ。お父さんの後援者たちをお招きしてあるのよ。二十人も集まるのに、景子も手伝ってくれなくちゃあ……ね、手つだってね」

「ハイ、いま行くわよ」

景子は父の支援者たちがうとましかった。このうえ父に町長などつづけてほしくはなかった。が、それを口にすることは景子にはできなかった。母が父の地位にどれほど執着しているかを知っていたからだ。

「どうせきょうは土曜日だし、お勉強は明日でもできるわね」

景子は札幌の北都短大に通っていた。が、父の長吾も母の富喜枝も、娘の短大進学は嫁入り道具としか考えていなかった。中学までは学校の成績に異常なほどに敏感だった富喜枝が、去年景子が短大にはいってからは、一度だってその成績を気にしたことはなかった。

景子はエプロンをつけると、母の後から階下に降りて行った。つい十日前移ってきたばかりの、地坪《じつぼ》七十坪もあるこの新宅の、きょうは表向きは建築落成《らくせい》祝いの日であった。が、招待客は厳選されていて、佐津川長吾後援会の幹部たちに限られていた。

料理は仕出し物を出す。だがこんなとき、手作りの幾品かを富喜枝は必ず添えることにしていた。

「いいこと？　それが人の心をつかむこつですよ」

富喜枝は、娘たちやお手伝いの行子《ゆきこ》にいつも聞かせている。美図枝は十二畳の広いキッチンで、鶏の唐揚げの用意をしていた。行子は鮭を切っていたし、こういうときにはいつも手伝いにくる富喜枝の妹のハツ子も、忙しそうに大皿を拭《ふ》いていた。

「やれやれ、やっとお姫さまが現れた」

姉の美図枝は景子を見て笑った。美図枝は、人の集まるところなら、葬式でも好きだといったことがある。きょうのために、何日も前から母よりも気をいれて準備していた美図枝である。笑うと盛りあがる美図枝の胸が、さらに大きく盛りあがった。景子はいやおうなく、父の支援者たちのために料理の手伝いをしなければならなかった。

2

夕方六時、ひとりの遅れる者もなく幹部たちが集まり、何やら協議がもたれた。それは協議と言うより密談といってよく、富喜枝《ふきえ》以外はその部屋に出入りすることが許されなかった。それから一時間半ほどして祝宴がはじまり、女たちがみな酌《しゃく》にかり出された。またたく間に銚子《ちょうし》があく。ビールが飲み干される。二十畳の大広間の電灯は煌々《こうこう》と明るかった。大声で政治を論じあう者、ひとりで心地よさそうに歌をうたう者、しだいに座が乱れてきた。

「今度という今度はね、町長、ほんとに、油断ならん選挙になりますぜ」

参謀格の、顔の四角い比羅井《ひらい》が、ぎょろりとした目を長吾に向け、どすのきいた声で低くささやくのを、景子《けいこ》は耳にした。景子は父のうしろにひっそりとすわっていた。

「しかしねえ、比羅さん、わしは現職だからねえ」

と、佐津川長吾《さつがわちょうご》が自信ありげにいった。

「そりゃあ町長、現職は強い。しかしな、今度の相手は高橋宏二《たかはしこうじ》だからな」

高橋宏二は、この三月まで石幌《いしほろ》町の高校の校長をしていた。信念があり闊達《かったつ》な人物で、町民にも教え子にも人望があった。その高橋宏二を教え子たちがむりやり説得して出馬に踏み切らせたのである。しかも革新団体の推薦を受けるという情報も流れていた。ついこのあいだまで、無競争と思っていた佐津川派は、いささかあわてたのである。

石幌町で高橋宏二を悪くいう者はほとんどない。高橋宏二は炭鉱都市夕張《ゆうばり》から転勤してきて十年になる。その人格が、崩れかけていた石幌高校の校風を一新させたとさえいわれていた。

一方佐津川長吾の、町長としての手腕もかなり高く評価されていた。だが、もともと木材業であった佐津川長吾の経営が、この界隈《かいわい》の同業者の中で筆頭に立ったことに、疑惑をもつ者も少なくなかった。

「……なあに、いくら相手が高橋先生でも、人間だよ、比羅井君。人間という者は、叩《たた》きゃあ埃《ほこり》の出るもんだよ」

意味ありげに、長吾はニヤリと笑った。

「なるほど、叩けば埃は出るわな」

比羅井もニヤリとうなずき、その分厚い口を長吾の耳にもっていった。長吾は、

「ふん、ふん、なるほど。デマか。うん、それはいい手だ」

と、しだいに相好《そうごう》を崩《くず》していく。景子には二人の低いささやきは途切れ途切れにしか聞こえなかったが何か不安だった。と、長吾がいった。

「しかしな比羅井君、無理だよ。その手は無理だ。奴《やっこ》さんが教え子に手をつけるとは……」

「それが駄目、それが」

比羅井が大きな手をふった。熊の手のような大きな手であった。

「ねえ、町長」

再び比羅井が何やら低くささやいた。長吾がちょっと声をあげて笑った。

「うん、それならいいだろう。その手をみんなで相談してくれ」

長吾は比羅井のコップにビールを注《つ》ぎながら、

「なるほどあそこには娘や息子がいる。若いもんだ、色恋のひとつやふたつ、ないほうが不思議だし……」

「じゃあ、近いうちに『月刊石幌』の大原にいい餌《えさ》でも持っていきますか」

景子は、思わずハッとした。『月刊石幌』は、石幌町にある郷土誌である。その郷土誌を出している大原達夫の息子哲也《てつや》は、景子のひそかに心惹《ひ》かれている青年だった。清潔な哲也のまなざしを思いながら、景子はそっと座を立った。

「なんだ、景子、ここにいたのか」

父の長吾が、景子の手をとった。長吾は酔うと、妻でも娘でも、お手伝いの行子の手でも、やたらに握《にぎ》る癖《くせ》がある。そんなときの父を、景子は嫌っていた。

「ちょっと、お酒をとりに」

「そうか。おや、お母さんがいないな、お母さんを呼んでおいで」

「はい」

逃げるように景子は部屋を出た。姉の美図枝が、男たちの間にはいって、のけぞるように笑っている姿が、胸に残った。

タバコの煙と酒のにおいのする座敷から逃れて景子はほっとした。

キッチンでは叔母《おば》のハツ子が一人、酒の燗《かん》をしていた。

「今度の選挙は大変だねえ」

ハツ子は景子に赤い顔を向けていった。燗をしながら、刺身でもつついて独酌《どくしゃく》していたのだろう。襟《えり》を落とした粋《いき》な着付けが、会社員の妻には見えなかった。

「そうね」

適当な相づちを打つ景子に、

「あんたのお父さんね、選挙前にこの家を建てたのは失敗だったよ。なにしろ少し立派過ぎるからね。佐津川御殿なんていう人もあるからね。きっとまた、あることないこといわれるよ」

「そうお……あの、叔母さん、お母さんは?」

「おや、座敷じゃないの」

景子は部屋を出た。母の姿は、居間にもなかった。景子は居間のソファーにすわって吐息をついた。哲也の父の名が出たことが、景子の不安を大きくした。ちらりと耳にしたデマという言葉も、景子をおびえさせた。もしかしたら、前回の選挙のときのように、悪辣《あくらつ》なデマでも流して相手候補を敗北させようとしているのかもしれない。

高橋校長は景子の尊敬する恩師でもある。その師に陰謀《いんぼう》をたくらむらしい父たちの動きが恐ろしかった。前回の選挙のとき、相手候補に横領《おうりょう》未遂《みすい》の過去があるという風評が流された。そしてそれがそのまま票につながった。その候補は間もなく大阪に去って行ったが、それが横領事件を裏書きしているように人々は思った。だが、そのデマの出所が父の支援者たちであることを、まだ中学生だった景子は知ったのだった。

(汚いわ。汚すぎるわ)

高橋校長の息子や娘はまだ若い。景子は知り合いではなかったが、その前途ある若者たちを、デマで傷つけようとする父たちの策謀《さくぼう》が恐ろしかった。

景子はふらふらと二階にあがって行った。と、景子はギョッとした。踊り場からまっすぐに広い廊下があり、その突き当たりに丸いバルコニーがあった。そのバルコニーから、いま母と後援会の幹事の一人が、絡《から》まるようにして出てきたのだった。景子はとっさに、自分の部屋にとびこんだ。

3

高橋知子《ともこ》は、札幌《さっぽろ》駅を出ると、駅前に近い産共ビルの陶芸《とうげい》教室に歩いて行った。きびきびとした身のこなしは、教育大学に在学中、バレーボールの選手をしていたせいかもしれない。ホワイトグレーのレーンコートの襟《えり》を立てながら、知子はちょっと空を見あげた。ビルとビルの間に夕焼け雲がゆっくりと東に流れていた。少し風がある。札幌の街は、知子の住む石幌《いしほろ》町と同じように、風のある街だ。

再び歩き出しながら、知子は、きょうの思いがけない小さな事件を思っていた。一時間めの授業が始まったとき、教頭が転入生をつれて知子の教室にはいってきた。神経質そうな色白のその男の子は、上品な物腰の母親につきそわれていた。その女性を見たとき、知子はすぐにそれが誰であるかを知った。女性は町長の妻富喜枝《ふきえ》であった。富喜枝の顔は、前回の町長選挙のときも、その前の選挙のときも、夫長吾《ちょうご》とともにトラックに乗っていたから、町民は誰でもよく知っている。だがたぶん、富喜枝のほうでは、知子が次期町長選挙の対立候補高橋宏二《こうじ》の娘とは知らなかったにちがいない。ていねいに頭をさげて富喜枝は帰って行った。

町長候補の娘が、町長の息子を受け持つ。なんと皮肉なめぐり合わせかと思いながら、知子はふりきるように心の中でつぶやいた。

(親たちは親たち、子供たちは子供たち、わたしは佐津川雅志《さつがわまさし》君の、いい教師であればそれでいいんだわ)

産共ビルの自動ドアがあいた。すぐ右手にエレベーターがある。ここの八階に、板東《ばんどう》陶芸教室が、毎週火曜、午後七時から開かれている。

知子は今年、札幌の教育大学を卒業して、石幌第二小学校の四年生を四月から受け持っていた。それと同時に、この陶芸教室に通うようになった。それは、陶芸を生徒に教えるという必要からばかりでなく、高校、大学と札幌で学んだ知子には、札幌は離れ難い街だったからでもある。

石幌町は、もともと農業を基盤として発展した町だが、近ごろ札幌のベッドタウンとして候補地にあがってきている町でもあった。僅《わず》か四、五十分で札幌に出ることができたから、五時に勤めを終えて、七時からの陶芸教室に週一度通うことは、そうむずかしいことではなかった。

八階のいちばん奥にある陶芸教室には、十五、六人の男女が明るい電灯の下に集まっていた。男も女も作業用のエプロンをつけ、ある者は粘土をこね、ある者はろくろを回している。

そしてある者は、造形に専念していた。年齢も職業もまちまちだった。五十代から十代までの男女がほとんどものもいわず粘土と取り組んでいた。誰もが真剣だった。ひとつのものを作りあげねばならないという思いが、人々の口数を少なくしているようだった。そんな真剣なふんいきが知子は好きだった。

知子がろくろの上で、湯呑茶碗《ゆのみぢゃわん》をつくりはじめたとき、隣のろくろの前に立った青年がいた。この青年をここで見かけたのはきょうで二度めである。粘土をこねた青年はろくろにスイッチをいれた。が、せっかく形を成してきたぐいのみの縁《ふち》が大きく波を打って形が崩《くず》れた。

「参ったな」

小さくつぶやく声に、知子は自分のろくろを回しながら、その無惨《むざん》な青年のぐいのみを横目で見た。

「これじゃ酒は飲めない」

青年は照れたように知子を見てちらりと笑った。

「あら、どんな形でなければならないということはないと思うわ」

知子は慰《なぐさ》めた。

「そんなことといわないで、どうやったらそんないい形になるか、教えてくださいよ」

「わたしもわからないのよ」

いいながら知子は、ろくろの速度と指の力の加減を考えてみたらいいのではないかと、アドバイスした。青年は再びろくろを回しはじめた。

次につくったぐいのみは、どうやら形がととのった。

「うまくできた！」

青年はやや大きな声でいい、思わず人々は笑った。邪気《じゃき》のないそのいい方に、人々は好意をもったようであった。ほとんど誰もが口をきかずに黙々としている中で、青年は素直に育った若木のようにのびのびと見えた。

「ありがとう」

ろくろをとめてから、青年は知子に礼をいった。

その目がひどく清潔に思われた。それから知子は湯呑茶碗をいくつかつくって、粘土の伸ばし方を練習した。楽しかった。なぜかいままでにないほど、ろくろを回すことが楽しかった。その楽しさは、隣にいるこの汚れのない目をした青年のせいかもしれなかった。

知子は時計を見た。青年がいった。

「お帰りですか」

「ええ、そろそろ」

他の者も帰り支度をはじめていた。

「ぼくも帰ろうかな」

知子はできあがった作品をビニール袋にいれて棚におき、雑巾《ぞうきん》でろくろ台を拭《ふ》きはじめた。後始末をしてコートを着、廊下に出ると、つづいて四、五人が教室を出た。その中に先ほど隣にいた青年もいた。

エレベーターにはいったとき、青年は知子の傍《そば》に立った。知子と青年の目が合った。どちらからともなく、二人は微笑した。エレベーターを出ると、

「哲也《てつや》さん」

と、声をかけて青年に近づいてきた若い女性がいた。なぜか知子はハッとした。

「やあ、待った?」

どうやら女性は青年を待っていたらしかった。知子はビルの外に出た。半月が札幌の街の上におぼろにかかっていた。

4

大原哲也《てつや》と佐津川景子《さつがわけいこ》は、喫茶店エルムの片隅《かたすみ》のテーブルに向かい合っていた。ほかに一組の客があるだけで、小さな店の中はひっそりとしている。バックミュージックの童謡曲が、メドレーで流れている。

海は荒波、向こうは佐渡《さど》よ……

ミュージックに合わせて、哲也は低くうたった。景子はふっと微笑した。景子は、哲也のそんな気どらなさが好きなのだ。

「電話、うれしかったよ。何か急用だった？」

今日会社に、景子から会いたいという電話がきたのだ。ふたりが知り合って、もう二年ほどになる。郷土誌『月刊石幌《いしほろ》』を出している哲也の父大原達夫《たつお》が、インタビュー記事をとるために、佐津川町長の自宅を訪ねたことがあった。その日はちょうど日曜で、哲也は何日かぶりで家に帰っていた。そしてカメラを持って、父について出かけたのだった。そのときふたりは知り合った。それ以来、しだいにふたりの距離は縮められ、いまでは週に一度は会っていた。といっても、景子は自分の心を、まだ哲也に打ち明けてはいなかったし、哲也もまた淡々として、友人の姿勢を崩《くず》さなかった。

「急用っていうことじゃないんですけど……。どうしてもお会いしたかったのよ」

景子はちょっと眩《まぶ》しそうに哲也を見た。いつも何か思いつめている景子の黒い瞳《ひとみ》が、明るさを帯びた。

「会いたかった？　うれしいことをいってくれますね」

コーヒーをひと口飲んで、哲也はちょっとまじめな表情になった。

「会いたくなったといわれれば、喜びたいところだけれど……景子さん、何か考えこんでいるように思うな。何かあったの」

「…………」

「何かあったんですね、やっぱり。どうも電話の調子が気になっていたんですよ」

景子は伏《ふ》せていた目を静かにあげた。長いまつ毛であった。

その表情は、哲也の言葉を肯定していた。

「やっぱり何かあったんですね」

「ええ。あのね、哲也さん。わたし先週の土曜日、ヘッセの『デーミアン』を読んでいたのよ。そしたらね、〈どんな人間の一生も、すべて、自分自身へ行きつくための、ひとつの道なのだ〉という言葉があったの」

「ああ、ぼくもその言葉は知っている」

「それを読んだとき、自分自身へ行きつくことを考えたのよ。わたしは、自分自身になりたいの。ヘッセは〈どんな人間も、完全に自分になれたためしはない〉って書いているけど、可能なかぎり、わたしは自分自身になりたいの」

「なるほど、人間は自分の生きたい方向には、なかなか生きられませんからね。いろんなものにふりまわされて」

「そうなの。わたしは、わたしの家がいやなの。たまらないの」

「若いときはねえ、景子さん、自分の家がいやになるときが必ずあるものですよ。ぼくの友人たちだってよくそういいますよ。父親が封建的《ほうけん》に見えたり、母親がおろかしく見えたり……しかしね、それはぼくたち生意気な若者の、なんというかなあ、肉親への愛の裏返しみたいな……そんなんじゃないのかな」

景子はバルコニーから出てきた母と男のもつれ合うような姿を思い浮かべた。

「肉親への愛？……哲也さん、わたしの家庭って、愛なんて言葉、吹きとんでしまうような、ひどい家庭なのよ」

「そりゃあ、お父さんが町長ですからねえ。政治の世界ってのは、純粋な景子さんには耐えられないでしょうね。しかし、いやな家庭だからこそ、あなたのような人が必要かもしれないと、ぼくは思いますよ」

景子は、哲也の秀《ひい》でた額のあたりに目をやった。哲也は、タバコの煙を目で追いながら、何か考えていたが、

「あまり思いつめちゃいけませんよ。家の中も家の外も、どうせ人間のつくった世界は、泥まみれなんですから」

いってから哲也は、

「あ、いけない！　ぼくも泥まみれだ」

と笑い、ワイシャツの袖口《そでぐち》を見せた。袖口が粘土で少し汚れていた。

「陶芸って、楽しいでしょうね」

「楽しいことは楽しいですね。ひと塊の粘土から、作る者の意志によって、壺《つぼ》になったり、湯呑《ゆのみ》になったりするんですからね。しかしぼくはまだ、ぐいのみひとつ満足にできやしませんよ」

コーヒーカップを口にもっていきながら、哲也はふっと、隣でろくろを回していた女性の清潔な顔を思い浮かべた。

「おもしろそうね、わたしも習いに行こうかしら。でも、あのう……」

景子はいいよどんで頬杖《ほおづえ》をついた。それが景子を可憐《かれん》に見せた。景子も知子の姿を思い

浮かべたのだ。

「なんです?」

「いえ……なんでもないの。あのね、うちの父は、選挙のことで、お宅のお父さんに、何かおねがいに行くかもしれないわ。哲也さんのお父さんまで、選挙の渦に引きこむかもしれないのよ」

「なあんだ、そんなことを心配しているの。おやじは大人ですからね。しかも人一倍強情《ごうじょう》な人間ですよ。自分のしたいようにしかしませんから、心配ないですよ。ヘッセのいう、かなり自分自身になりきっている珍しい人間ですよ」

「でも、きっとご迷惑だわ」

話しながら景子は、哲也をふしぎな青年だと思った。哲也と話をしていると、自分の大きな不安が、少しずつ小さくなっていくような気がする。

「あのう……」

「また、あのうですか。なんです? はっきりいってください」

「さっき、あなたと同じエレベーターから出てきた人のなかに、レーンコートを着た方がいたわね。黄色いネッカチーフを巻いた、ちょっとすてきな女の人よ」

「すてきな女の人? ああ、あの人かな」

「あの人？」

「うん、ぼくと同じ陶芸教室にいる人で、今日は親切にしてもらいましたよ。そうだ、確か黄色いネッカチーフをしていましたね。それがどうかしましたか」

「あなたに親切にしてくださったの？」

「ええ、ぼくが不器用なもんですから、ろくろの使い方をちょっとアドバイスしてくれたんですよ」

景子はかすかに眉根《まゆね》をよせたが、

「あの人、石幌高校の高橋校長先生のお嬢さんじゃないかと思って」

「へえー？　石幌の人？」

哲也は驚いていった。

「そうよ、きっと、高橋先生のお嬢さんよ」

景子は下唇を噛《か》んだ。

「高橋校長って、高校でしたね」

哲也が高校に進むころ、父は札幌から石幌に移り住んだ。が、哲也は叔父《おじ》の家に世話になって、高校も大学も札幌だった。そしていまも、札幌の商社に勤めている。東京に本社のある大手の支店であった。半年ほど前から、石幌の自分の家から札幌へ通うようになった哲也には、高橋校長がいかなる人物か、くわしくは知らなかった。

「ええ、そうよ。三月におやめになったけどとても人気のある校長先生だったのよ。今度、父の対立候補に出るらしいの」

「なあるほど。君としては複雑なわけだ」

「ううん、わたしとしてはいい方が出てくれると思ってるわ。父は負けたほうがいいのよ。父は政治家になっちゃあいけない人なの。汚いのよ、とても」

そのいい方がひたすらだった。そんな景子に哲也の目がやさしく向けられていた。

5

「日が長くなったなあ。家に帰ってからでも、まだ明るいんだからなあ」

哲也《てつや》は夕餉《ゆうげ》の卓に向かいながら、外を見た。下二間《したふたま》上二間の小さな借家だ。父の達夫《たつお》は、祖父の松助《まつすけ》に銚子《ちょうし》の酒を注《つ》ぎながら、

「うん、いまがいちばんいいころだな、こぶしにつづいて桜が咲いたし」

と、機嫌がいい。もう何年も着ている袷《あわせ》の袖口《そでぐち》がすり切れている。哲也は自分の家から通うようになってからは、月々五万円は母の春子《はるこ》に手渡す。父の達夫は、郷土誌『月刊石幌《いしほろ》』を出していて、その編集は評判がよい。札幌《さっぽろ》の書店でも売れゆきが悪くはなかった。月収も二十万を下ることがない。着物の一枚ぐらい新調してもいいのだが、達夫は頑《がん》として新調を拒《こば》んできた。松助にしても、長い間公務員をしていたので、月々八万円近い年金をもらっている。だが達夫は、家を建てようともしない。

「ぞろりとしたかっこうをして、立派な邸宅に住んでいては、郷土誌の編集など、できん」

と頑固なのである。そんな父を、哲也は尊敬していた。ものを書く父は、それでいいのだと、認めている。だが母の春子や祖父の松助は、その生き方に賛成してはいなかった。

「どうせのことなら、うまいものを食って、いい家に住むほうが得だべ」

と、ときどき生まれ故郷の東北なまりで、松助がぼやくことがある。入れ歯をがちがち鳴らしながら、愚痴をいう松助を見ると、哲也はそれもまた気の毒に思う。

「おじいちゃん。ぼくが会社から金でも借りて、家を建てようか」

ときどき哲也はそんなことをいう。

「二十五や六で、家なんぞ建てられるわけはねえ」

松助は、頭から相手にしない。だが哲也は、会社から金を借りて、祖父と母のために、小さくてもあたたかい家を造ってやりたいと、本気で思うようになってきた。その心の隅に景子の存在があった。いま五万円ずつ家にいれている金を返済にあてれば、相当の家は建つはずだった。

「ほんとに、春になるとほっとするわ。この家は、北海道の家には、少しお粗末ですものねえ」

春子は夫の達夫を見ずに、舅《しゅうと》の松助に酌をした。

達夫は十年前まで新聞記者をしていた。が、自分の書いた記事がつづけて三度握りつぶされたために腹を立てて退職した。それは、上役に腹を立てたというよりは、新聞社をすら圧迫してきた強力な権力に腹を立てたのである。握りつぶされた原稿は、すべて、ある汚職に関する記事であった。

だから哲也は、清貧《せいひん》を愛する父の生き方に、社会の木鐸《ぼくたく》という気概を感ずるのである。だが女の春子や、七十半ばの松助には、つまらぬ片意地に思えるらしかった。うどの酢の物、いかの塩焼きを肴《さかな》に、松助、達夫、哲也が三本の銚子をあけた。時折、晩酌《ばんしゃく》はするが、一人一本以上飲むことはめったになかった。

その夕食が終わって、哲也が窓のカーテンを引いていたとき、玄関の戸ががらりとあいた。引き戸の鈴がリンリンと高く鳴った。もと馬橇《ばそり》に使っていた鈴をもらって松助がつけたものである。その音を聞くと、哲也はいち早く二階にあがっていった。

玄関に出た春子と一緒に、茶の間に入ってきたのは佐津川《さつがわ》町長参謀の比羅井《ひらい》だった。比羅井は『月刊石幌』の特別協力会員である。特別協力会員は毎月三千円の会費を出していた。『月刊石幌』の経済的安定は、広告料とともにこの会費に負うところが少なくなかった。

「やあ、あったかくなったな、おじいちゃん。いつも元気だねえ」

四角い赤ら顔を松助に向け、ぶらさげていた一升《しょう》ビンをその前においた。

「やあ、いつもどうも。比羅井さんは不景気知らずでいいね」

酒類販売業を営んでいる比羅井に、松助は如才《じょさい》のない笑顔を見せた。が、達夫は、その比羅井をうさんくさそうに見た。達夫は人を迎えるのに、いつもうさんくさい顔になる。それもあって、人は達夫をへんくつ者という。だが達夫の出している『月刊石幌』の編集の見事さ、文章の巧みさ、論旨の鋭さに、一目おかぬ者はない。『月刊石幌』は、札幌市内だけでなく、近郷町村にも愛読者がふえつつあった。

「今日はね、ちょっと大きな頼みがあってきたよ、大原さん」

比羅井は、春子のすすめた座布団を、あぐらの下におしこむように敷いた。

「大きな頼み？　なんですかね？」

達夫の眉間《みけん》のしわが深い。

「大原さんときたら、話もきかんうちから、むずかしい顔をするんでねえ」

比羅井は背広のポケットから、パイプを出した。

「実はね、ほら、滝川《たきかわ》の先の声志内《こえしない》って村があるだろ。あそこの村長がな、あんたの『月刊石幌』の愛読者でな、ぜひあんたに、村史を書いてもらえんかということになったんだよ」

比羅井はぎょろりとした目を、小さくすぼめて見せた。

「村史か」

腕組みをしていた達夫の顔がようやくほころんだ。

達夫は一昨年、石幌町史を一冊書いただけだが、その仕事は達夫にとって興味があった。どんな小さな村でも町でも、小さなところは小さなところなりに、過酷な歴史をくぐってきている。とりわけ開拓に従事した農民の姿や、タコ部屋の労働者の姿などは、達夫にとって、まだまだ研究の余地のある、北海道の歴史でもあった。

「書いてくれるかね」

比羅井は達夫を注視した。

「声志内か。あそこは炭鉱だな」

達夫の声に、やや興奮の色が浮かんだ。炭鉱の村であるということが、達夫の心を突き動かしたようであった。

「うん、炭鉱だ。落ち目になっている村だからな。謝礼は、大きいことはできんが、協力者もあってな、一応百万の前金で仕事を始めてくれという話だった」

「百万?」

ふたたび達夫の眉間にしわがよった。

「足らねえか」

「いや多すぎる。前金に百万も要らん。三十万もあれば取材はできる」

「達夫、馬鹿こくな。百万くれるっちゅうものを、もらっておいたらよかべ」

松助が口を出した。

「そうだよな、おじいちゃん。くれるっちゅうものは、もらっておくほうがええよな」

「要《い》らん。炭鉱といやあ、いまは経済力がないんだ。百万も出すというんなら、おれはやめる」

「ま、大原さん。そういうなってことよ。あんたでなくちゃあと、たってのねがいだからなあ」

「じゃあ、前金は三十万円だけ。あとはできあがったものを見てからにしてくれ、といってくれ」

「わかった、わかった、わかったよ大原さん」

比羅井は、出された茶をがぶりと飲んだ。

「いつまでだね」

「二年以内という話だったな。そのうち、助役が挨拶《あいさつ》にくるはずだ。喜ぶだろう、大原さんが引き受けてくれりゃあ。何せ村史といやあ、村にとって、何よりの宝だからな」

それには答えず達夫は黙ってまばたきをくり返していたが、

「春子、おれはあした声志内に行ってくる」

と、ぶっきら棒にいった。

「え？　あした？　気の早いこっちゃなあ、大原さんも」

驚く比羅井に春子がいった。

「比羅井さん、うちの気の早いのは、新聞記者時代からの癖《くせ》ですよ。いつもこうなんですから」

「そりゃあ大変だな、奥さんも。それはそうとほんとに大原さん、あした声志内に行かれるかね」

「ああ、今月はこの二、三日しか体があいていないんでね。一応下見をしてみたいんだ」

「じゃ、今夜にでも、むこうの村長に電話をしておくよ。なんなら、あしたうちの車で送らせるかね」

「ほう。いやにご親切さまだね」

達夫は再びうさんくさげな顔になった。

比羅井が帰ったかと思うと、すぐに電話のベルが鳴った。春子が出ると、若い女の声がした。

「あの、佐津川と申しますけど、哲也さんいらっしゃるでしょうか」

哲也と、町長の娘佐津川景子がつきあっていることは、春子も知っていた。が、家に電話がかかってきたことは、まだなかった。春子はややあわてて、

「は、おりますが、ちょっとお待ちくださいませ。あの、町長さんのお嬢さんでございますね」

受話器を耳に当てたまま頭をさげている春子を、松助も達夫も見た。

呼ばれて哲也が、二階から降りてきた。

「あ、もしもし、ぼく哲也ですが。景子さん?」

すると、妖艶《ようえん》に笑う声がして、

「いいえ、わたし、景子の姉の美図枝《みずえ》ですわ」

甘い声がささやくように聞こえてきた。

6

電話をかけている美図枝《みずえ》を、母の富喜枝《ふきえ》が、ソファーにすわってタバコをくゆらしながら眺めていた。その富喜枝に、軽くウインクを送りながら、美図枝は話しつづける。

「もしもし、今度の日曜日、お時間がございましょうか」

わざと、低くささやくように美図枝はいう。低い声が相手にもたらす効果を、計算しているようであった。

「は?」

とまどった哲也《てつや》の声がした。

「実は、次の日曜日が景子《けいこ》の誕生日ですの。それで、あの子には内緒ですけれど……景子のお友だちをお招きして、パーティーをひらきたいと思いますの」

「はあ」

哲也はなぜか、気の乗らぬ返事をした。

「ね、哲也さん。あなたごぞんじかどうかわかりませんけど、このごろ景子がなんとなくふさいでますのよ。それで、パーティーでもひらいて元気づけてやろうと思いますの。賛成してくださるでしょ」

　電話のコードを指で弄《もてあそ》びながら、美図枝は当然賛成するであろう哲也の声を待っている。

「なるほど。わかりました。しかし、友だちを集めて、パーティーをひらいて、それで景子さんの気が晴れますかね。ぼくはどうも……失礼させてほしいなあ」

「あら、あなたがおいでくださらなければ、パーティーをひらく意味がありませんわ」

「じゃ、ひらかないほうがいいんじゃないですか。いまのあのひとは、そっとしておいてあげたほうがいいような気がするんですが、ぼくには」

　哲也の言葉はそっけないようでいて、真実なひびきがあった。だが美図枝は食いさがった。

「でも、いまどき、パーティーを喜ばない若い子がいるでしょうか」

「いると思いますよ。少なくとも景子さんはそうだと思います」

「そう。じゃ、こうしますわ。パーティーはやめて、あなただけをご招待しますわ。それならいらしてくださる？」

「はあ、景子さんからのお誘いの電話であれば」

「あら、姉のわたしの電話じゃいけません？」

「ぼくは、景子さんの意志を尊重したいんです」

「わかりましたわ。じゃ、後ほど、景子から電話がいくかもしれません。ぜひおいでくださいね」

電話を切った美図枝は、西欧人のように、肩をすくめて両手をひろげて見せた。

「どうだとおっしゃるの」

富喜枝はタバコの灰を、切子《きりこ》ガラスのどっしりとした灰皿に落としながら、ものうげにいった。

「あの哲也って子、意外と乗ってこないのよ」

「お誕生のパーティーだっていったら、飛びついてくるはずじゃなかったの」

「そうはいかないの。思ったより、景子に本気らしいわ、あの坊や」

哲也を自分より年下であるかのようないい方を美図枝はした。

「冗談じゃないわ。景子は、もっと財産家のところにやりますよ。本気になられちゃ困るわ」

「そうよね。パパが選挙に立つときには、少しでも献金してくれるような人でなくっちゃね」

傍に美図枝はすわって、母の肩に自分の頭をもたせた。

「でもね、ママ。あの坊やの父親は、いまのところ、大いに役にたつ人間よ。坊やは手なずけておくほうがいいわ」

「それもそうね。要するに、パパが選挙に勝てばいいのよね」

「そうよママ。選挙に勝つ！　これがわが家の最大の憲法よ。勝つためには、ママが少々浮気しようと、それは目をつぶるべきよね」

美図枝は、母の肩から頭をあげた。

「まあ! 人聞きの悪いことをいうのね美図枝。知らない人が聞いたら本気にしますよ」

「知っている人が聞いたら、なおのこと本気にするわ」

美図枝は、長い足を組みかえて母を見、

「知ってるのよママ、わたし。久我《くが》さんのことも、誠《まこと》さんのことも」

富喜枝は聞こえないかのように、おくれ毛をかきあげて、

「じゃとにかく、誕生パーティーはお流れね」

「ママ、逃げないで。わたし、責めてるんじゃないのよ。ママを立派だと思ってるのよ。ママはおしとやかな顔をして、することが凄《すご》いわ。わたしもママのようになりたいの。ママはわたしのお手本よ」

「困った子ね」

流し目で、富喜枝は美図枝を見、微妙な笑いを頬《ほお》に浮かべた。

7

茨の蔭に

万国旗が風にはためくグラウンドに、赤帽白帽の生徒たちが、入り乱れて走っていた。観客席の生徒や父兄たちが、応援の声をあげる。ピストルが鳴る。次の一陣がまた走る。

五月も末の日曜日の今日、知子《ともこ》の勤める石幌《いしほろ》第二小学校の運動会がひらかれていた。遠く恵庭岳《えにわだけ》、樽前山《たるまえさん》を望み、グラウンドには大小二つのテントが並んでいた。その小さなほうのテントには養護教諭と学校医が控えていて、いまも、青い顔をした低学年の女生徒が、教師に抱かれてきたところである。隣の大きなテントは来賓席で、PTAの役員たちや町の教育委員、町会議員の顔も見える。そのテントから少し離れた一般席に、佐津川《さつがわ》町長の家族の華やかな一団があった。和服姿の富喜枝《ふきえ》、流行色のワインカラーのワンピースを着た美図枝《みずえ》と景子たちである。さきほどもPTA会長が来賓席への移動を勧めにきたが、富喜枝は一般席から動こうともしない。そのほうが一般父兄に好感を与え、ひいては票につながると計算しているからである。

若い男の朗《ほが》らかな声が、場内アナウンスをくり返した。

「次は四年生の徒競走です」

「ママ、四年ですって。雅志《まさし》が走るわよ」

美図枝が小さな望遠鏡を、サングラスをかけた目にあてる。

この学校は一学年一学級で、計六学級の小さな学校である。三十人ほどの生徒たちが、エンジのトレーニングウェアをはいた知子の後に、一列になって駆けていく。

「あら、ママ、雅志の先生って、いいスタイルをしてるじゃない?」

美図枝はちょっと意外そうに、知子の姿を追った。弟の雅志より、受持教師の知子に関心をもったようだった。

「そうよ。すてきな方よ」

「美人かしら?」

「そうね、美図枝ぐらいね」

答える母に、美図枝は望遠鏡を渡した。富喜枝はさすがに、すぐに雅志の姿を捉《とら》え、

「まあ、雅志ったら、浮かない顔をしてるわ。あの子はどうしてもっと元気になれないのかしら」

景子《けいこ》は二人の会話を聞きながら、スタートラインに立った雅志を見た。表情は見えなくても、体全体がおどおどしている。そんな弟に、景子はいとおしさを感じた。雅志もまた自分にどこか似ていると思った。

「ね、景子、あの雅志の先生、どこかで見たことない?」

　美図枝が景子の耳に口をよせた。

「さあ、どうかしら」

　景子はそ知らぬ顔で答えた。さっきから景子は、知子の存在に気づいていた。知子が大原哲也《てつや》と同じ陶芸教室に通っている高橋知子だということに気づいていたのだ。だがそのことを、景子は口に出したくはなかった。もし、候補予定者の元校長高橋宏二《こうじ》の娘と知ったなら、富喜枝や美図枝は、必ず騒ぎ立てるにちがいない。それは弟雅志のためにも、喜ばしいことではなかった。いつかは知れるにしてもその時期をつとめて先に延ばしたかった。

「たしか、どこかで見た顔よ」

　小さいといっても、人口三万に近い町である。町の中のすべての人を知っているわけではない。

　景子は、父とその参謀格の比羅井《ひらい》が、ひそかに語っていた言葉を思い浮かべた。

「なるほどあそこには娘や息子がいる。若いもんだ、色恋のひとつやふたつ、ないほうが不思議だし……」

　二人は、知子の父高橋宏二の身辺にスキャンダルをでっちあげて、引きずり落とそうと計画しているのである。しかも、そのスキャンダルを、哲也の父に書かせようともくろんでいるのだった。

(いやだわ)

父がどんな手を用いて、雅志の受持教師のあの知子にスキャンダルを作りあげるのかと思うと、景子の胸はふるえるようであった。

「あら、雅志ったら、ビリよ」

美図枝の声に、はっと目をこらすと、雅志が細い胸をすぼめるようにして、うつむきながら走っていく。雅志のあとには誰もいない。それでも、雅志は雅志なりに、懸命に走っているようであった。もう他の者たちは、みんなゴールにはいってしまった。雅志一人だけが走っている。景子は胸が痛くなった。

「まあ意気地なしねえ。どうしてあんなにのろいのかしら」

美図枝はいてもたってもいられぬようにいい、

「ほんとにねえ」

と、富喜枝も眉をひそめた。

そのとき、走っていた雅志が、何につまずいたのか、つんのめってころんだ。受持の知子が直ちに駆けよった。が、雅志の体に触れようとはせず、立ったまま何かいっている。

雅志が立ちあがった。雅志は足をひきひきまた走りだした。

「冷たい先生ねえ。ころんだのに、抱き起こそうともしないのねえ」

富喜枝の言葉に、美図枝が、

「若いのねえ、やっぱり、ねえママ」

と、同調するようにいった。景子が思わずいった。

「ちがうわ、冷たいんじゃないわ。抱き起こされたりしたほうが、雅志は恥ずかしいんじゃない？　それにころんだくらいで抱き起こすなんて、教育的じゃないもの」

「景子、いやに肩をもつのね」

美図枝は妹を蔑《さげす》むように見た。富喜枝は、景子を一瞥《いちべつ》もせず、その美しい眉をひそめて、足をひきひきテントのほうにもどってくる雅志をみつめていた。

8

運動会が終わって、景子《けいこ》たち四人は帰途についた。佐津川《さつがわ》家は石幌《いしほろ》第二小学校から、四、五百メートルのところだ。車に乗るほどの距離ではない。空になった重箱や紙袋をさげて、プラタナスの並木通りを歩いて行く。

膝《ひざ》に包帯をした雅志《まさし》も一緒である。

「大丈夫？　歩ける？」

富喜枝《ふきえ》がやさしく尋ねる。

「歩けるわねえ、男の子だもの」

景子がいう。そのとき横あいから声がした。

「こんにちは」

四人はいっせいに声のほうを見た。大原哲也《てつや》が、肩から大きなカメラをかけ、微笑していた。

「あら？」

景子も、富喜枝も美図枝《みずえ》も、小さく叫んだ。

「このあいだはごちそうさんでした」

　哲也は、景子の誕生日に一人だけ招かれて、佐津川家を訪れていた。

「どういたしまして。なんのおかまいもいたしませんで」

　富喜枝はしとやかに小腰《こごし》を屈《かが》め、

「きょうは、お父さまのお手伝いですの？」

「そうです。きょうは石幌でいちばん古老の松山甚三郎《まつやまじんざぶろう》さんの顔を撮ってきました。ちょうど運動会を見物していて、いい写真がたくさんできましたよ」

「まあ、松山さんも運動会を見にいらしてた？」

　ねっとりとまつわりつくような美図枝の語調である。

「いらしてました。九十三といっても、まだまだ三十年も生きられそうな若さですよ、あの方は」

　いってから、哲也は雅志の肩に手をかけ、

「雅志君、ぼくねえ、きょうは雅志君が偉いと思ったなあ。ビリでも、ころんでも、最後まで走ったもんねえ。きょうの運動会の中で、いちばんよくやったのは、雅志君だな」

「ほんと？　お兄ちゃん」

　雅志は驚いて哲也を見あげた。

「うん、ほんとうさ。感心したよ。一人で立ちあがった雅志君も偉いが、雅志君の立ちあがるのを待っていたあの先生も偉いなあ」

富喜枝と美図枝が、あいまいな微笑を浮かべた。が、景子は深くうなずいていった。

「ほんとよねえ、わたしもそう思ったの」

「そうですか。ぼくね、実は、雅志君のあのときの写真、ぱちりとやったんですよ。雅志君、君の先生も一緒にはいっているよ」

「あら、いやだわ。ころんだところを撮られたなんて。ねえママ」

「そうね。あまり名誉なことじゃないわね」

富喜枝はあでやかに笑って、じっと哲也を見つめた。哲也は気にもとめぬふうに、雅志の肩に手を置いたまま歩き出し、

「奥さん、人間ころぶのは、ちっとも不名誉じゃありませんよ。ころんだことのない人間なんて一人もありませんからね。病気、進学の失敗、事業の失敗、失恋、人生にはいろいろなころびがありますよ。不名誉なのは、ころんだことじゃなくて起きあがれないことじゃないんですか」

「まあ……哲也さんて、ねえママ、景子の喜びそうなことをおっしゃるわねえ」

美図枝は笑った。哲也は悪びれずにいった。

「多少、景子さんに聞かせる気持ちもありました。正に図星です」

いやみのないそのいい方に、富喜枝も美図枝も、景子も笑った。雅志まで笑った。雅志は大きく口をあけて、ひどくうれしそうに笑った。そんな雅志を見るのは、珍しいことだった。

「じゃ、ぼくはここで失礼します」

ポストのある角まできたときに、哲也がいった。

ポストの傍《そば》のライラックがほころびかけていた。美図枝がサングラスを外して、その切れ長な目を哲也に向けていった。

「あ、あの哲也さん。まさか雅志のころんだ写真を、『月刊石幌』に載せたりはしないでしょうね」

「さあ? 感動的な場面ですからねえ。ぼくの写真と文章が、うちのおやじの気にいったら、出るかもしれませんよ。いや、これは冗談です」

哲也は手をあげて去って行った。

「ねえママ、あの人どう思う?」

景子と雅志が、二人の後を何か話しながら少しおくれてついてくる。肩を並べて行く美図枝と富喜枝は、どう見ても親子には見えない。四十四歳の富喜枝が歳よりも五つ六つは若く見えるからだ。

富喜枝が小声で美図枝に語りかけた。

「景子にはかわいそうだけど大原さんは佐津川の家とは縁のない方ね」

「でしょう? わたしもそう思うわ。あんなのがわたしの弟になったら、やれ女のくせにタバコをのむだの浮気っぽいだの、文句をいわれそうな気がして、かなわないわ。ね、ママ」

「そうね。それにね美図枝、ママはね、ふっと思ったんだけど、あの方、もしかしたら、雅志の学校の先生に、興味を抱いたんじゃないかなって」

「ああ、そうかもね。それで彼は、うちの雅志をだしにして、写真を撮った。その写真を彼女のところに持っていく。そして彼女との交際がはじまる。景子はまだ十九で、子供でしょ。で、捨てられた景子はママの願いどおりに、お金持ちの息子と結婚して、メデタシメデタシね」

「願いどおり? それはちょっと甘い筋書よ。あなたの想像どおりに、ことが運ぶとはかぎらないわよ。なにしろ町長の娘ですからね景子は。いまの若い人たちは、その点きっちり計算しているわ」

富喜枝がいったとき、うしろで笑い声がした。二人は、はっと顔を見合わせた。景子と雅志が、何やらおかしそうに笑っている。

「景子、道のまんなかでそんな大きな声を出して。みっともないわよ」

　富喜枝がたしなめたが、景子と雅志はまだ笑っていた。

「子供ねえ、やっぱり」

「ほんとうね、ママ。でも、子供だから景子にも困るのよ」

「困るって、何が？」

「ママが騒がなきゃ教えてあげる」

「あら、なあに？　ママが騒ぐほど、大変なこと？」

「そうよ。あのね、景子にいっては駄目よ」

　そういって美図枝はふり返り、四、五メートルあとを、雅志の歩調に合わせて歩いてくる景子を見てからいった。

「このあいだね、わたし景子の日記見ちゃったの。景子は家出したいって、何度も書いてたわ」

「まあ！　美図枝、それほんと？」

　富喜枝の顔色が変わった。

9

運動会の翌日の午後、佐津川《さつがわ》家の一室に、若い青年たちが四、五人集まって、葉書の宛名《あてな》を書いていた。六月の末にひらかれる〝佐津川町長を励ます会〟の案内状である。長髪、角刈り、パーマをかけた髪など、頭だけでもさまざまなスタイルの若者たちが、上着を脱いで、名簿を見ながら宛名を書いていく。そこに、白地の上布《じょうふ》を着た富喜枝《ふきえ》が、黒ぬりの盆に茶をのせてはいってきた。すっきりと白い首筋が今日はひときわ美しい。

「あまり根《こん》をつめないで、休み休みなさってね」

いいようもなくやさしい声音だ。

「適当にやってますよ」

長髪の青年が富喜枝を見ていった。久我輝樹《くがてるき》というその青年は、久我洋品店の二代目で、佐津川町長後援会の青年幹部だった。口もとにどこか甘さが漂っている。その久我輝樹に、富喜枝は目顔で合図して、部屋を出て行った。と、三分ほどして、久我がトイレにでも立つように、さりげなく席を立った。ちょうど菓子を運んできた美図枝《みずえ》と、入り口ですれちがった。豊かな髪を肩まで垂らした美図枝が、部屋を出る久我を見て、意味ありげに笑った。

久我はちょっとばつの悪そうな顔をしたが、そのまま去った。宛名を書いている他の若者たちは、その微妙な二人の表情には、誰も気づかない。

「少しお休みになってよ」

美図枝は声まで華やかだ。誘われたように、みんなはペンを置いた。美しい美図枝と、言葉をかわすだけでも、若者たちには楽しいひとときだった。

「名簿から写すって、肩がこるでしょう。ラブレターなら、何枚書いても、疲れないでしょうけれど」

冗談をいう美図枝に、若者たちは、声を立てて笑った。

「ラブレターを書く相手なんか、ぼくにはいませんよ」

「第一、ラブレターを書くなんて、そんな古風なやつが、いまどきいますかねえ」

「万事、電話でまにあう時代だもんねえ」

運ばれてきたプリンに手を出しながら、口々にいう。

「でも皆さん、好きな人がいるんでしょ？」

美図枝はポットからお茶を注《つ》ぎながら、首を少しかしげていった。

「いるというほどの相手はいませんよ」

「そうだなあ、久我とはちがうもんなあ」

久我の名が出て、美図枝の表情が、一瞬複雑にかげったが、すぐにそ知らぬ顔になって、

「あら、久我さんには誰かいるの」

「誰かいるなんてもんじゃありませんよ美図枝さん。久我の歩いたあとには、道ができるくらいです。ぞろぞろと女がついてきてね」

「まあ、もてるのねえ」

「それはそうと、彼の妙なうわさを聞いたよ」

角刈りの青年が真顔でいった。

「妙なうわさ？　久我のことでか」

「そうだよ。あいつ、高橋校長のところに、ときどき顔出すらしいんだ」

「うーん、そりゃ妙だな」

「それもさ、高橋校長の娘がお目当てだっていううわさだぜ」

「敵の娘じゃないか」

「困るんだなあ、そんなことをしてくれちゃあ。ねえ美図枝さん」

美図枝はニコニコと笑っていった。

「いいじゃないの。久我さんのすることは心配ないわよ。意外と、何かスパイでもするつもりで、近づいているかもしれないわよ」

美図枝はいま、久我が母の部屋に行っていることを知っている。久我がこの家にきたときは、五分でも十分でも、母と二人っきりになることを、美図枝はとうに知っている。久我が夢中になっているのは、十五、六も年上の富喜枝であって、そのほかの誰でもない。他の若い娘とつきあっているのは、富喜枝との間をごまかす煙幕にすぎない。そんな久我に、内心美図枝は、興味を持ちはじめていた。

と、廊下にどさどさ重い足音がして、後援会長の比羅井《ひらい》が顔を出した。

「おお、みんなご苦労だなあ。よう美図枝さん、見るたびにあんたはきれいになるねえ」

比羅井の四角い顔が笑った。比羅井が一人はいってくると、部屋の中にいちだんと活気が出た。

「比羅井さんも、お会いするたびに男ぶりがあがってるわ」

すました顔で、美図枝が応酬する。青年たちがどっと笑う。

「笑うことはないだろう、笑うことは。これでも、いい男ぶりだぞおれは。それより、奥さんはどこかね、お部屋かね」

いまにも母の部屋を訪ねかねない比羅井の様子に、

「わたし、呼んできます」

と、美図枝が立った。

美図枝はわざとスリッパの音を大きくさせながら、二階にあがって行く。踊り場をそのままま っすぐ行くとバルコニーで、左に曲がると子供たちの部屋があり、右手に両親の部屋があった。

踊り場にあがったところで、美図枝は大きな声で富喜枝を呼んだ。

「お母さん、比羅井さんがいらしたわよ」

「いま行くわよ」

すぐに富喜枝の声が返ってきた。

階段を降りようとした美図枝が、何げなく左手を見てギョッとした。景子《けいこ》がひっそりと立っていたからだ。

「あら、いつ帰ってきたの」

「………」

景子は黙って、美図枝の顔を見た。

「ちょっと手伝ってよ。そんなところにぼんやりと立っている時間があるんなら」

美図枝はそばによって、乱暴に景子の手をとった。景子にそこに立っていられては、母の部屋から久我輝樹が出てくることができない。とっさにそう考えた美図枝は、無理矢理景子を引っ張って、階段を降りはじめた。が、景子は、階段の途中で美図枝の手をふり払って立ちどまった。

「お姉さん」

　ひどく暗い声だった。

「何よ」

「お姉さんはどうしてお母さんのすることを、黙って見ているの」

「お母さんのすること？　なあにそれ？　とにかくいま忙しいのよ、わたし。手伝ってよ景子」

　しかし景子は、動こうとはしない。

「忙しくても、わたしと関係ないわ。わたしはごめんだわ」

　美図枝は再び景子の手をとると、黙って階段を降りはじめた。美図枝の体格は景子にまさっていた。

「いやよ、わたし。わたしここにいて、お母さんを見てやるわ。じっと見てやるわ」

　だが美図枝は、景子を抱きかかえるように階段を降りてしまった。そこへ比羅井が顔を出した。

「あーら、比羅井さん」

　階段の上から声をかけたのは、富喜枝だった。

富喜枝の白い足袋《たび》を比羅井は眺めながら、

「奥さん、知ってるかね？　お宅の坊やの先生のこと」

と、忙《せわ》しく問いかけた。

「雅志の受持の先生のこと？」

階下に降り立った富喜枝は、ほつれ髪をかき上げながら比羅井を見たが、みんなのいる部屋に足を急がせた。二階には久我がいるからだ。

「そうですよ。奥さん、実はね、あの女教師は、高橋校長の娘ですよ」

「えっ？　なんですって？」

富喜枝の足がとまった。

「ええ、高橋校長の娘ですよ、あれは」

ふり返った富喜枝に、比羅井が再びいった。

10

知子《ともこ》は、胸に下げた笛を、鋭く吹いた。ドッジボールの開始である。校庭に引かれた白いラインが、六月の光の下に輝いている。生徒たちは嬉々《きき》として、位置についた。一人がボールをつかむと、敵陣がさっと退く。ボールを投げつける。受けそこなった者は外野に出る。他の者が、ボールを投げ返してくる。

生徒たちはドッジボールが好きだ。体育の時間の半分はこれに当てる。知子は微笑しながら、しばらく生徒たちを見ていたが、ふとその視線が、佐津川雅志《さつがわまさし》の上にとまった。

雅志はボールを持った敵から、いちばん遠くに逃げようと、走りまわっている。人の蔭《かげ》に隠れようとだけしている。絶対に前に出ようとしない。ボールを受けようとしない。

(どうして雅志君は、あんなに逃げまわってばかりいるのだろう)

知子の眉がくもった。人のうしろにうしろにと逃げまわる雅志の姿が、知子には情けなかった。それは単に気弱いというだけのものではないような気がした。他の者はボールを打ちつけられてもいい。だが自分だけは避けようとする。友だちを盾に、その蔭にかくれようとする。見ていて、それはあまりにも卑怯《ひきょう》に思われた。

知子の笛が長く鳴りひびいた。休止の合図である。生徒たちはあっけにとられて知子を見た。まだ休止の合図がかかるような状況ではない。

「みんなそのままで聞いてね。あなたたちはドッジボールが好きなの」

「好きでーす」

男の子も女の子も、声をそろえて答えた。

「そう。じゃあねえ、ドッジボールは、かくれんぼだと思う?」

「思わなーい」

「ドッジボールは、ドッジボールでーす」

いつも正面で敢闘している生徒たちが答えた。

「そうよね。ドッジボールはドッジボールよね。敵の球がきたら、受けるのよ。ボールに背中を見せて逃げまわったり、人の蔭にかくれたりするのがドッジボールじゃないのよ。そんなの、かくれんぼよ」

頭を掻《か》く子が二、三人いた。

「いま名前を呼ばれる人は、絶対に人の蔭にかくれてはいけません。ほかの人たちも、その人が人の蔭にかくれないように、助けてあげてください」

知子は少し厳しい口調でいい、五、六人の生徒の名前を挙げた。

「さ、いま呼ばれた人は、いちばん前に出て。いいこと？　あなたたちは敵のボールを受けるのよ。受けられなくても、受けようとするのよ。人の蔭にかくれては、自分は助かっても、お友だちは当たるでしょう。これがもし、本当の鉄砲の弾丸だったら、自分は助かっても、お友だちは死んでしまうのよ」

知子は、ボールを持っていた生徒から、そのボールを受けとって、おどおどと立っている雅志に渡した。

試合開始の笛が鳴った。雅志は困った顔で、そのボールを外野にいる味方に、のろのろと投げた。が、ボールは高く弧を描いて、外野の線を越えた向こうに落ちた。不満げな生徒たちの声がした。人蔭にかくれるなと、名を呼ばれた生徒たちは、ボールが飛んでくると、棒立ちになるか、またしてもすぐに人蔭にかくれようと背を向ける。雅志が最も甚《はなは》だしい。ボールを腰に当てられた雅志が、いかにも痛そうに顔をしかめた。

幾度か知子の笛が鋭く鳴り、

「雅志君！」

と、声が飛んだ。

終業時間のベルが鳴ったとき、雅志の顔に、ほっと安堵《あんど》の表情が浮かんだ。生徒たちは向かい合って整列し、礼をして散《さん》じた。知子はボールを持って、微風の吹きぬける校庭を体育準備室のほうに歩いていく。ふとふり返ると、雅志が友だちと離れて、ひとりアカシアの木立のほうに歩いていくのが見えた。知子は向きを変えて雅志のほうに歩き出した。

雅志はぼんやりと、白いアカシアの下に立った。

「雅志君、どうしたの。疲れたの」

雅志は何もいわずに、弱々しく微笑した。

「雅志君は、ドッジボールが嫌いなの」

「だって、おっかないもん」

「ボールがこわいの」

「うん」

「こんなボール、当たったって、けがもしないし、死にもしないわよ。ボールが飛んできたら、受ければいいのよ」

「受けられないもん」

「どうして?」

「だって、おっかないもん」

たいていの生徒たちが喜んでするドッジボールが、この子には恐怖なのだ。いったい、そのように雅志を育てたものは何なのか。四年生にもなって、雅志には男の子らしい覇気《はき》が少しもない。自分の顔をかばって逃げまわる雅志を思いながら、知子は雅志がたまらなく愛《いとお》しくなった。

「じゃあね、ボールがこわくならないように、先生と少し遊ぼう。先生が、受けとめやすいように投げてあげる。ちゃんと受けてごらん。両手を前にして、ボールがきたら、受けながら両手をすっと引くのよ。そしたら、強い球でも平気よ」

雅志は不承不承、ボールを受ける姿勢をとった。知子は弱い球をそっと投げてやった。が、それでも雅志はボールを受けそこねた。とにかくボールがいけば体がこわばるのだ。

「ハイ、先生に投げ返して」

くり返しくり返し、知子は受けやすい球を投げた。七、八度目にやっと、雅志はボールを受けとめた。雅志がニコッと笑った。知子は飛んで行って、雅志を抱きしめた。

「ホーラ、受けられたじゃない?」

いつのまにか、受持の生徒たちがやってきた。

「先生、わたしも仲間にいれて」

「ぼくもさ」

生徒たちが口々にいった。

「ちょっと待ってよ。少し雅志君を、特訓するんだから」

知子は再び、くり返し雅志に向けてボールを投げた。雅志の姿勢のなかに、逃げようとするより、受けようとする気迫が見えてきた。知子はホッとして、ボールを生徒たちの手に渡した。

その日、知子が校門を出ようとしたときだった。

「先生」

門の蔭に、佐津川雅志が立っていた。いままでにない生き生きとした顔を雅志はしている。

「あら、雅志君、まだ帰らなかったの」

「うん」

「どうして?」

「ぼく、先生待ってたの」

「まあ! もう五時じゃないの。お母さんが心配なさるわよ」

「でもさあ、ぼく、先生に見せたいものがあったんだ」

いつものおずおずとした雅志とちがって、少し甘えた語調だった。

「なあに、見せたいものって?」

知子は雅志の微妙な変化に気づきながら、今日のドッジボールの一件を思った。きびしいようでも特訓したことが、雅志にはよかったのだと思った。

「これ」

うしろ手にかくし持っていた写真を、雅志は知子の前に突き出した。

「あらあら、これは運動会のときの写真じゃないの」

雅志がころび、それを傍に立って知子が見ている写真だった。われながらやさしい表情に写っていると知子は眺めた。

写真はもう一枚あった。雅志が片膝《かたひざ》を立てて、起きあがろうとしているところだ。それを知子が、両手を胸に組んで、祈るようにじっと見つめている。

「まあ！　この写真、どなたが撮ったの」

「あのね、『月刊石幌《いしほろ》』の、お兄ちゃんだよ」

「『月刊石幌』？　まあ、とんだところを写されたわね、雅志くん。でも、あのときの雅志くん、ほんとに偉かったなあ。先生はね、ころんでも、ビリでも、走りつづけた雅志くんが好きなのよ」

歩き出しながら、知子はいった。アカシアの花の香りが、甘酸っぱく漂っている。

「うん。この写真を撮ってくれたお兄ちゃんも、そういってた」

「まあ、先生と同じね。みんなもきっとそう思ったわよ」

「そうかなあ」

「そうよ。できてもできなくても、一生懸命するってことは、立派なことなのよ。あのときの雅志くんは好きだけど、ドッジボールで逃げまわるだけの雅志君は、ほんとうは先生はきらい」

「………………」

「自分さえ助かればなんて、そんなの卑怯よ。男らしくないもの。打たれたっていいじゃない。何よボールぐらい。ね、そうでしょ、雅志君」

雅志は立ちどまって、じっと知子を見あげた。つぶらな目が真剣だった。雅志は大きくうなずいて、

「うん、わかった。ぼく、卑怯だったよ。ほんとに卑怯だった」

と、素直にうなずいた。知子はうれしかった。自分の言葉をまっすぐに受けとめてくれた、幼い魂がうれしかった。

その夜、知子は思いがけない人物の訪問を受けた。

11

茨の蔭に

知子《ともこ》はショートパンツ姿で庭木に水をやっている。アララギ、白樺《しらかば》、ナナカマドと、並んでいる順に、水をかけていく。モーターポンプで地下水を上げ、その蛇口にホースをつないであるのだ。梅雨のない北海道の六月はからりとしていて、庭木はいくらでも水を吸う。

銀杏《いちょう》の下にひらきはじめたシャクヤクの花に目をとめた知子は、

「お母さーん、シャクヤクが咲いたわよ」

と、家の中に声をかけた。

「なんだって、シャクヤクが咲いたって?」

テラスから顔を出したのは母の三根子《みねこ》ではなく、父の高橋宏二《こうじ》だった。痩《や》せ型の背の高い宏二は、ちょっと背を丸めて、赤いシャクヤクの花に目をとめると、

「かわいいもんだね、花は。季節がくると忘れずに咲いてくれる」

「そうねえ」

「花というのは、自分の出番を知っているよ。人間は自分の出る幕を、なかなか弁《わきま》えられないものだが」

傾いた日の光が、水しぶきの中に虹をつくる。

「お父さんもそろそろ出番なのよ」

知子は水をかけながら、明るい声で父の宏二を見上げた。まだ五十五歳の宏二は、痩身《そうしん》とはいえ、年より十も若く見えるほどだ。だが宏二は、来年の町長選挙に出ることをいまだにためらっている。政治というものは、教育の分野とはちがっているような気がするのだ。生徒にたいする純粋な教育愛と同じ情熱で、選挙に勝ちぬけるとは思っていない。また、勝ったところで、町長の仕事が、教育しか知らなかった自分に、はたし得るものかどうか。その迷いが、咲きかけたシャクヤクの花を見て、思わず口に出た。

「出番かね。知子。お父さんにはまだわからんがね」

あたたかく澄んだ目が、空を見上げた。

「出番よ。町の若い人たちが、いまの金権政治に腹を立てているのよ。金をかけないでも当選できるのは、お父さんだけだと、みんなが期待しているのよ。とにかく、いまの佐津川《さつがわ》町長は私腹を肥やしているっていう評判よ。その人をまた町長にさせる手はないでしょ」

そのとき、家の中から「ごはんよ」と三根子の声がした。

夕食が終わって、後かたづけがすむと、知子は、きょう佐津川町長の子供雅志《まさし》からもらった写真を、父と母に見せた。

「『月刊石幌《いしほろ》』の若い人が写したらしいの」

「やれやれ、無情な先生の証拠を撮られちゃったね」

　宏二が冗談をいった。

「ほんとよ、困っちゃうわ」

　答えたが、知子も困った顔はしていない。転んだ雅志を抱き起こさなかったのはよかったと、自分でも満足しているからだ。

「弱そうな子供さんねえ、町長さんの坊ちゃんって」

　三根子はやさしい表情で写真を手にとっていた。と、そのとき、玄関に人の訪《おと》なう声がした。知子はすぐに立って出て行った。

　玄関には思いがけなく、町長候補の参謀であり後援会長として、町の誰にも知られている比羅井《ひらい》と、久我輝樹《くがてるき》が立っていた。久我は知子の兄の学《まなぶ》の友人で、このごろときどき、誰を訪ねるともなくこの家に現れるが、比羅井が訪ねてきたのはめったにないことだった。

「あら、お珍しい。ちょうど父がおりますわ。どうぞおはいりくださいませ」

　知子はハキハキと応対した。

「突然で失礼だが、ま、お邪魔しますよ」

　比羅井は如才《じょさい》のない笑顔で、久我を目顔で促《うなが》しながらはいった。

部屋にはいるや否や、比羅井はいった。

「やあ、校長さん、すっかりごぶさたしました。なにせ貧乏暇なしでね。奥さんもお若いなあ、相変わらず」

すでに教職を退いた高橋宏二を、町の人たちはいまも「校長さん」とか「校長先生」と呼ぶ。

「お晩です」

久我はいい、比羅井から離れてソファーの片隅にすわった。知子が暗くなった外に気づいてカーテンをひいた。宏二がいった。

「比羅井さんも元気じゃないですか」

「ええ、おかげさまで、風邪をひいている暇もありませんや。ところで校長さん、町の人はみな惜しがっていますよ、教育界から大事な人を失ったとねえ。なあ久我君」

久我はニヤニヤして、

「比羅井さん、しかしねえ、校長先生が町長候補になるって、喜んでいる人もいますよ」

と、いかにも高橋側についているかのようないい方をした。

「いや、まったくそれで困っているんですがね校長さん。校長さん一人に票をかっさらわれては大変ですからなあ」

四角い顔が陽気に笑った。宏二は、

「ま、そんな心配はないでしょ。それはそうと、何かきょうはご用でしたか」

「それがですよ」

三根子の運んできた茶をがぶりと飲んで、

「実はですねえ、いいづらい話なんですがねえ。お宅のお嬢さんに、ちょっとお耳に入れたいことがありましてねえ」

と、比羅井は大きな手で首をなでた。

「あら、わたしに?」

菓子をお盆に盛ってきた知子が、宏二の横に座った。

「いや、気になさらないでくださいよ。町長さんの奥さんがね、ちょっと気に病んでいたもんですからねえ。あっしが出しゃばってやってきたわけですが……。お嬢さんは町長んとこの雅志君の先生だそうですな」

口もとが笑っていて目が笑っていない。知子はその比羅井をまっすぐに見ながら、

「ええ、そうですけれど」

「その雅志君をですな」

ポケットから出したタバコをトントンとテーブルの上に軽くたたいて比羅井はいった。

「お嬢さんあんた、雅志君を卑怯者《ひきょうもの》だと、みんなの前でおっしゃったそうですね」

「卑怯者?」

　知子はちょっと眉根《まゆね》をよせたが、すぐに笑顔になって、

「ええ、卑怯者って申しました。でも、みんなの前でなくて、雅志君にだけ申しました」

「やっぱり……どうしてまた卑怯者などとおっしゃったんですかねえ」

　比羅井の顔から笑いが消えていた。

　知子はありのままに、ドッチボールの時間の様子を聞かせた。

「なるほど。そして、遊び時間も遊ばせず特訓なさったそうですな」

「あら、どうもおっしゃることがひとつひとつ、真相からずれているような気がしますわ。雅志君がそんなふうにいったんでしょうか。雅志君はそんなふうには受けとっていないはずですけれど」

　雅志と自分の間には、もっと親しい感情が流れていたはずだと、知子は確信していった。

比羅井はちょっと気おされたように黙ってタバコの煙をくゆらしていた。が、不意に苦笑して高橋宏二の顔を見、

「どうもまいりましたなあ、校長さん。なにせ、来年の町長候補にお宅さんが立ちましょう。佐津川町長も立つ、というわけで、まあざっくばらんにいえば敵ですわな。その敵の娘さんに雅志君が受け持たれている。なにかとお嬢さんにも気を配ってもらわんと困るんです

なあ」

と、笑顔で言葉を結んだ。と、それまで黙っていた久我が口をひらいて、

「比羅井さん、あんた、こんな話をするつもりで、ぼくを誘ってきたんですか」

突っかかるようないい方だった。

「……しかし久我君。町長の奥さんのあの様子を見ただろう。あれじゃねえ、いまのうちにこちらさんの耳に入れておかないと、こちらさんの立場も、悪くなると思ってなあ」

「比羅井さん、今日はまたずいぶんご親切ですねえ。それはそうと、ぼくはね、知子さんをよく知っているけど、知子さんは公平な人ですよ。親同士が対立しているからといって、その子供につらくあたるような、そんなケチな知子さんじゃない」

「だがな久我君、卑怯者呼ばわりとか、特訓とか、ちょっとおだやかじゃないと思わんかい」

「それが誤解だというんですよ。ね、知子さん」

「そうよ。いま詳しく申し上げたような事情ですもの。少なくとも雅志君は、わたしを好きなはずよ。わたし、雅志君をほかの子と同じようにかわいがっているわ。それだけは確かよ。そうおっしゃってください」

知子の父の高橋宏二が、おだやかなまなざしを比羅井にむけていった。

「わたしも知子のいうことを信用しますよ。そりゃあ若いから未熟ですよね。未熟のための

行きちがいがあったとしても、おとがめいただくような生徒の扱い方は、していないと信じますがね」

　比羅井は大きくうなずいて、

「いや、そうとわかりゃあいいんですよ、校長さん。なにせ世の中には、いろんなことをいう奴《やっ》がいますからなあ。とにかく子供を受け持たれていると、親としては人質に取られているような感じでねえ。面と向かってはいいたいこともいえない。ま、お手やわらかにねがいますよ」

　と時計を見、

「おや、もうこんな時間ですか。今夜はこれから町内の寄り合いがあるんで……」

　いうだけいうと、比羅井はそそくさと頭を下げて、立ち上がった。

「じゃ、ぼくも……」

　久我も腰を浮かしたが、比羅井は、

「君はもう少しお邪魔していったらいいだろう」

　と、もう玄関に歩いて行く。知子の母の三根子が、

「そうよ、久我さんは少し遊んでらっしゃいよ」

　と引きとめた。久我はいったんソファーに腰をおろしたが、すぐにまたもじもじと立ち

上がって、知子を見ながら、

「やっぱり……ぼく失礼します」

「久我さん、久我さんもこのあと、どこかにいらっしゃるの」

知子にいわれて、

「え、べつに……それじゃ少し、お邪魔してもよろしいですか」

と、再び腰をおろした。その久我を、高橋宏二は静かに見つめていたが、

「久我君、知子のことをかばってくれてありがとう。うれしかったよ」

と礼をいった。

「いやあどうも。比羅井のおやじは、どうもいいたいことをいい過ぎるんですよ。ぼくもうちのおやじのいいつけで町長の家には出入りしています。そして、町長派だと見られていますす。でもぼくだって若いですからねえ。やっぱり校長先生のような方に出てほしいですよ。それでつい、ボスの比羅井のおやじとは、ことごとくこうなんですがねえ」

久我は両手の手の甲と甲を合わせてみせた。三根子が、

「さっきの久我さんは、いつもの久我さんに見えませんでしたよ」

と、茶をかえながらいい、知子も、

「わたしもよ。見なおしたわ」

と、にっこりした。久我は頭をかきながら、

「いや、どうも……。しかし、町長の奥さんというのは、小うるさいですよ。知子さんが、校長さんのお嬢さんだと知ってから、雅志君に、毎日根掘り葉掘り、知子さんのことを聞いているようですからねえ。雅志君は、高橋先生が大好きって、今日もいっていたんですがね。とにかく、卑怯者とかなんとか、うるさかったですよ」

と、しだいに饒舌《じょうぜつ》になっていった。

茨の蔭に

景子《けいこ》と大原哲也《てつや》は、大通《おおどおり》公園のベンチに座って、噴水を眺めていた。風の向きでときどきしぶきが二人のほうに飛んでくる。くもり日で、むし暑い午後だ。芝生にはジーパンをはいた若い娘や、長髪の青年がむらがっている。太いエルムの木の下に、もうかなり前からじっと抱き合ったまま寝そべっている一組もあれば、芝生の上をごろごろところがって奇声をあげている男女もいる。ジーパンとシャツの間から裸の背中を見せて、マンボを踊っている娘もいる。本州から札幌《さっぽろ》へきた観光客らしかった。

街空にジェット機の音がした。景子は見上げたが雲の切れめに青い空が色濃くのぞいているだけだった。

「なるほどなあ。雅志《まさし》君を卑怯者《ひきょうもの》といわれりゃあ、腹も立つだろうねえ」

哲也の白いワイシャツが清潔だった。

「でもよ、母の反応のしかたが少しおかしいと思うの。だって雅志は、先生大好きって、いっているのよ。子供はおとなより直観力があるでしょ。愛には敏感よ。もし先生が意地悪な気持ちでそんなことをいったのなら、くやしがるはずよ。雅志だって、四年生ですもの」

「なるほど」

哲也は、景子のひたすらな横顔を眺めながら、このひとはいったい誰に似たのだろうと思った。母親や姉のもつ妖艶《ようえん》さは景子にはない。景子の美しさは純粋な生き方のもつ美しさだ。それは父親には、むろんないものだった。要領よく生きることなど、この景子には生涯できそうもなかった。あまりにひたむきで、不意に崩れ去るようなもろさもあった。それが哲也の心を惹《ひ》いていた。

「ねえ、おとなっていやねえ。わたし、おとなになりたくないわ。いつまでも、いまのままでいたいわ」

その景子の言葉をかき消すように、ヌードショーの宣伝カーが騒々しい音楽を流しながら、通りを過ぎて行った。その音楽が過ぎ去るまで、二人は黙っていた。

「景子さん、そんな弱虫なことをいっちゃいけないよ。景子さんは景子さんなりのおとなにならなくちゃいけないよ」

「おとなに?」

「そうですよ。第一、子供のままじゃ……お嫁さんになれない」

お嫁さんという言葉にためらいがあった。二人の視線が合った。そして離れた。二人の足もとに羽音を立てて、鳩《はと》が十数羽舞いおりた。傍で三、四歳の子が鳩に何か餌《えさ》をやった。

鳩はその子の掌《てのひら》にとまり、肩にとまり、頭にとまった。子供がこわがって泣いた。

「景子さん、子供というのは、ああやってすぐに泣き出すものですよ。すぐに誰かに助けを求める。それが子供ですよ」

「でもね、哲也さん。それが本当じゃないのかしら。だって、人間って弱いんですもの。すぐに泣き出したほうがいいと思うわ。そして、何者かに、〝助けてえーっ！〟って、叫べばいいと思うの。そんな素朴さがむしろ人間を本当に成長させてくれるんじゃないかしら」

「その何者かってのは、神のことですか」

「たぶんね。でもね、わたしね、神ってわからないの。ヨーロッパの小説を読んでいると、神はいるって思うことがあるのよ。でもわたしにはわからないわ。神は人間のつくりだしたものなのか、それとも、神が人間をつくったのか。哲也さんは、神がいると思う？」

「さあねえ。軽々しく答えることはできないなあ。ただね、人間って言うのが、この宇宙の中で、いちばんかしこい存在だなんては、思わないよ。右を見ても、左を見ても、自分勝手な、くだらん奴が多過ぎるからね。むろんぼくも含めてね」

「じゃあね、哲也さん」

言葉を途切らせて、景子は敷きつめたようなパンジーの花壇に目をやったが、

「ねえ、人間って、神の仲間だと思う？　それとも、悪魔の仲間だと思う？」

「難問だなあ」

哲也はベンチに背をもたせて、テレビ塔のほうに目をやったが、

「神の仲間だというのは、どうも図々《ずうずう》しすぎるような気がするなあ」

「そうよねえ哲也さん。わたしね、人間って悪魔の仲間のような気がするの」

景子の目に、母の富喜枝と久我輝樹の、絡み合うような姿が浮かんだ。

「手きびしいなあ。君の年ごろは、裁判官のようなきびしさをもっているんだねえ」

「だってそうじゃない? 毎日の新聞を見てたって、悪魔の仲間でなければできないことばかりやってるじゃない。乳呑子《ちのみご》を捨てて遊び歩く母親がいたり、百キロのスピードで人を轢《ひ》き殺したり、けんかをして友だちを刺し殺したり、これが自分と同じ人間かと思うとぞっとするわ。まちがっても、神の仲間とは思えないわ」

そんなきびしい目で、自分は新聞を読むことがあろうかと哲也は思いながら、別のことをいった。

「そんな話を、お姉さんともときどきすることがあるの?」

「ないわよ。姉はわたしの話なんか全然つまらないんですって。わたしの夏休みが始まったので、姉はおとといから、東京に遊びに行ったわ。わたしは当分、姉のかわりに家にいなけりゃならないの。でも今日は、無理矢理出てきたのよ。哲也さんに会いたくて」

噴水の向こうに目をやっていた哲也は、おやと思った。東京に行っているはずの美図枝《みずえ》が、若い男と手を組んで歩いてきたからである。

13

美図枝《みずえ》は、濃紺と白の、大胆な横縞《よこじま》のワンピースを、そののびやかな肢体《したい》にまとっていた。何を着ても、妖艶で派手な美図枝の存在は、街の中でもきわだって見えた。その美図枝と手を組んでいる若い男は久我輝樹《くがてるき》であった。久我は、白い麻の背広を、グレーの替えズボンの上に着ていて、ひどくスマートに見えた。

あたりにいる者の目が、自然にその二人に注がれるのを、哲也《てつや》は一瞬のうちに見てとった。哲也は、その美図枝の存在を、景子《けいこ》に知らせたくないと思った。景子はたったいま、姉の美図枝は東京に行ったばかりだと、告げたのだ。そして当分は、自分は姉のかわりに家にいなければならないといったばかりなのだ。美図枝は予定を変更して、早く帰ってきたのかもしれない。が、哲也は、景子の目に美図枝がふれるのを恐れた。傷つきやすい景子を、哲也は知っているからだ。

「あ！　あれはなんです？」

とっさに哲也はテレビ塔のほうを指さした。景子もまつ毛をあげて、テレビ塔のほうを見た。

「なあに？　何が見えるの」

「ほら、テレビ塔の上に、光るものが見えるでしょう。雲の切れめのあたりですよ」

　光るものなど、哲也自身見てはいなかった。が、景子の視界から美図枝が消えるまで、哲也は見えないものを見えるといって、指さしていなければならなかった。

「どこ？　あの雲の切れめ？」

　テレビ塔の右肩に、不等辺三角形の青空がのぞいていた。

「そう。雲間の……ああ、見えなくなった。空飛ぶ円盤かな」

「まさか」

　何も知らない景子は、哲也を見て笑った。笑うと淋しげな顔が、不意に愛くるしく変わる。それは哲也の心を惹《ひ》く笑顔だった。哲也は目の端に、美図枝の紺と白のワンピースがはいるのを感じた。美図枝たちは、噴水の近くに立って、何か話しているのだ。

　道を通る車の騒音で、その声こそ聞こえないが、十メートルそこそこのところに、二人は立っている。哲也はポケットからタバコを取り出そうとして、わざとその箱を落とした。これもまた、景子の視線を、美図枝からそらさせるためであった。

　景子は手を伸ばして、素早くそのタバコを拾った。

「ありがとう。さ、どこかでアイスクリームでも食べようか」

哲也はベンチから立ちあがった。哲也の体が、景子の視線をさえぎった。

「ええ」

景子も素直に立ちあがった。哲也はほっとした。このまま立ち去れば景子は美図枝を見ないですむ。美図枝のほうでこちらに気がついたとしても、東京に遊びに行っているはずの美図枝が、景子に言葉をかけるはずがない。

そう思ったときだった。うしろで、

「見ィつけた！」

と、華やかな美図枝の声がした。

おどろいて景子はふり返った。哲也のほうがなおのこと驚いた。美図枝は悪びれずに、久我の腕に手をかけたままいった。

「見つけたわよ。わたしを見て、逃げていくところだったんじゃない」

美図枝の目がきらっと光った。景子は、その姉の顔を、まばたきもせずにみつめながらいった。

「おどろいたわ。東京に行ってたはずじゃないの、お姉さん」

「そうよ。東京に行ってたはずよ。いまも行っているはずよ。ね、久我さん」

声高く笑って、

「いいじゃないの。東京だって札幌だって。こんな暑い夏に、わざわざ東京に出かけるほど酔狂《すいきょう》じゃないわよ。十日ほど家を離れていれば、わたしはそれでいいの。東京といったほうが、飛行機代がもらえるから、お小遣いが多くなるもの」

「じゃあ、お姉さん、札幌にいたの。東京にはいかなかったの」

「あたりまえよ。でも、景子、わたしに会ったことは、お母さんには内緒よ。わたしも、あんたと会ったことは内緒にしてあげるわ」

決めつけるようないい方だった。

景子は黙って美図枝を見た。複雑な翳《かげ》が景子の目に現れて消えた。

「大原さん。じゃ、景子をよろしくね。久我さん、行きましょう」

久我は、景子の顔を盗み見するように、ちらっと見たが、哲也に黙礼して、美図枝とともに去って行った。

哲也はなんとなく、一時に体から力がぬけたような感じになって、傍らのベンチに腰をおろした。が、景子は、遠ざかって行く美図枝と久我を、暗いまなざしで見送っていた。

美図枝の腰が、右に左にリズミカルに動いて行った。

「おどろきましたね、景子さん」

「………」

景子も哲也のそばに腰をおろした。

「お姉さんて、おもしろそうな人ですね」

「おもしろい？　そうかしら」

景子は咎《とが》めるように哲也を見た。

「ああ、おもしろいですよ。東京に行かなかったのなら、ふつうはさっと姿をかくすでしょう。声をかけたりしないで。それを堂々と、見つけたあ、なんて、愉快ですよ」

哲也は、自分が景子の視線を美図枝のほうに向けさせまいとして、雲を見あげたり、タバコを落としたりしたことを思って、こっけいになった。その哲也を見つめていた顔が、不意にひたむきなものに変わったかと思うと、景子は激しく首を横にふった。

「そうじゃない！　そうじゃないの。姉はわたしに見られたと思ったのよ。だからわたしを呼びとめて、口どめしたのよ。なぜ口どめしたか、それは哲也さんにはわからないことよ」

景子は、自分の中にいま渦まいている思いに耐えていた。母と久我のもつれあった姿が浮かび、その上に、いま久我と手を組んでいた姉の姿が大きく重なる。

（いったい、お姉さんは……）

姉は、久我と母のことは知っている。

母と久我が、母の部屋にこもっていることを知っていながら、美図枝は景子を無理矢理

階段から引きずるようにおろしたことがあった。その手をふり払って、

「いやよ、わたし。わたしここにいて、お母さんを見てやる」

と景子がいったが、美図枝はとりあわなかった。何もかも知っていながら、友人のように楽しく母と語り合っている姉が、いま久我と恋人どうしのように手を組んでいる。

「いやだわ、わたしいやだわ」

景子は激しく身をよじるようにして、立ちあがった。哲也はその景子の心の中を知る由もなかった。美図枝が東京に行かなかったことを、景子が嫌悪しているのかと、単純に思っただけだった。

「うそをいうこともありますよ。若いころはね。さあ、アイスクリームでも食べにいきましょうか」

景子の口が何か語ろうとして、そのまま閉じた。雲間にのぞいていた青空が消えて、いつのまにか雲が暗く低くなっていた。

14

茨の蔭に

「遅いな」

佐津川長吾《さつがわちょうご》は、浴衣の袖《そで》を、二の腕までまくり上げ、センスを忙《せわ》しく使いながら、つぶやいた。日が没しても、汗の出る暑さだ。とりわけ汗かきの長吾が、肌ぬぎになりたいほどの思いを耐えて、浴衣を着ているのは、『月刊石幌《いしほろ》』の大原達夫《たつお》を招いているからだ。

開け放った庭には水がうたれ、形よく植えこんだ庭木のむこうに、赤く染まった夕焼け空がひろがっていた。

長吾は、『月刊石幌』の大原達夫の腕を買っていた。いや、腕を買っていたというより、『月刊石幌』の発行部数の多いことを、買っていたというべきか。前の選挙では、郷土誌まで抱きこまなくても、それほどのきびしさは感じなかった。金がものをいったのだ。だが今度の競争相手は、金を使わぬ選挙を押し進めようとしている。そしてそれが、若い年代の人気を買っていた。しかも、その若い年代に主婦層もかなり動いているという情報もある。主婦層の票を獲得するには、金よりもイメージ作りが効果的なはずだった。

長吾がきょう、大原達夫を招いたのは、表むきは、いま大原が取りかかりはじめた炭鉱の村、声志内《こえしない》の村史についての打ち合わせだった。いや、打ち合わせというより、取材しやすいように、声志内の古老を招く相談であった。

だが、大原を呼んだ長吾の目的は、自分自身の立志伝を書かせようというところにあった。三代前のことなど、長吾はほとんど知らなかったが、祖先を士族に仕立て、祖父や父の生活も美談に仕立てるつもりである。長吾自身には、さらに語るべき美談はなかった。しかし、自分の父の代には、人に欺《あざむ》かれて没落の憂《う》き目《め》を見、長吾自身苦しい少年時代を送ったことに、富喜枝《ふきえ》が話を仕立ててくれた。

その点、長吾の妻の富喜枝はぬかりがなかった。聞いていて、自分自身が涙ぐみたくなるように仕立ててくれている。

その話をきょう、大原に語り聞かせるつもりだった。酒も料理もじゅうぶんに用意してある。

だが約束の時間を過ぎても、大原達夫は現れなかった。町長の自分の家に招待した者で、遅れてくる者などめったにいない。万一遅れることがあっても、必ず電話連絡があった。だから、約束の時間を十分過ぎただけで、もう長吾はいらいらとしはじめた。

「美図枝《みずえ》、ちょっと大原のところに電話をかけてみなさい」

センスの手をとめずに、長吾はいった。部屋には扇風機が動いているのだが、長吾はセンスを放そうとしない。

「ハーイ」

美図枝の明るい声がはね返ってきた。そのとき、玄関でベルが鳴った。

「いらしたわよ」

美図枝の声がひびいた。ほっとして、長吾は自分の座にすわった。

廊下に重い足音がして大原がはいってきた。半袖の開襟シャツを着、半ズボンをはいていた。半ズボンから出た毛脛《けずね》を見て、長吾はちょっと眉根《まゆね》をよせたが、

「ややあ、暑いね、きょうは」

と、らいらくに声をかけた。大原は少し背をまるめて突っ立ったまま、広い部屋をぐるりと見まわし、

「広い家は、やっぱり涼しいな」

と、すすめられた席に、のっそりとすわった。

「相変わらず忙しいんだね」

暗に遅れたことを長吾はいったつもりだが、

「貧乏暇なしでね」

大原はポケットからタバコを出した。

美図枝が冷やしたビールを運んでき、富喜枝がそれを酌《しゃく》するころはもう、大原は声志内の話をはじめていた。

「町長、あんた声志内が閉山になるまで、いったい何度事故があったと思う？　落盤とガス爆発が何度あったと思う」

一気にビールを飲み干すと、唇についた泡をなめながら、大原は顔をゆがめた。それはまるで、事故の責任が佐津川町長にあるとでもいうような、突っかかるいい方だった。石幌町と声志内は同じ地方にあるとはいえ、かなりの距離がある。いわばなんの関係もなかった。長吾は、

「さあてな、ちょっと見当がつかんな」

と、おだやかに首を傾けた。大原の気性はとうにのみこんでいる。

「それがなんと、二十三回もあったそうだ。まるで人間を殺す場所だ。こんな話ってあるかね、町長」

大原の目は、真に何物かを憤《いきどお》る目であった。

「うーむ、二十三回か。そんなに事故があったかなあ」

「おれはね、町長、こんどの村史は、徹底して調べあげるよ。いいかね町長、われわれは人間だからね、そりゃあ失敗はあるよ。しかしだね、決してくり返してはならない失敗は

あるはずだ。ガス爆発で人が死んだ。その第一回の事故のときに、会社はどうして、トコトンまで事故の対策をたてなかったのかね。これが、自分やわが子のはいる坑内であれば、もっと真剣に、事故の対策を考えたはずだ。くり返しくり返し事故を起こす。これはね町長、鉱夫の命なんぞ、虫けらほどにしか考えていない証拠だよ」

しだいに語調がたかまってくる。

「まったくだなあ」

長吾は、大原のコップにビールを注《つ》いでやりながら、内心、この男に、いかにして自分の伝記を書かせるかと思いめぐらしていた。

「奴《やっ》らあ、金をもうけることしか考えていないんだ。町長、いい仕事をまわしてくれた、礼をいうよ」

ようやく大原はニコッと笑った。めったに見せないが大原の笑顔はいい笑顔だった。

「喜んでもらって、あんたを紹介した甲斐《かい》があったよ。ところでね、あの村の古老たちが、あんたに会って聞いてもらいたい話があるといってるそうだ」

「ほう、それはありがたい。おれも、どんな人たちに会おうかと、いちおう村役場とも相談はしてきたんだがね。そうかね、すすんで協力してくれる人が現れたかね」

「それでだ。その人たちを、まあ五、六人いるそうだが、この石幌に招くかね。それとも、あんたが訪ねて行くかね」

「むろん、おれが訪ねて行くよ。それが当然だろう」

「そうかね。わしはまた、じいさんばあさんたちを、マイクロバスで、石幌に迎えてだ、一晩石幌温泉で遊んでもらおうかと思ったりしたんだがね」

「なるほど、それもいい。……だがしかし、あんた、なんでこの村史にそんなに積極的なんかねえ」

「なあに、わしが紹介の労をとったからさ。それにわしは、あんたの仕事に日ごろから敬服しているからな」

「敬服？　聞きなれない言葉を聞いたもんだ。町長、もしもね、おれの仕事に少しでも感心してくれるんなら、もっとあんたの姿勢が変わってくれてもいいんじゃないのかね」

　大原は、おだてに乗らない。

「姿勢？」と、いってから、手を叩《たた》いて、

「おーい、水割りだ」

　と、長吾はキッチンのほうに呼ばわった。

「ハーイ」

　富喜枝と美図枝の声がひとつになって聞こえた。

「そうだ。姿勢だよ。町長、あんた、去年あたりから評判が悪いよ。業者と結託してるんじゃないかという話も聞いてるよ」

「業者と結託？」

ちょっと驚いてみせてから、長吾は両肩をゆすって笑った。内心ぎくりとしたのだ。

「そうとも、だが証拠のあることじゃないからね、わしは『月刊石幌』にも書かんがね、しかし町長、本当のことなら、どしどし書くよ。いくらあんたがおれの賛助会員でも、町長でもね」

大原の言葉に、

「なるほど。そんなうわさがとんでるのかねえ。選挙が近くなると、よくやられるんだよ、デマでねえ」

と、長吾は再び笑ってみせた。

「まあ、おもしろそうですこと。なんのお話ですの」

白地の浴衣をすっきりと着こなした富喜枝が、再び現れて、大原の前に水割りをおき、つづいて長吾の前にもひとつおいた。そして自分の前にも、同じように水割りのコップをおいた。

「いやあ、あのな富喜枝。おれがねえ、業者と結託しているといううわさがあるんだそうだ」

「まあ！」

　なまめかしく大原を見て、

「そんな甲斐性があれば、いまごろ蔵が建っていますわ、大原さん」

「まあうわさだからねえ。どこまで本当かわからんが、瓜田《かでん》に履《くつ》を納《い》れず、だからねえ」

「そうよねえ、李下《りか》に冠《かんむり》を正《ただ》さず、よねえ。それがね、大原さん。うちときたら、李《すもも》の木の下に立って、取るふりをして見せる茶目っけがありましてねえ、誤解されるタイプだと、わたしも思うのよ」

　と、富喜枝はコップに口をつけた。紅をうすくつけた唇があやしくぬれた。

「なるほど、誤解されるタイプか、そういういい方もありますな」

　鮭のくんせいを手でつまんで、大原は口に入れた。その瞬間、長吾と富喜枝の視線が、素早く絡《から》み合った。

「ねえ、大原さん。それはそうと、あなた、この人の小さいころの話をご存じ？」

「小さいころの？　いや、そういえば、町長の小さいころの話は、あまり聞いたことはありませんな。おくにはどこです？」

「くにって、うちは道産子《どさんこ》よ。うちが五つ六つのときにもう父親が死んでね。苦労したのよ、この人も」

「ほほう、それは初耳だ」

大原は身を乗り出した。

15

佐津川《さつがわ》町長が五、六歳のときに、父親を失って苦労したと、町長の妻の富喜枝《ふきえ》がいったとき、『月刊石幌《いしほろ》』の編集者大原達夫《たつお》は、

「ほほう、それは初耳だ」

と、身を乗り出した。その大原を、富喜枝は流し目で見、

「ね、大原さん。佐津川はね、この寒い北海道で、足袋《たび》もはかされずに、使いまくられたことがあるんですってよ。小学校を出たばかりのころにねえ」

「ふーん、町長がそんな苦労をしてきたとはねえ」

大原は何か考えるふうに指を折って数えていたが、

「そうするってえと、昭和十年ごろの話だね」

と尋ねた。

「ああ、そのころだ」

佐津川長吾《ちょうご》は言葉少なく答えて富喜枝を見た。佐津川長吾には、寒い真冬に、素足で過ごした経験などない。それをいきなり、妻の富喜枝がいいだしたので、内心驚きながら

相槌《あいづち》を打ったまでだ。

「あのね、大原さん。この人の祖父は北海道に渡ってから、酒屋に奉公しましてね。その奉公ぶりが主人の目にとまって、帳場を委《まか》されるまでになったんですよ。そしてのその酒屋に、この人の父も勤めましてね。やはり大番頭として、よく働いたんですよ。ところが商売仇《がたき》に酒樽《さかだる》の底を全部ぬかれたんですって。それを苦にして、父親が首をくくったんですよ。責任感が強かったわけですよねえ」

抑揚のある富喜枝の声だった。一語一語に感情をこめ顔の表情も豊かに変化した。首をくくったというときには、形のいい首を長くのばして、両手で縄をしばる手つきをして見せる。ただでさえ艶麗《えんれい》な富喜枝が、さらに魅力的に見えた。大原は両手を組んで、じっと富喜枝の顔を見ていたが、

「どこです、その酒屋ってのは?」

と、長吾を見た。長吾はギクリとした。

そのとき、白いブラウスに白いスカートをはいた景子《けいこ》が、鮭とオヒョウのルイベを盛り合わせた皿を運んできた。

「これこれ、これがうまいんだよ」

長吾は毛深い腕を浴衣の袖《そで》からのばして、景子がおいた大皿を大原のほうに二、三センチ

おしやった。

「いらっしゃいませ」

景子が初々《ういうい》しいはにかみを見せて、ていねいに頭をさげた。

「やあ」

と、軽く会釈をした大原は、おやというように景子に目をとめて、

「この人は、末の娘さんでしたかね」

と、富喜枝を見た。

「そうですよ。下の娘です」

「そうかねえ、ちょっと見ない間に……おとなになったねえ」

大原は微笑を見せた。長吾は内心ほっとした。どこの酒屋かと聞かれて、長吾はとまどったのだ。確か妻の富喜枝は、旭川《あさひかわ》の酒屋に話を仕立てていたはずだったが、実の話、長吾は旭川に住んでいたことがない。滝川《たきかわ》の酒屋に奉公していたことはある。それで、富喜枝は後から、場所を滝川にしようかといっていたこともあって、長吾はどの土地にしてよいか、とっさに決めかねたのだ。つくりあげる話というのは、ときおりこうした細かいところに行きちがいが生ずる。だから景子が現れたことは、長吾にとってはちょうどいい助け舟であった。

「そうかねえ、おとなになったかねえ。親の目からは、いつまで経っても子供で……」

恥ずかしそうに立って行く景子の姿を見送りながら、大原は頭を横にふり、

「いやいやどうして、深みのあるいい顔になった」

と、鮭のルイベに箸をのばした。きれいになったというういい方でないところが、大原らしかった。大原はショウガ醤油《じょうゆ》につけた鮭をひと切れ口にいれ、

「お、凍っている」

と、目を細めた。

「口ざわりがすっきりして、おいしいでしょう大原さん」

富喜枝も鮭のルイベを口にいれながらいう。

「これがルイベか。話には聞いていたが、口にいれたのは初めてだよ」

「そうよ、ルイベですよ。ルイベってアイヌ語ですって。料理屋じゃルイベといえば鮭を出すけど、白身でもなんでも、凍らせたのがルイベですって」

富喜枝も内心、もっと細々《こまごま》とした部分まで、夫と打ち合わせをしてから、長吾の生い立ちを切り出すべきだったと思っていた。

大原は、ときどき鋭いまなざしで、じっと富喜枝を見ながら話を聞く。それは聞きいるというより、検事が被告の陳述を聞く表情に似ていた。あいまいなことはいえないと、あ

らためて富喜枝は思った。

「そうだってねえ。ルイベってのはどんなものかは、何かで読んだが、うん、これはいける」

「そう、うれしいわ。どうぞたくさん召しあがってよ。あとからホタテのフライも、野菜のてんぷらもくるはずですから」

「どうした風の吹きまわしかね。今日はいやに待遇がいいんだね」

「いや、なあに……」

　長吾が富喜枝を見た。

「そりゃあ、もしかしたら大原さんは、うちの景子のお父さんになってくださるかもしれないい方でしょ」

「えっ!?　なんだって?」

「あら、ご存じなかったの、大原さん。お宅の哲也さんと、うちの景子とは、もう何年も前から親しくしておりますのよ」

「友だちとは聞いていたが、それ以上のことは、聞いていないがなあ」

「まあ?　哲也さんはなにも景子のことをお話ししていないんですか」

「わしはあいつと、ゆっくり話をする暇なんぞないんでねえ。……しかし、それはほんとのことなんかねえ」

「ほんとだとも」

　長吾は少し浴衣の胸をはだけて、

「あんたの息子になら、うちの娘をやってもいいと思ってるんだ」

　心の中で、とんだことを口に出したと思いながらも、まあこう思わせておくほうが、来春の選挙が終わるまでは、得かもしれないと長吾は思った。こんどの選挙で勝ちさえすれば、二度と高橋宏二《こうじ》は立候補しないにちがいない。いままでの最大の競争相手である高橋に勝ちさえすればあとはどうにでもなると、長吾は思った。町長である自分の娘を拒む者はひとりもないと、長吾は頭からそう思っている。

　だが、大原はいった。

「そうかね。しかし、わしはね、あんたの娘さんじゃ、もらう気がしねえな。いくら景子ちゃんがいい娘でも、おれとしては反対だ」

「あら！　どうして」

　驚いて富喜枝は大原の顔と、長吾の顔を半々に見た。

「どうしてって奥さん。あんた、町長の娘なら、みんなありがたがってもらうと思っているのかね。わしはね、まずそのあんたらの考え方が気にくわん。それにね、わしの生き方と、佐津川町長の生き方は、どうも西と東ほどちがうような気がするんでね。わしは、ふつうの平凡な家庭の、少しは貧乏なめにもあった娘のほうが、わしらのような家庭には、合うような気がするんでねえ」

「相変わらずはっきりいうな、大原さんあんたは」

長吾は声をあげて笑った。長吾はめったにけんかをしない。怒りたいときには必ず笑ってきた。ごまかすときにも笑ってきた。それが政治家の重要な態度だと思ってきた。

「ものを書くって者はねえ、はっきりしてなきゃあならんのでねえ。右でもない左でもない、いやでもない応でもない、そんな態度でものを書くわけにはいかんのでねえ。あんたら政治家のように、〝善処します〟などという不得要領な論旨じゃ、読者がうんといわないいんでねえ」

「でもね、大原さん。結婚ってのは、当人どうしの気持ちが第一でしょ」

「そりゃそうだ。しかし若い者は、いつ気が変わるかわからないんでね。ま、いまから親たちが、親戚気分になるのは、少し早いというもんじゃないかね。それよりさっきの、町長の生い立ちをもっと詳しく聞かせてくれんかね」

大原はオヒョウのルイベを箸にはさんだ。

茨の蔭に

「いい気なものねえ、大原っておやじも」

　風呂からあがった美図枝《みずえ》が、ジュータンの上に横ずわりにすわるといきなりいった。ホットパンツをはいた桜色の太ももが艶々《つやつや》と光っていた。その太ももを眺めながら長吾《ちょうご》がいった。

「まったく、あきれかえったやつだ。ふん、なにがものを書く人間はだ。だいたい、ものを書く人間なんてのは、常識のないやつが多い。なあ富喜枝《ふきえ》」

　ソファーに寝そべったまま、長吾は胸毛をむき出しにしている。

「ほんとうよ。いっていいことと悪いことがあるでしょ。だいたい大原って男は、頭から人を馬鹿にしてるのよ」

「ま、お父さんもお母さんも、そうカッカとならないでよ。だけどさあ、いまから親たちが親戚気分になるの早いんじゃないかなんて、やっぱり腹ん中を読まれちゃったわね」

「だけどね……美図枝。誰があんな哲也《てつや》なんかに、景子《けいこ》をやるもんですか。景子はね、お金のたんまりあるところか、代議士の家にでもなければお嫁にはやりませんよ。最初からそのつもりよ、わたしは」

富喜枝は本当に腹を立てていた。

「あら、景子のことばっかり心配して、わたしはどこへお嫁にやってくれるの」

長吾が答えていった。

「おまえみたいな、そんなズロースのままで街ん中でもどこでも歩く女は、良家には無理だろうな」

「あら、これお父さん、ズロースじゃないわよ。これホットパンツよ」

「パンツもズロースもおんなじようなもんじゃないか。とにかく、明日からそんなかっこの悪いことはよしなさい。そうでないと、哲也のところへ嫁にやるぞ」

「あら、哲也って、わりにいい若者よ。いかすわよ」

美図枝は肩をすくめた。

「あなた、冗談をいってる場合じゃないわ」

富喜枝はきびしいまなざしになって、

「大原なんかにびくびくすることないわよ。機嫌をとることないわよ。なによあんなの。賛助会員から毎月会費をとっているでしょう。あの賛助会員に手をまわすのよ。どうせあなたと関係ある人たちが大半なんですから。一言いえばみな手をひくわよ。収入源を断たれたら、いくら大原が『月刊石幌《いしほろ》』を出したくたって、すぐにつぶれるわ」

「それはいい考えね、ママ」

美図枝が背筋をしゃんとのばした。美図枝はそのときの気分によって、母親の富喜枝を、「お母さん」「ママ」「お母さま」「奥さま」「富喜枝さま」などと、適当に呼ぶ。ママと呼ぶときは、気持ちの高揚したときだ。

「ね、ママ。それは賛成よ。わたしもあのおやじ、あまり好かないの。むすっとしていて、人を頭のてっぺんから爪先《つまさき》までじろりと見て、ふん、どうってことないよってな顔をしてさ。よくまああの男から、哲也なんてスマートな息子ができたもんだわ。あいつをつぶして、そしてねパパ、誰かに月刊誌を出させるのよ」

美図枝の目がいきいきと輝いた。

「なに？　ほかのやつに月刊誌を出させる？」

「そうよ。これもパパが鶴の一声で、賛助会員をつくるのよ。なにも、この石幌の人間でなくてもいいわ。札幌《さっぽろ》には、書ける人がいくらでもいるわよ。そしてパパの、一代記でもなんでも連載させるのよ。ま、パパの御用雑誌というわけ。そりゃあパパも、ある程度お金を出さなきゃいけないわよ。でもね、選挙が終わればつぶれてもいいのよ」

「まあ？　美図枝って考えるのねえ。それはいいアイディアよ、あなた。そしてそれに、相手のデマをじゃんじゃん書かせるのよ。そうよ、それがいいわ。あんな大原の機嫌なぞとって書いてもらうより……」

　長吾がソファーの上に起き上がった。

「うん、それはいい手だ。賛助会員はどうせ商店が多いからな。わしの陣営だ。『月刊石幌』から手をひけといやあ、こりゃあすぐに手をひく。そしてそいつらに、次の月刊誌の賛助費を出させれば、わしの出費も少なくてすむ。問題は誰が編集者になるかだ」

「そんなこと心配ないわよ。わたしが探してきてあげる。ね、パパ」

「とにかくあなた、これでわたしの胸がスーッとしたわ。あのさっきの大原の小憎らしいこと。雑誌がつぶれたらどんな顔をするかしら。思っただけでも、ゾクゾクするわ」

　富喜枝は心地よげに微笑した。

「よし、じゃ、早速この件については、比羅井《ひらい》と相談してみよう。比羅井なら、万事うまくやってくれるだろう」

「そうね、あしたにでも比羅井さんに、きてもらいましょうよ。わたし、すぐ電話をしておきますわ」

　いそいそと富喜枝は、部屋を出て行った。と、そこへ景子がはいってきた。明るい父と姉の顔に、ちょっととまどった表情を見せた。大原が帰ったあとの、重苦しいふんいきが一変しているのだ。

「お休みなさい」

景子は立ったまま、長吾と美図枝にいった。

「きょうはご苦労さん。あなたこのごろ、よく手伝ってくれるから、助かるわ」

タバコに火をつけながら、美図枝は優しい言葉をかけた。美図枝が景子に優しい言葉をかけるようになったのは、札幌の大通りで偶然会って以来だ。東京に行っていたはずの美図枝が、久我《くが》と腕を組んで大通公園を散歩していた。久我は母の富喜枝の愛人である。美図枝は、

「お母さんには内緒よ」

と、そのとき景子に口どめをした。口どめをされなくても、そんなことを口に出す景子ではなかった。景子が母に告げなかったのは、姉のためではなかった。母にも姉にも、いいようのない嫌悪《けんお》を抱いていたからだった。特にあの日以来景子が、どんな暗い思いをもって生きているか、美図枝は知る由もない。

景子が去ったあと、美図枝が長吾にいった。

「パパ、『月刊石幌』をつぶす話は、景子には内緒よ」

「そりゃあむろんのことだ。大原の息子なんぞにツーカーじゃ、こっちの計画は台無しだか

らな」

　富喜枝が部屋にもどってきた。

「比羅井さん、明日の夕方、いらっしゃるそうよ。おもしろいことを考えついたのよっていっ
たら、比羅井さんったら、なんですかそれってせっつくのよ。明日までのお楽しみって、いっ
ておいたわ」

　富喜枝はうきうきと長吾の傍らに腰をおろした。

「そうかそうか。それで明日までに考えておくことはないかな」

　長吾も満足そうにうなずいた。

「編集を誰にまかせるか、その人選は考えておきましょうよ。まったく知らない人じゃむず
かしいわ」

「じゃ、あいつはどうだ。あいつは」

　と、度忘れでもしたのか、その名を思い出そうとする長吾に、

「あいつ?」

　富喜枝は美しい眉根《まゆね》をちょっと寄せた。

「ほら、なんだ、いつもうちにくる洋品屋の……おまえのお気にいりの……うん、久我、久
我だよ」

一瞬富喜枝は長吾の顔を見、美図枝は母の顔を見た。が、富喜枝より先に美図枝が手を打った。

「いいわねえ、久我さんなら。ぴたりよパパ。ねえママ」

「そうねえ。久我さんねえ」

考えるようにいってから、

「いいかもしれないわ、あの方」

と、さりげなく長吾を見た。長吾はまだ、久我と妻の間を知らない。それは、富喜枝が美図枝と久我の間を知らないのと同じだった。

「やつならいいだろう。おやじはまだ五十代で、仕事はバリバリやってるから、二代目といってもまだ遊軍だからな。こっちで少し忙しく使ってやりゃあ、かえっておやじに礼をいわれるようなもんだ。久我が郷土誌を出すといやあ、黙っていても賛助会員は集まるだろう」

「そうね、あなた。久我さんがいいわよ。わたしいろいろ、久我さんに入れ知恵するわ。敵のデマをこねあげるのは、わたしにまかせておいていただきたいわ。どこかの知事選より上手に、相手を倒してみせるわ」

夫の長吾が、久我に編集させるということは、まだ自分と久我の間を疑ってもいない証拠だ。久我が編集をはじめるとなればさらにおおっぴらに久我との密会の機会をもつことができる。しかもそれが、相手候補を倒すことにつながるのだ。富喜枝には楽しい遊びだった。

「ママ、デマならわたしもつくるわよ。ほら、春の運動会に雅志がころんだことがあったでしょう。あのときの写真があったわねえ。あの写真をのせて〝冷たい近ごろの若い先生〟なんて、書き立てるといいわよ」

「そうそう、まずまわりから、順に倒していかなけりゃね」

三人の笑い声がひとつになってひびいた。

17

九月半ばとは思えぬほどに、朝風が冷たかった。知子《ともこ》は学校への道を急いでいた。街外れの道べには菊芋《きくいも》の花がつづいている。唐黍畑《とうきびばたけ》の葉が風にさやぐ。

（すっかり秋だわ）

知子の頰《ほお》に微笑が浮かんだ。知子の足がさらに速くなった。

昨夜は、父も母も小樽《おたる》の知人の通夜に出かけて帰ってこなかった。知子ひとりの夜で、なんとなく眠りが浅く、今朝になってから深く眠ってしまった。朝食もそこそこに飛び出したが、いつもの時刻より少し遅い。三々五々つれだって登校する生徒に、次々に、

「おはよう」

と明るい声をかけながら、知子は追いぬいていく。いつも駆けよってくる受持の生徒たちが、なぜか今日はそばにこない。自分が急いでいるから、生徒たちが走りよらないのかと、気にもとめずに知子は学校への道を急いだ。

職員室の戸をあけた知子はいつものように、

「おはようございます」

と挨拶をした。が、教師たちは妙に押し黙って知子を見た。いきなりぴたりと口をつぐんだような、そんな沈黙が、ほんの一瞬ではあったが、職員室の中に流れた。

「知ちゃん、元気だな」

同学年を受け持つ教師の宇野《うの》がいたわるようないい方をした。三十を過ぎたばかりの音楽の得意な教師だ。

「ええ、元気よ。どうして?」

職員室の空気がちょっと気になりながら、知子は椅子にすわった。

「あんた、きょう休むかと思ったのさ」

「あら、いつもより遅かったからですか」

「うん……」

宇野は、くしゃくしゃの髪を、さらにくしゃくしゃとかきあげながら、片頬をふくらますようにして知子を見、

「知ちゃん、あんたまだ、今朝の新聞、読んでいないのか」

と、肩をよせた。

他の教師たちはふたりの様子をちらちら見ながら、さりげなく自分の仕事をはじめている。

「今朝の新聞？　わたし寝坊して見るひまなかったのよ。何か出ていたんですか」

「そうか。まだ見ていなかったのか。どうせ知れることだから見せてやるけど、気にするなよ」

宇野は、職員室の中央にあるテーブルの上から、自分で新聞を持ってきた。

宇野が指さすページを、知子は見た。

「まあ！」

ひと目見て、知子は思わず声をあげた。宇野の指さした場所は、下段の広告欄であった。

そこには黒い太字で、

《これがあの人格者の高橋宏二《こうじ》先生の娘か。政敵の子供に冷たい女教師》

と、第一行目から書かれ、そこに知子の顔写真さえ載せられているではないか。札幌《さっぽろ》で出版されている『人と風土』誌の広告であった。かなりの部数を出している月刊誌である。

知子は、心を落ちつけようとして、再びその広告を見た。明らかに、父を不利な立場に追いこもうとする意図を、知子は直ちに見てとった。そうとわかると、知子の心は妙に落ちついた。それは、むしろ闘志をかきたてられるような思いでもあった。知子はその雑誌の広告の、一行一行を丹念に読んでいった。いずれも、経済界、政界に関する見出しばかりである。と、最後の行にいたって、知子の目は釘《くぎ》づけにされた。

《石幌《いしほろ》の人情町長は、こうして育った》

と太文字で書かれ、その横にやや小さな文字で、

《佐津川長吾《さつがわちょうご》、感動の生い立ち》

とあった。

知子が顔をあげた途端、年長の一人が声をかけた。

「知ちゃん、選挙だからね。金のある奴《やつ》が、勝手なことをはじめるよ」

その声を合図のように、あちこちから声がかかった。

「気にすんな」

「そうよ、高橋先生、気にすることないわよ」

「しかし、腹が立つなあ。こんな汚い手で、選挙に勝とうという魂胆が……」

「馬鹿にしてやがるよ、選挙民を。こんなデマで、票が動くとなめてかかってるんだからな」

「しかし、これで票が動くんだよ。悲しいかなそれが選挙民の実態さ。こんな手に欺《だま》されるのは選挙民が馬鹿なんだ。誰かが金を出して書かせているってこと、われわれならすぐわかるんだが……」

「デッチあげでもなんでも、活字を信じちゃうのよねえ。これでやられた人はたくさんいるんだから……いやになるわねえ、高橋先生」

「とにかく知ちゃん。お父さんの応援はバリバリやるぜ。頑張れよな」

さすがに教師たちであった。どれもこれもあたたかい声ばかりであった。知子のスカートの上に、大きな涙がぽたぽたと落ちて滲《にじ》んだ。

知子は立ちあがった。立って何かをいおうとした。が、声にならなかった。知子は深々と一礼をした。誰かが大きく拍手し、それに和して、みんなが手を叩《たた》いた。知子は、もう一度深く礼をした。

18

茨の蔭に

知子《ともこ》は一時間目の国語の授業をしながら、子供たちの様子が、いつもとちがってそわそわしていることに、早くから気づいていた。今朝の新聞の広告を、この四年生の子供たちは、父母になんといわれて見てきたのだろう。ふだんと全く変わらぬ子もいたが、それはまだその子の耳に入っていないからだろう。

一人の生徒に朗読をさせながら、知子はこのまま授業をつづけるべきか、否か、迷った。が、自分もまだ広告を見たばかりで、雑誌に書かれた記事と内容はまだわからないのだ。弁明しようにも、なんの資料もない。この生徒を受け持って、すでに六か月目である。知子がどのように生徒たちに対しているか、少なくとも生徒は生徒なりに受けとってくれるにちがいないと、知子は窓越しに石狩《いしかり》の野を眺めた。実り田が見渡す限り黄金色につづく。平和な風景であるが、いまの知子にはそれがかえって悲しかった。

朗読していた女生徒の声がやんだ。何人かの手がパラパラとあがった。知子は、自信なげに手をあげている佐津川雅志《さつがわまさし》の名を呼んだ。

「雅志君、手をあげているの。さげているの」

やさしくいったのだが、雅志はびくりとしたように手をおろした。

「あのね、手をあげるときは、堂々とまっすぐにあげるの。人に見えないように、こっそりとあげちゃいけないのよ」

雅志はうなだれた。みんなはいっせいに雅志のほうを見た。

「雅志君。読んでごらん。大きな声でね」

雅志は立ちあがって、読本を持った。一生懸命に声を張りあげて、雅志は読みはじめた。ときどき語尾がふるえた。語尾はふるえたが、雅志は一字もまちがわなかった。だがどうしたわけか、雅志は途中で読むのをやめた。

「どうしたの。雅志君。つづけてお読みなさい」

雅志は突っ立ったまま、うなだれている。

「上手に読めたじゃないの。ねえ、みんなも上手だと思うでしょ」

いつものようにやさしくいい、知子は生徒たちを見まわした。と、そのとき、廊下側のいちばんうしろにいる中辺直人《なかべなおと》が立ちあがっていった。

「先生、佐津川君は、きょうは下手です。声がふるえています」

ほかの生徒たちも、そうだというようにうなずいた。中辺直人は、生徒たちに人望のある、成績のよい率直な生徒だった。

「そう。でも少し声はふるえていたけれど、一字もまちがわなかったし、上手だったわ」

知子がそういった途端、不意に雅志は、立ったたますすりあげた。突然のことに、みんながおどろいた。

「どうしたの、雅志君」

知子もおどろいていった。

「ほめられたのに、泣いてらあ」

誰かがいった。中辺直人が再びいった。

「先生、つづきをぼくが読んでもいいですか」

「あ、いいわよ」

雅志への注視を逸《そ》らす中辺直人の発言に、救われたように知子はうなずいた。直人の朗々とした声と、抑揚の自然な読みぶりに、生徒たちはしだいに引きこまれていった。何事もなかったような静かなひとときである。知子は、机間巡視《きかんじゅんし》をしながらさりげなく佐津川《さつがわ》雅志のそばに近づいていき、まだすすり上げている雅志の肩に手をふれ、

「雅志君、とても上手だったわね。泣いちゃ駄目よ」

と、すばやくささやいてその場を離れた。朝刊の広告が、さまざまな形をなして、子供たちの胸に影を落としている。特に雅志の胸には、その影がくっきりと、濃く鮮やかであ

ることを知子は感じた。

19

茨の蔭に

夕食後の佐津川《さつがわ》家のひとときである。食卓にはメロンやぶどうが並べられている。

「何回もいうようだけどさ。久我《くが》ちゃんて、全く意気地がない男ねえ。もうちょっと悪《わる》だとすてきなんだけど」

巨峰《きょほう》の大きな一粒を、赤く塗った唇に近づけながら、姉娘の美図枝《みずえ》がいった。

「しかたがないわよ美図枝。誰だって、そうそう郷土誌なんかに手を出せるもんじゃないもの。べつだん久我さんに度胸がなかったというのとは、ちがうわ」

母の富喜枝《ふきえ》がかばった。

「あら、お母さんったら、今回は終始久我ちゃんの弁護をしてるわね」

美図枝は鼻先で笑った。

久我が、母の愛人であることは、とうに美図枝の知っているところである。町長という夫をもちながら、そんな大胆な火遊びをする母親に、美図枝は心ひそかに、快哉《かいさい》さえ叫んでいた。そしていつか、美図枝もまた、母の愛人である久我に、興味をもつようになり、深い仲になっていた。

いったん久我とつながりができると、美図枝は母に対して、故のない優越感を抱くようになった。自分と久我の間を、まだ気づいていない母が、ひどく平凡な女にさえ思われてきた。

久我は、母のいいなりにも、自分のいいなりにもなるくみしやすい男だと美図枝は思っていた。ところが、『月刊石幌《いしほろ》』を向こうにまわして、新しい郷土誌をつくるようにという、父母や自分の説得に、意外にも久我は首を縦にふらなかった。佐津川長吾《ちょうご》の伝記を書くことも、知子の父高橋宏二《こうじ》を落選させるための、デマの捏造《ねつぞう》も、久我は辞退したのである。

「それだけは勘弁してくださいよ。ぼくは書くことには、てんで自信がないんですよ。それにねえ、ぼくは、こんな狭い町で、あまり目にたつ行動は、ちょっとどうも……」

いくら説得しても、話に乗ろうとはしなかった。そのことが、美図枝の自尊心を傷つけた。久我は、自分や母のいうことなら、唯々諾々《いいだくだく》として、火にも水にも飛びこむものと、頭から決めていた。

だが久我としては、母と娘を両手に手折った以上、むしろその立場は強くなったつもりだった。いざとなれば、どちらに対してもおどしがきく。万一長吾にすべてを知られても、この奔放《ほんぽう》でしたたかな女性たちに、自分は強いて誘われたと、言い逃れができると思っていた。むろんそんな心の中を、美図枝にも富喜枝にも見せはしなかったが、とにかく月刊誌を創刊することは、はっきりと断ってしまったのだった。

そこで長吾たちは、選挙のたびにこの種の記事を載せる札幌《さっぽろ》の雑誌社に話をもちこんだ。長吾としては、札幌界隈《かいわい》で売れている本ならなんでもよかったのだ。呆《あ》っ気《け》ないほどに簡単に相手は引き受け、おどろいたことに、長吾の生い立ちまで、同じ号に載せるという露骨な戦術をとってくれた。露骨なほど売れるというのである。

「まとまった部数を買いしめることにしてあるから、届いたら、目だたんように、会の奴らに、あちこちに配らせるといいぞ」

長吾は思ったとおりになったことに、上機嫌だった。

景子《けいこ》は、前におかれた果物に手を出そうともせず、硬い表情でみんなの話を聞いていた。その膝《ひざ》の上には、昨日のうちにすでに送り届けられていた問題の月刊誌がひらかれていた。運動会でころんだ雅志《まさし》と、それをそばで見ている高橋知子《ともこ》の写真が、ページの半分に大きく載っている。その記事は、いかにも知子が、政敵の佐津川町長の息子に対して、小意地の悪い教師のように書き立ててある。

景子の傍《かたわ》らには雅志がすわって、神経質そうなその目を、父や母に投げかけていた。雅志もきょう学校から帰ってきて、この記事を読んでいる。子供心にも、ここに書かれたことが、なんらかの悪意によって書かれたことを、感じとっていた。それは自分と学校教師のことだからよくわかる。

その雅志に、美図枝がからかうように声をかけた。

「マアちゃん。何を妙な顔をしているの。今朝の新聞広告のこと、学校のお友だち、なんていっていた?」

「…………」

雅志の胸には、友だちのいろいろな言葉が刺さりこんでいる。

「お前の父さん、先生のお父さんと、競争相手だってか」

「おれたちの先生なんか、なんも、お前に冷たいことしたことないぞ」

「デマだな、あれ。お前のおやじがデマを飛ばしたんだな。うちの父さん、そういってたぞ」

「お前、高橋先生のこと、うちへいって悪口いったんだろ」

きょう一日、さまざまのことを友だちからいわれた。弱い性格の雅志は、町長の息子ということで、かえって軽んぜられているところがあった。何よりも辛かったのは、自分が知子先生の悪口をいったであろうと、友人たちに責められたことであった。どうしてこんなことになったのか、まだ四年生の雅志にはわからない。誰に怒っていいのか。何を尋ねていいのか、皆目見当《かいもく》がつかないのだ。親きょうだいにさえおどおどとして、自由に口のきけない雅志にはいいようもなく辛い一日だった。

そんな雅志には頓着《とんちゃく》なく、美図枝は再びいった。

「何をむっつりしてるの。お友だち何もいわなかった？」

「いった」

「なんて？」

美図枝がたたみかけた。

「お前が……お前が、先生の悪口を、お父さんにいったべって」

そこまでいって、雅志はわっと声をあげた。

「なにい？　雅志、そんなこといわれて帰ってきたのか。意気地のない奴《やつ》だ。いったい誰だそんなことをいった奴は」

長吾に一喝されて、雅志はますます泣いた。さすがに富喜枝は、母親らしい語調で、

「あのね雅志、なにも泣くことはないのよ。そんなことで泣いていたら、お父さんは町長になっていられないのよ」

「………」

「雅志だって、その本に書いてあること、読んだでしょ。雅志がころんでも、先生は抱き起こしてくれなかったでしょ。本当のことが書いてあるのよ。あのとき運動会でみんなが見たことを、正直にありのままに書いてあるのよ」

だが富喜枝は雅志の悲しみを思いやることができなかった。長吾が再びいった。

「町長の息子が、そんな泣き虫じゃ困るな。お前も大きくなったら、お父さんの跡をついで、町長にならなきゃならんのだぞ」

「町長なんか……町長なんか、やめっちまえばいい」

立ちあがったかと思うと雅志はバタバタと部屋を駆け出して行った。

「あれだから困っちゃう」

美図枝が舌打ちをした。と、それまで黙っていた景子が顔をあげて、美図枝を凝視し、

「困るのは、お姉さんたちよ。お父さんや、お母さんたちよ！」

「まあ！　何をいい出すのよ。景子ったら」

必死な景子の面持ちを、嘲笑《あざわら》うように美図枝がいった。景子は、膝《ひざ》の上の雑誌を、びりりと破いて、テーブルの上に投げつけた。

「何よ、この記事。あんたがたおとなが、お金を出して書かせた記事でしょう。選挙って、いったい何なの。こんなことまでして、お父さんは町長になりたいの」

「金を出して？　景子、何をいうんだ」

「知ってるわよ、わたし。このことのためにどれだけのお金が動いたか。このあいだ大きな声で、お母さんが電話でしゃべってたじゃない。こんな汚いことはやめてちょうだい！」

「汚い!?　汚いとはなんだ。汚いとは」

長吾が仁王立ちになった。

20

仁王立ちになった長吾《ちょうご》の顔に、青筋が立った。

「景子《けいこ》っ！　もう一度言ってみろ！」

長吾が一歩つめよった。

「お父さん！　何度でもいうわ。汚くて汚くて、うす汚いわ！」

「景子っ！　なんだその言葉は！」

大声で怒鳴るなり、長吾は景子の頬《ほお》を力いっぱいなぐりつけた。景子の体が、椅子ごとよろけた。が、景子はひるまなかった。打たれた頬に手をあてながらいい放った。

「だって、汚いものは汚いわ。お金でデマをでっちあげて、相手を落とそうとするなんて、それでも汚くないというの」

景子の蒼白《そうはく》な顔を見おろす長吾の口が、ひくひくとけいれんした。

そのふたりを、母も姉も黙って見据《みす》えている。美図枝《みずえ》の片頬に、小意地のわるい微笑さえ浮かんでいる。富喜枝《ふきえ》にとっても、美図枝にとっても、景子がなぐられることは、至極《しごく》当然のことに思われた。一家をあげて選挙に勝ちぬこうとして策を練っているときに、景子の態度は、あまりにも非協力的で、批判的に見えた。景子のあり方は、青白い、小生意気な学生のあり方以外のなにものでもないと思った。

不意に、長吾の顔に狡猾《こうかつ》な笑いが浮かんだ。

「まあ、落ちつけ。なあ景子」

突き刺すように自分を見つめている景子の目の中に、なにを仕出かすかわからぬものを長吾は見てとったのだ。これ以上怒るのは、得策ではないと、老獪《ろうかい》な長吾は見てとったのだ。

景子は頬に手を当てたまま、返事をしない。

「景子はまだ、学生だからな。世間というものがわからないのは、無理ないよ。父さんがなぐったのはわるかったな。景子の年ごろでは、そのくらい潔癖でなきゃあ、若いとはいえんもんな」

富喜枝と美図枝は目まぜをした。

「だがな、景子。選挙というものは、ひとことでいえば、金を使うものなんだ。そして、金を使ったほうが勝ちなんだ。金を使わぬ選挙は、けっしてできるもんじゃない」

たったいま景子をなぐりつけた人間とは別人のように、おだやかな語調である。

「そうは思わないわ。お金で選挙ができると思っているのは、選挙民を馬鹿にしていることだと思うわ」

黙って聞いていた美図枝が、小馬鹿にしたようにいった。

「じゃ、景子、いったいどうやって選挙をするのよ。運動員に弁当も食べさせなきゃいけないし、ビールも飲ませなきゃならないわ。宣伝カーも葉書も、みんなお金がかかるのよ」

「でも、法定費用というものがあるでしょう。それなのにお父さんは法定費用なんか無視しているわ。どこから流れこんでくるお金か知らないけど、とにかく選挙は、政策をのべるのが本筋でしょ。それなのに、お金を出して、相手候補の家族のことまで、デマを仕立てて……」

「困ったなあ景子にも。なあ景子、選挙は要するに勝てばいいんだよ。勝ちゃあ正しいんだよ。勝つためには、手段を選んではおれんのだ。お父さんのやっていることは、みんながやってることだ。それはね、選挙の常識というものなんだよ。しかたのないことなんだ」

「まあ！　でたらめを書いても悪いことじゃないというの」

再びきっとした景子に、母の富喜枝がにっこり笑って、

「馬鹿ねえ。第一、あれはでたらめじゃないでしょ。あの写真が証拠じゃないの。あたたかい先生なら、われを忘れて、駆けよるわよ。そして、抱きあげるわよ」

「でも、お母さん、雅志《まさし》はあの先生が好きなのよ。いい先生だといってるのよ。教師には教師の配慮というものがあるわ。第一、相手の家族のことまで、とやかくいうことないじゃ

ない？　問題は、候補個人でしょう」

　長吾がタバコに火をつけながら、

「いやいや、候補の家族というものも、やっぱり問われるものだぞ、景子」

「じゃ、うちはどうなのよ、お父さん。お母さんだって、お姉さんだって……」

「景子！」

　富喜枝の尖《とが》った声が飛んだ。

「わたしと美図枝がどうだっていうの!?」

「………」

　景子はいいかけようとして、唇をかんだ。久我と母、久我と姉、その乱れた情痴の実態を、父の前でいいきる勇気は、さすがに景子にはなかった。

　ぶどうを一粒つまみながら、美図枝がいった。

「景子、あんた、お父さんが町長になるの、そんなにいやなの。お父さんが町長になったおかげで、わたしたち、いいところにお嫁にいけるのよ。あんた、佐津川《さつがわ》家の娘でしょ。お父さんが町長になることに、あんたも協力するのが当然じゃない」

「わたしね、お姉さん。お姉さんとはちがうわ。人をおとしいれてまで、お父さんに町長になってほしいとは思わないわ。かわいそうに雅志だって、みんなにいじめられてきたじゃないの。

とにかくお父さん、あんな汚い手を使うことはやめてちょうだい」

「わかった、わかった、きっぱりとやめるよ。しかしなあ、わしの知らんまに、だれが何を書くか、それはわしのせいではないぞ」

いかにも退屈したように、大きくあくびをしてみせて、

「さ、ふろにでもはいるとするか」

と、富喜枝をかえりみた。

21

茨の蔭に

大原哲也《てつや》と景子《けいこ》は小川の土手に腰をおろして、さっきから話し合っていた。

澄んだ小さな流れが、やさしい音を立てている。晴れ渡った空には、大きなトナカイに似た雲が浮かび、むこう土手の藪《やぶ》の傍《そば》に光る穂芒《ほすすき》がそよいでいる。

土曜日の午後、ふたりはここで知子の帰りを待ち受けているのだ。

「景子さん、しかしぼくはね、あなたのお父さんはお父さん、あなたはあなただと思っているんですよ。親子でも、人格は個々のものですからねえ」

「そうかしら。ほんとうにわたしと父の人格は別のものかしら。やっぱり親の子だといわれるものが、わたしにあるんじゃないのかしら」

「親に似ぬという子も、世間にはいくらもありますからね」

いいながら哲也は、憂鬱《ゆううつ》な目を流れに向けた。

秋日を受けて、ところどころ川が光る。土手の草も光る。すがれたふきの葉にも日の光がとどまっている。だが、哲也の心は重かった。

哲也はつい二、三日前まで、東京に十日ほど出張していて、石幌《いしほろ》を留守にしていた。帰るなり見せられたのは、高橋知子《ともこ》についての中傷記事であった。しかも、今年の春の運動会で哲也が写した写真まで載せてあり、『月刊石幌』大原社長の子息哲也氏撮影とさえ書かれてあった。信用度の高い『月刊石幌』を巧みに悪用しているその記事に、哲也の父大原達夫《たつお》は激怒していた。

「卑劣《ひれつ》なやつらだ」

父の怒りはまた、哲也の怒りでもあった。

一般の人々は、じつに活字を信じやすい。それだけに、大原はなにひとつ書くにも慎重であった。大げさな形容詞さえ避けて、公平な立場で事実のみを書いてきた。だから、明らかに中傷とわかる記事の中に、『月刊石幌』の名を使われ、しかも写真まで使われていたことに、許しがたい怒りを感じていたのである。

そのうえ、この一か月ほど、急に賛助会員の離脱がめだった。それが佐津川《さつがわ》町長のいやがらせであることを、大原達夫はすぐに見破った。なぜなら、伝記執筆の依頼をきっぱりと斥《しりぞ》けた翌日から、賛助会員が、二人、三人と減ってきたからだ。

いくら信用のある郷土誌であろうと、賛助会員が激減すれば、たちまち経済的基盤はゆらぐ。確かに『月刊石幌』を叩《たた》きつぶすことは、佐津川長吾《ちょうご》にとって雑作もないことであった。

だがむこうっ気の強い大原は、ひるまなかった。不当な権力や悪に立ちむかうときほど、大原は強くなるのだった。

「たとえ一文なしになっても、命のある限り発行はつづける」

断乎《だんこ》として大原は家族に宣言した。

哲也の祖父の松助《まつすけ》が、

「長いものには巻かれろだ。そったら喧嘩《けんか》したって、一銭の得にもなんねえ」

と、それが癖《くせ》の、入れ歯をかちかち鳴らしながら意見をしたが、

「一銭にもならんことだからやるんだよ、おやじ。男というものは、死ぬとわかっていても、やるべきことはやるものだ」

「馬鹿こけ。死んで花実が咲くものかって、昔からいうではねえか。おまえなんぞが、なんぼがんばったって、そう簡単には世の中よくはならん。石狩川《いしかりがわ》に、小便垂《た》れたも垂れねえもおんなじようなもんだ」

そんな、父と祖父とのやりとりを、哲也は思い出していた。

あと何年かで八十になる松助には、松助なりの人生観があった。

名もない人間が、どんなにまじめに、一心に働いたところで、口をすっぱくして正義を主張したところでそれはなんにもならなかったと、松助は自分の人生から学んだのだ。長い間公務員をした松助は、どうしてもこえることのできない壁、叩《たた》いても叩いても、拳《こぶし》か

ら血の出るほどに叩きつづけても、けっしてひらかれることのない厚い壁を体験してきたにちがいない。

ときおり哲也が聞いた松助の、長い公務員生活の間にあったいくつかのエピソードは、結局は、長いものに巻かれなければ、妻や子を養っていけないという現実であったようだ。そんな松助を見て育ったからこそ、父は権力への抵抗をあらわに生きているのかもしれない。

哲也の母の春子《はるこ》は、松助の生き方を肯定していた。結婚以来、春子は春子なりに、夫の生き方にはらはらして、気の休まる暇はなかったのだ。

そして哲也自身の心の中には、父の生き方を尊びながらも、父のように強く主張をつらぬいて生きていける自信はなかった。だが父は父らしく生きてほしかった。それでいて、景子を想うとき、哲也の心はゆれた。

「来月号には、やつらと真っ向から対立してやるぞ」

大原は、高橋知子への中傷記事を弁護して立つというのである。

哲也は景子を愛している。景子の気持ちも哲也にはわかっていた。哲也としては、少なくとも景子が短大を出たならば、結婚したいとねがっていた。景子には、自分がかばってやらねばならぬ弱さがあると思っていた。あまりに純粋なだけに、いつ挫折《ざせつ》するかわからぬもろさがあると思っていた。その景子を哲也は、支えてやりたかった。

だがおそらく、ふたりの親たちは結婚に反対するにちがいない。『月刊石幌』の来月号が発売されると、佐津川家と大原家とは、明らさまに断絶する。

「ロミオとジュリエットだな」

重っ苦しい気分をふり払うように、哲也は苦笑して、かたわらの野菊の花を手折《たお》った。

「ロミオとジュリエット？」

景子は顔を向けた。が、すぐに、

「ほんとねえ。ロミオとジュリエットの親同士は仲がわるくて、結婚できなかったのよねえ。でも、わたしの父がわるいんですもの。あなたのお父さんは、ほんとうに潔癖で、真っ正直で、わたし羨《うらや》ましいわ。わたしもあなたのお父さんのような父がほしかったわ」

「……景子さん、ぼくたちはしかし、ロミオとジュリエットになっちゃいけないよ」

思いをこめた深い声だった。

「え？」

景子のまっすぐな黒い髪が再びゆれて、哲也を見た。

「ぼくたちは結婚するんだ。親たちは親たち、ぼくたちはぼくたちだ」

「まあ！　ほんと？　ほんとうなの哲也さん」

景子のなめらかな頬《ほお》が紅潮した。

「ほんとうだよ。ぼくは前から、君と結婚するつもりできた」

「わたしの父や、母たちを、あなた軽蔑《けいべつ》しないの」

「……そりゃあ……感心はしないさ。しかし特別に軽蔑されるような人だとは……」

いいかける哲也の声をさえぎって、景子は激しく頭を横にふった。

「いいえ。わたしの父は特別よ。勝てばいいのよ。どんなにひどい手段を使っても。勝つためになら、自分の妻だって、娘だって、売りかねないわ、わたしの父は」

景子は、久我輝樹を思い浮かべながらいった。

景子はふと思った。父はほんとうは、久我と母のことも、久我と姉のことも、知っているのではないか。知っていたとしたら、なぜ目をつぶっているのか。ここにもなにか隠されているのではないかと景子は気づいた。

「しかしねえ、景子さん、それはなにも、君のお父さんだけじゃない。みんな同じさ。どこの県の知事選を見ても、市長選を見ても、金のあるほうが必ず汚いことをしている。金というのは、人間を誤らせる恐ろしいものですよねえ。とにかく、あなたのお父さんだけが特別じゃないんだ」

「慰めてくださるのねえ、哲也さん」

淋しい景子の声だった。その声を聞くと、哲也はどんな言葉も無駄なような気がした。哲也は黙って視線をあげた。

小さな木橋の上を少年が五、六人秋日に車輪をきらめかせながら自転車に乗って過ぎて行く。そのむこうに石狩の野が広がっている。

哲也の気持も重かった。約束の時間を過ぎているが、まだ高橋知子の姿は見えない。知子は約束どおりくるだろうかと、哲也は不安だった。

ときどき陶芸教室で顔を合わせる哲也と知子は、運動会の写真のこともあって、しだいに親しくなっていた。その知子を喫茶店に誘って、景子と会ってくれるようにたのんだのは、昨日のことである。

知子は、景子が佐津川長吾の娘ということだけで、

「お会いしたくないの。悪いけど」

と、きっぱりと断った。

「そうでしょうねえ。あんなデマを流されて、会う気にはならないでしょうね」

哲也はしかし、ひとことでも詫《わ》びたいという景子のねがいを、なんとかかなえてやりたかった。

「こんなことをおねがいすることは、心ないみたいですけど、でも景子さんという人はちが

うんです。純粋な人でねえ。自分の家がいやでいやで、家出をしたいとさえ思っているんですよ」

「でも……それはべつにわたしと関係のないことでしょう」

知子はすげなく答えた。

「それはそうです。佐津川町長のせいですよ。でも、とにかくねえ、知子さん。景子さんはせめてあなたにひとことでもお詫びしなければと、毎日、眠られない思いでいるんですよ」

「大原さん、眠られない思いは、わたしも同じよ。その方は、わたしにあやまれば気がすむかもしれないけれど……あやまられたぐらいで、一度流されたデマは、消えはしないのよ。いいえ、町長の家族に会ったために、わたしまたどんなうわさを捏造《ねつぞう》されるか、わからないわ。わたしのほうからその方にあやまったとか、なんとか……」

知子のいいぶんはもっともだと思った。自分の写した写真が、証拠物件のように使われた哲也にとって、知子の言葉は重かった。

「そうか。景子さんがあなたにあやまるなんてことは、甘いことだったんだなあ」

哲也は黙りこむよりしかたがなかった。

その哲也を知子はじっとみつめていたが、

「大原さん、あなたどうしてそんなに、景子さんのことを心配なさるの。わたしのことより、ずっと景子さんに同情しているみたい」

「いや……それは……」

しどろもどろになって、思わず顔を赤らめる哲也に、

「愛してらっしゃるのね、その方を」

知子は率直にいった。

「ええ……まあ」

頭を掻《か》く哲也を知子は見た。その知子の眼がかげった。だが、哲也はそれに気づかなかった。

「わかりましたわ。あなたが愛していらっしゃるんなら……あたしお目にかかってもいいわ」

知子の言葉に驚く哲也に、

「少なくともわたしは、陶芸教室ではあなたの先輩ですものね。後輩の面倒をみてあげなくちゃあ」

知子は冗談さえいった。

そのときの知子が、妙に哲也の心に残っている。なにか心にかかるのだ。哲也の恋人と知って、なぜ急に会おうといってくれたのか。その心境の変化が、哲也にはつかめなかった。

確かに約束したはずのその知子が、まだこない。

茨の蔭に

（ほんとうにきてくれるのだろうか）

うなだれている景子を見ながら、心の中で呟《つぶや》いたとき、土手の道を急いでくる知子の姿が見えた。ワインカラーのパンタロンスーツがさっそうとしていた。

22

茨の蔭に

土手の道をいそぐ知子《ともこ》の姿が見えると、哲也《てつや》と景子《けいこ》は立ちあがった。

「やあ、すみません。おいそがしいのに」

哲也は大きな声で、わざと屈託なさそうに声をかけた。

「ごめんなさい。おそくなって」

知子の声にもわだかまりがなかった、一人、景子だけが、おどおどとして、近づいてくる知子に目を注《と》めていた。その景子に、

「いいお天気ですわね」

といって知子は二人のそばに立った。景子が知子を間近にみかけたのは、陶芸教室のビルの玄関であった。その後、運動会で見かけており、街の中で挨拶をかわしたこともある。いつもはさわやかな感じのする知子が、きょうは頬《ほお》がやせて見え、疲れが出ていた。

「申し訳ありません、この度は……」

ひれ伏したい思いで、景子はうなだれた。自分が苦しんだ以上に、あらぬうわさを書き立てられた知子の苦しさを、景子は身に沁《し》みて感じた。

「あなたのせいじゃないわ、ね、大原さん」

知子は土手の上の草に、いちばん先に腰をおろした。

「そういってくれると、助かりますよ。ねえ景子さん」

哲也がつづいて腰をおろし、景子も少し離れて座った。

しばらく沈黙の時が流れた。小川の音がやさしく聞こえるだけの、静かな昼下がりだった。知子の肩にきた尾の赤いトンボを、哲也はそっとつまんだ。トンボは、目玉をぐるりと動かした。哲也はすぐトンボを放してやった。トンボは一旦《いったん》低く川面すれすれに飛んだが、すぐに向こう岸の土手を越えて飛び去った。

そのトンボを三人が見ていた。やがて景子がいった。

「雅志《まさし》がかわいがっていただいていたのに……。なんとお詫《わ》びを申しあげたらいいのか、わたし……」

「…………」

知子は答えずに、足もとの草をちぎって小川にほうった。ひとちぎりの草が、くるりと一回転して流れて行った。

「いちばんひどい目にあったのは知子さんだからなあ。なんといっても」

「そうよ。書かれたのはわたしですもの。書かせた側では、なにも痛むことはないけれど」

「すみません」

「あなた一人があやまってくださっても、ほんとうはしかたがないの。冷たいいい方かもしれないけれど。あなたがわたしにあやまって、それですむということではないのよ。こういう問題は」

「すみません」

景子は再びいった。そうしかいいようがなかった。

「景子さん、あなたのお気持ちはわかるの。第一、わたしはあなたからひどい目にあわされたわけじゃないんだから。問題はあなたのお父さんの政治に対するあり方なのよ。あなたがいくらわたしにあやまったって、あなたのお父さんは、必ずまた同じような手を使ってくるにちがいないと思うの」

「……そうかもしれません。父は……勝てばいいんです。勝ちさえすれば、手段なんかどうでもいいと思っている人間なんです」

「そうね。そういう方ね。でも、そういう人は、この世に満ちているのよ。わたしね、自分がひどい目にあって、はじめてそれに気づいたわ。以前にも、知事選なんかで、どぎついデマを何回か読んだわ。いやな手を使うと思いながらも、つい半分は信じて読んだりしてね。馬鹿だったわ、わたし」

知子の自嘲《じちょう》するような語調が、聞いている景子には、かえってつらかった。黙って聞いていた哲也が、

「デマっていうのは、信じこませるように、実に巧妙につくってあるのさ。証拠にもならんものを、いかにも証拠のように見せかけてね」

「そうね。政策で勝てないと思えば、私生活に目を逸《そ》らさせようとするのよ。逸らさせるためには、おもしろい話をつくりあげなけりゃならないでしょ。だから、私生活を書かれた本人には、身に覚えのないことばかりなんだわ。とにかく、選挙民を愚弄《ぐろう》してるのね」

「そうなんだ。それを景子さんもいってるわけさ。景子さんもつらいんだ」

「でも、書かれたわたしよりはつらくないでしょう。そのことだけは、知ってほしいわ」

景子はうなずいた。うなずきながら、ふとこだわるものがあった。知子のつらさは痛いほどわかる。しかし、そのような卑劣《ひれつ》な父をもつ自分の痛みは、高潔な父をもつ知子にはわからないだろうと思った。知子の痛みを知っているつもりでも、若い景子にはやはり自分の痛みのほうが大きく思われたのだ。あるいは知子が自分の痛みを強く主張したためかもしれない。あやまるつもりできながら、会ってみると、こちらの痛みも知ってほしいような思いが頭をもたげるのを、景子はおさえようもなかった。その微妙な自分の心の変化に気づきながら、景子はさらに深く頭をさげた。

「父が悪いんです。いいえ、父も母も、姉もみんな悪いんです」

確かにそれは実感であった。この悪い家族のために害を被《こうむ》っているのは、知子だけではないと、あらためて景子は思った。

「とにかく過ぎたことはしかたがないわ。選挙が終わるまで、くり返しくり返し、わたしの家族は、あらぬことをいわれると思うわ。それをどうしたらなくすことができるのか、それを相談したかったのよ」

「それが先決だなあ。景子さんから、なんとか町長に頼みこんで、とにかくデマだけは流さないと、約束してもらえないもんかねえ。それがなによりのお詫びになると思うんだけどなぁ」

「…………」

「ね、景子さん、君のお父さんは、娘の君をかわいくないはずはないでしょう。君がどんなに今度のことで悩んだかを、お父さんに話したら、いくら町長だって考えるんじゃないかねえ」

「…………」

景子は答えようがなかった。確かに父は、あの夜景子に約束をした。

「わかったわかった、きっぱりとやめるよ。しかしなあ、わしの知らんまに、だれが何を書くか、それはわしのせいではないぞ」

そう父はいったのだ。つまり、あの言葉は、結局は、どこまでもデマを流すと、宣言したようなものである。決して父にやめる気はないのだ。

「選挙というものは、ひとことでいえば、金を使うものなんだ。そして、金を使ったほうが勝ちなんだ」

父はそういった。また、

「選挙は要するに勝てばいいんだよ。勝ちゃあ正しいんだよ。勝つためには、手段を選んではおれんのだ。お父さんのやっていることは、みんながやってることだ。それはね、選挙の常識というものなんだ」

ともいった。あのように思いこんでいる父に、自分の願いなど耳にはいるはずがない。

不意に景子は、自分一人が別の世界に住んでいる人間のように思われた。ひどく孤独だった。大原哲也も高橋知子も、自分とは全くちがう世界に生きていると思った。哲也の父は、正義漢でとおっており、知子の父は高潔な人柄で、人々に慕われている。いわば二人の父は、自分の父とは正反対の生き方をしている人たちなのだ。そのような父をもつこの二人が、正しいと思うのは、当然である。親が、わが子の訴えに耳を傾けると思うのは、ごく自然のことなのだ。

黙りこんだ景子の横顔を、知子はふしぎそうにみつめて、

「景子さんなら、そのくらいのことはしてくださるわね」

「……………」

うなずきたかった。だが景子には、そう単純にはうなずくことができなかった。その景子に、哲也が助け舟を出すようにいった。

「とにかく、景子さんは、お父さんに頼んでみるさね。真心をこめて頼めば、お父さんだってわかってくれるさ。かわいい娘のいうことだからね」

「……………」

景子には、とりなしてくれる哲也の言葉がかえって淋しかった。黙っている景子に知子はいった。

「景子さん、あなた、ご自分のお父さんに、そのくらいのこともお頼みになれないの」

「いいえ……あの……頼んでみます。いや、頼みたいんです。いいえ、ほんとうはもう頼んだんです。……でも、父はあなたがたのお父さまたちとはちがうんです」

「そんなことはないと思うわ。大原さんもおっしゃるとおり、どこの親だって、娘はかわいいはずよ。しかも、正しいことをしてほしいと子供が頼むのに、いやだという親なんか、いるはずがないわ」

正しいことが正しいと通る家庭に育った知子には、景子の言葉が納得できなかった。景子には、本気でこの問題に取り組む気がないように思われた。やはり知子も、教師をしているとはいえ、まだ若い女性であった。

さすがに哲也は、景子の家庭を想像することができた。

「そうか、説得は無理か。そうかもしれないなあ」

うつむいている景子に注ぐ哲也の目がやさしかった。その哲也の表情を、知子はすばやく見てとった。

23

放課後、知子《ともこ》は教室から職員室に戻った。この二、三日、知子の心は明るい。哲也《てつや》の父大原が、『月刊石幌《いしほろ》』に知子を擁護《ようご》する記事を発表してくれたからである。

その『月刊石幌』が刷りあがるや否や、哲也が知子の家に届けてくれたのだった。その記事は、『月刊石幌』の今月号のメイン記事になっていた。

「汚い手段で選挙を汚すな」「卑劣、佐津川《さつがわ》町長派、デマを流す！」

そんな見出しのもとに、大原は痛烈な語調で、知子を弁護していた。そして、その写真を撮ったのは確かに哲也だが、転んだ雅志《まさし》を抱き起こさなかったのは教育的配慮であったこと、知子がいかに子供たちに慕われる優秀な教師であるかも、父兄たちの言葉を挙げて、実証していた。むろん、同僚の教師たちの、知子への賞賛の言葉も紹介されてあった。

職員室にはいると、教師たちはちょうど、その『月刊石幌』の記事を話題にしているところだった。

「知ちゃん。『月刊石幌』のある限り、少なくとも、あんなデマは叩《たた》きつぶすことができるよ」

知子のために、証言してくれた同僚が、愉快そうに笑った。ほかの職員たちもうなずいて、

「生徒たちだって、知ちゃんを知ってるからなあ」

「そうよね、もう四年生ですもの」

ふだんは無口な養護教師までが励ましてくれる。だが、知子と同じ学年を受け持つ年輩の教師が言った。

「しかしな、デマってこわいよ。親たちのなかには、あのデマ記事を信じこんでいたのが、けっこういたからねえ。知ちゃんの受持の子供がわかっていても、父兄たちは父兄たちで、また別だからなあ。だから知ちゃんだって、つらかったわけだ」

と、手放しには喜べないという表情であった。

「でも、一件落着じゃない?」

若い女教師がわざと素っとん狂な声でいうと、職員たちは、「そうだ、そうだ」とうなずいたが、

「さあてなあ、これでおとなしく引っこむとは限らないよ」

年輩のその教師は、不安げであった。しかし、知子は、心がのびのび解放された思いであった。『月刊石幌』は、石幌町に高く評価されている。石幌町に住む者が、自分のことをわかってくれれば、それでいいのだ。相手の汚さがわかれば、いっそう父に心をよせる人もあるだろう。知子は単純にそう思いこんだ。それにしても活字というものの影響力を、知子は

改めて思った。大原が弁明の記事を書いてくれただけで、こんなにも心が軽くなる。それはふしぎなほどだった。

と、そのとき、廊下にばたばたといり乱れる足音が聞こえた。

(何かしら?)

知子が思い、ふり返ったとき、教師たちも腰を浮かせて、廊下のほうを見た。途端に職員室の戸があき、

「高橋先生!」

首だけ突き出すようにして叫んだのは、知子の受持の中辺直人《なかべなおと》だった。そのあとについて、二、三人の生徒が顔をのぞかせた。

「どうしたの?」

知子は急いで、生徒たちに近づいた。

「佐津川《さつがわ》君がみんなに殴られてるんです」

「まあ! どこで?」

「外の運動場です」

聞くなり、知子は走り出していた。生徒たちもそのあとを追った。走りながら直人がいった。

「雅志《まさし》君、鼻血を出してます」

「鼻血?」

知子は一瞬ふり返ったが、そのまま走りつづけた。屋内運動場から、知子は上靴のまま外に飛び出していた。いまにも雨の降り出しそうな重く暗い雲が垂れ込め、小寒い風が吹いていた。

「おーい、高橋先生だぞーっ!」

直人が大声で叫ぶと、大きなひまわりの花の下に、一団となっていた子供たちが、いっせいにふり返った。が、誰一人、逃げ出す者はなかった。

「どうしたの? どうして雅志君を殴ったの」

雅志は、地面に打ち伏して泣いていた。知子は雅志を抱き上げ、怪我《けが》の有無をすばやく調べた。幸い鼻血のほかは、傷はなかった。

「あなたたち、どうして雅志君を殴ったの」

きっとして、知子は生徒たちを見まわした。

「だってさ、先生。雅志が先生の悪口をいうからさ。だからおとなたちが先生の悪口を書いたんでしょう」

クラスでいちばん体のがっちりした窓野《まどの》悟《さとる》が、悪びれずにいった。

「そうさ。雅志がわるいんだ。雅志なんか、殴っちゃえ」

子供たちは、まだ興奮しているようだった。そしてその誰もが、雅志を殴って悪いという表情をしてはいなかった。むしろ、受持教師の知子のために戦っているような面魂《つらだましい》であった。

「あなたたち、まだそんな前のことといってるの」

「だってさ。先生のこと、あれはデマだって、『月刊石幌』にはっきり出てたんだよ。デマをいったのは雅志でしょう。先生」

「そうさ。家の父さんだって、母さんだって、先生は気の毒だって、いってたよ」

自分の子供の受持教師に関わることだけに、父兄たちは知子の想像以上に、深い関心をもっていたのだ。

「くやしくないの、先生?」

「先生は、なんも雅志君に意地悪したことないのにさ」

子供たちは知子にかわって真剣に腹を立ててくれていた。四年生の生徒たちには、おとなの世界のことは、詳しくわかるはずもない。知子は黙ってちり紙をもんで丸めると、雅志の鼻の穴に、注意深くそれを詰め、血で汚れた顔をハンカチで拭《ふ》いた。

すぐに静養室に運ぼうかと思ったが、鼻血でみるみるちり紙を染めるのを見て、しばらく自分の膝《ひざ》にねかせておこうと思った。じっと無言でいる知子の顔を、生徒たちは注意深く見守った。知子は、その生徒たちにきっぱりといった。

「先生はね、先生のことを考えてくれる君たちの気持ち、とってもうれしいと思うの。先生は、雅志君も君たちも、公平にかわいがっているわね。それを知ってくれていること、とってもうれしいの」

子供たちはお互いにうなずきあって、満足そうな顔をした。

「でもね、雅志君を殴ったのは、まちがいだと思うのよ。雅志君は先生のことを、決して悪くなど、いわなかったのよ。ね、雅志君」

雅志は急に、声を高くあげて泣いた。知子が、自分をわかってくれていたことがうれしかったのだ。

「そしたら先生、どうしてあんなことを書かれたの」

体格のいい主犯の子がいった。

「それはね、おとなが勝手にこしらえあげて書いたの」

「へえー？　おとながうそ書くの。本に書いてるのは、本当だけを書くんじゃないの、先生」

本好きの女の子の声が、男の子のうしろのほうで叫んだ。

「本に書いてあることは、みんな一字もまちがいないなんて思ったら、大変よ。デマも書くし、まちがって書くこともあるのよ」

「へえー、知らんかった。おとなが、うそを書くの」

「おとなが、デマ書くの」

生徒たちはひどくおどろいた様子で、口々にいい、誰かがいった。

「じゃ、先生、教科書にもうそが書いてある?」

知子は一瞬ぎくりとしたが、全部が全部真実が書いてあるか、誤りがないか、断言できることではないと思った。第二次世界大戦のあと、教科書に墨をぬらせ、昨日まで教えた教科書を、そのまま いままでどおりに教えることができなかった話を、知子は先輩の教師たちから聞いている。知子はいった。

「教科書は別よ。教科書は信じていいわ。でも……」

知子がいいよどんだとき、中辺直人が、がっかりしたようにいった。

「そうか。おとなって、信用できないんだね」

生徒たちに人気のある率直な直人の言葉に、一同はうなずきあった。

「でも、信用できるおとなのほうが多いのよ。それだけは信じてね」

「そりゃあ、高橋先生は信用するけどさあ」

「そうだ。ぼくも先生は信用するけどさあ。デマを書くおとながいるなんて、けいべつだなあ」

生徒たちのいう声を聞きながら、知子は雅志を抱き上げて立ちあがった。静養室につれていくためだった。

その日、知子は雅志をハイヤーに乗せて佐津川《さつがわ》町長の家までつれて行った。が、お手伝いのほかは、母の富喜枝《ふきえ》も姉の美図枝《みずえ》も留守だった。

翌日、雅志は欠席した。家からはなんの連絡もなかった。知子は不意に不安になった。またなにかがはじまるいやな予感がした。

24

茨の蔭に

明るい蛍光灯の下に、ろくろの回る音が静かにひびく。大原哲也《てつや》は、ワイシャツの上に木綿のエプロンをつけて、いま湯呑《ゆのみ》をつくっているところだった。白い壁に取り囲まれた十二畳ほどの陶芸教室には、若い男女が七、八人思い思いの作品をつくっていた。抹茶茶碗をつくっている者、花瓶をつくっている者、さまざまだ。誰もが神経を手先に集中しているために、ほとんど声を出さない。

そうしたなかで、大原哲也だけがひどくのんきな顔をしていた。このあいだまではぐいのみをつくっていたのだが、今日はようやく湯呑茶碗を手がけてみた。仕事の関係で休むことが多いのだが、それでも、ろくろを回すと、粘土は結構茶椀の形を成した。

ろくろを回しながら、哲也は時折部屋を見回した。なんとなく知子《ともこ》を心待ちにしているのだ。なぜ、知子を心待ちにしているのか、哲也自身にもわからない。自分の撮った写真が原因で、知子に迷惑をかけたことが、知子を待たせているのか。父の書いた記事によって、心のしこりが解けたという知子からの電話を聞いて、ほっとして知子を待っているのか。そのどちらでもあり、どちらでもないような気がする。そんなことはぬきにして、知子のさわやかな人柄が、哲也には快く思われるのかもしれない。

知子は意志の強い気質らしく、この陶芸教室を休んだことはほとんどないらしい。いつもならもうきているところなのだ。哲也は湯呑茶碗の形を整えながら、景子《けいこ》と知子を心の中でくらべていた。景子は純粋過ぎるほど純粋な女性だ。どうしてあのような純粋な女性が佐津川《さつがわ》町長の娘として生まれたのか、哲也にはふしぎだった。気質というものは、必ずしも親や兄弟に似るとはかぎらない。気質にも突然変異のような例があるのだと思う。

(うちのおやじも突然変異だな)

哲也はふっと苦笑する。このあいだの佐津川家への痛烈な鋭い論法は、わが親ながら見事だったと哲也は思っている。小さな町で郷土誌を出すということは、なみたいていのことではない。商店主たちの後援を無視することはできないのだ。その商店主たちと町長が癒着状態にある石幌《いしほろ》の町では、町長派を責めることは、すなわち自分ののどもとに刀を突きつけることにも似た危険なことだった。それをあえて、父の大原達夫《たつお》はやってのけた。

(しかし、知子さん親子、あれは似ている)

知子を思うときは、景子に対するときの胸のしめつけられるようないとしさはない。哲也自身の心を解放してくれるような明るさが知子にはあるのだ。景子は支えてやらなければ倒れそうな女性だが、知子は北風に向かって、一人さっそうと歩くような女性であった。

景子に対しては男が女に対する愛情であり、知子に対しては、単なる友情だと哲也は思った。だが、男と女である以上、あくまで友情と割り切っていいか、どうか、わからない部分が残っている不安もあった。それはどの女性にも感ずる不安かもしれなかった。

どうにかこうにか、とにかくひとつの湯呑ができ、哲也はろくろをとめ、できた湯呑をそっと台の上においた。この湯呑第一号を、母にやろうか、それとも景子にやろうか。いや、人にやるには少し早過ぎる……などと眺めたときだった。

「あら、お上手じゃない?」

耳もとでささやくようにいったのは、知子だった。

「やあ、どうも」

思わず頭をなでると、知子はふき出して、

「髪が粘土だらけになるじゃないの、大原さんったら」

いうや否や、知子はさっと手を伸ばして、哲也の髪についた粘土をすばやくとってくれた。

「やあ」

再び頭に手をやろうとして、哲也は途中で気づき、二人はともに笑った。が、その二人に、ふり向く者もなかった。誰もが、必死にろくろと取り組んでいた。

「今日はおいでにならないかと思いましたよ」

「急に臨時職員会議があったのよ。大したことじゃなかったんだけど」

いいながら知子は、厚地の青いエプロンをしめ、哲也の隣の席で、粘土をこねはじめた。いとも軽々と、知子は粘土から空気を押し出す。粘土は押されながら、ほら貝のようなよい形になっていく。

「鮮やかなもんだなあ」

思わず哲也はつぶやいた。

「誰だってすぐ馴《な》れるわよ。あなただっていまにできるようになるわ」

といってから、こねる手をとめ、哲也の顔を見た。なにかいいよどんでいる顔だった。

「どうしました?」

「ううん、どうってことはないんだけど、ちょっとお話ししたいことがあるんです。もしよかったら、少し早めにきりあげて、お茶でも飲みながら、聞いていただきたいと思うんですけれど」

「ちょうどいいや。ぼくもあなたを誘おうと思っていたところですよ」

知子はにっこり笑ってうなずき、あとは粘土をこねることに熱中していった。

知子は、雅志《まさし》が放課後、生徒たちに殴られたことを哲也に聞いておいてほしかった。あの翌日、なんの連絡もなしに雅志は学校を休んだ。生徒たちに殴られて、鼻血を出した雅志を、知子は車で送って行ったのだから、あいにく留守だったとはいえ、知子の詫《わび》は雅志の母親に届いているはずだった。だが、雅志に無断欠席をさせたということは、佐津川家のささくれだった感情をあらわに見せつけられたようで、知子は落ちつかなかった。それで知子は、すぐにその日雅志を見舞いに、佐津川家に寄ってみた。

出てきたのは、母親の富喜枝《ふきえ》ではなく、姉の美図枝《みずえ》だった。美図枝はその豊かな胸を抱きかかえるように腕を組み、突っ立ったまま、玄関に立っている知子を見おろしていった。

「雅志はねえ、熱を出したのよ。三十九度もねえ。いったいどうして雅志は、みんなに殴られなきゃいけなかったの。あなたの教育がわるいんじゃない。いったい雅志に、なんの罪があるというのよ。かわいそうに、雅志ったら、恐ろしいからもう学校に行かないっていってるわよ。生徒たちは、雅志がわるいって、殴りつけたんですって？　それ、あなたの入れ知恵でしょう？」

「入れ知恵？　そんな……」

「そんなもこんなも、ないわ。そりゃね、あなたもあんなことを書かれたから、腹も立つでしょうよ。でもね、あの記事はわたしたちも知らないことなのよ。まして小さな雅志にはなんの責任もないことなのよ。それを今度は、子供を使っていじめるなんて、陰険じゃない？　殴りたかったら、自分で殴ればいいじゃないの」

いうだけいうと、さっさと美図枝はひっこんでしまった。こちらのいい分を聞こうとする態度はまったくなかった。

その後、母親に電話をしたが、母親は電話に出てこなかった。手紙を書いて実情を伝えようとも思ったがそれをまた何かの証拠に使われることを思うと、うかつに手紙も出せなかった。今度の事件をいつなんどき佐津川派はまたデマの種に使わないでもない。

そう不気味に思って二日ほど経ってから、思いがけなく富喜枝が雅志をつれて学校に現れた。富喜枝は、申し分なくしとやかで、上品でさえあった。

「まあ、高橋先生、このたびはわたくしどもの不徳から、雅志のことでとんだご心配をいただきまして。それに、大変ご親切にしていただいたそうで、雅志も喜んでおります。美図枝は……あれは本当に早とちりの子でございましてねえ。大変失礼なことを申しあげたそうで。どうぞお許しくださいませね」

まことに尋常な挨拶であった。のみならず、知子の家に菓子を一折届けてさえよこしたのだった。

これですべて誤解は解けたのだと知子は思いたかったが、それでもなにか妙にひっかかるものがあった。それは確かに在宅の気配がするのに電話にも出なかった富喜枝の真意が測りかねるからであった。

大原哲也と知子は、いつもより三十分ほど早く陶芸教室を出た。高いビルとビルの間に、星がまたたいていていた。

「あら、星空よ。今夜は、少し冷えるかもしれないわね」

知子が空を仰ぐと、哲也も並んでともに空を仰いだ。そのビルの前に新婚旅行のカップルでもあろうか、男が女を立たせてしきりに写真を撮っていた。なにげなく行き過ぎてから、哲也はふり返りながらいった。

「変だな」

「なにが?」

「だって、いまの男ね。あの女の人を撮ってたでしょう。あんな変てつもないビルの前で、いやに写真を撮っていたね。旅行者なら時計台か、大通で撮るでしょう」

「そうね、でも、なんの変てつもないビルだって、その人にとっては、一生忘れられない建物かもしれないわよ」

知子は、自分にとっても、陶芸教室のある産共ビルは、決して忘れることのできない思い出の建物になるだろうと、ふっと淋しく思ったのだった。

ナナカマドの紅葉が、二階の教室の窓の一画を覆っている。実も葉も赤いナナカマドに映えて、教室の中が明るい。ナナカマドの向こうの桂《かつら》の黄色も見事だ。

知子《ともこ》はいま、教壇の上に椅子を置き、腰をかけて、生徒たちに自分の写生をさせている。四年生の生徒たちが描きやすいように、知子は今朝着替えるとき、スーツを選んできた。グリーンのスタンドカラーだ。

生徒たちは、顔をあげては知子を見、描いてはまた見る。

「先生の顔は描きづらいなあ」

誰かが大きな声でいうと、中辺直人がすかさずいった。

「描きやすいよ。目が大きくて、まつ毛が長くて、髪も長くて」

「そうだ、いい顔だ、描きやすいや」

生徒たちはがやがやと、勝手なことをいい合っている。知子は微笑しながら子供たちを見ている。知子はおしゃべりを咎《とが》めない。図画を描くときは、いろいろなことを話し合うことによって、気持ちが解放され、描きたい意欲が強まるからだ。

「先生のオッパイ、大きいよな」

みんながどっと笑う。女の子が、

「エッチね」

と、切りつけるようにいい、女生徒たちがいっせいにうなずく。

「なにがエッチよ。先生を写生してたら、いろんなところが目につくじゃないか」

「目についても、黙ってるものよ、そんなこと」

女の子も負けてはいない。やがて教室の中が静かになった。知子は一人一人の顔を眺めながら、この子たちにはそれぞれの家庭があると、しみじみと思う。一つの教室にいるときはみな同じ環境だが、それぞれの家庭はまったくちがうのだ。いちばん前の席で、背を丸めて一心に色をぬっている男の子は、母と二人暮らしで、たったひと間に間借りしている。

知子が家庭訪問をしたのは四時ごろだった。老人ホームのヘルパーをしているというその母は、知子を招じ入れてから、

「ごめんなさい。もうじき出かけなきゃいけませんの。支度しながらお話ししますわね」

と、髪にブラシをかけながら、鏡の中の知子に向かって語りかけた。

「なにしろ、食べるのが先なのよ、先生。生きるって、きびしいですよねえ」

その鏡台には、胃癌《いがん》で死んだという夫の、明るい笑顔の写真が飾られていた。あわただ

しい、短い時間だったが、知子は、あたたかくしみじみとした心の交流を感じたものだった。

一方、その子と並んでいる女の子の家は、実に豪壮な門構えであった。重々しい鉄の門扉から玄関まで、何軒も家が建ちそうな庭園があった。その母親は、大きなダイヤをきらりと光らせていった。

「宅では家庭教師をつけていますのよ。学校はなんといっても、一人一人に対するこまかい配慮に欠けておりますからね」

ここでは、コーヒーやショートケーキが出されたが、底冷えのするような冷たさがあった。

ふちの欠けた呼びりんのある家、ひび割れた表札を掲げた家、新しいしょうしゃな家、壁にボールの跡が幾つもついた家、商店、農家、生徒の家はさまざまだった。人口三万の小さな町だが、そこには多種多様の生活があった。家庭訪問のときの親たちや、一軒一軒の様子を思い出すと、いっそう生徒たちがいとおしくなる。人間の幸福とは何かを考えずにはいられない。父の立候補が意味あるものに思えてくる。

ふっと知子は、脈絡もなしに、大原哲也《てつや》の顔を思い浮かべた。生徒の一人が、

「先生って、ほんとにめんこいなあ」

と、心から感嘆した声でいった。

「あーら、いままで、そんなこと気がつかなかったの」

女の子が応酬する。

「気がついてたけどよう」

男の子が口を尖《とが》らす。他の男の子がいう。

「先生、ボーイ・フレンドいるの」

たったいま、哲也を思い浮かべた知子は、思わず顔を赤らめた。

「や、いるいる」

「先生、赤くなったぞ」

「いたっていいべ。文句あるか」

さまざまな声が飛び交う。

「いますよ、先生にはボーイ・フレンドが」

知子は、余裕を取り戻して、微笑しながらいった。

「何人？」

「十八人」

「十八人⁉」

みんなが驚きの声をあげた。

「そうよ。十八人よ。どのボーイ・フレンドも、みんなすてきよ」

「そのうちの誰かと、結婚するの」

「そりゃ無理でしょう。君たち、まだ十歳でしょう。十歳のボーイ・フレンドと結婚するのは、無理みたい」

生徒たちが、きょとんとした顔をし、やがて、

「なあーんだ」

しかし、うれしそうに笑った。

「先生のボーイ・フレンドは君たちよ。君たちがいちばんの仲よしよ。ガール・フレンドは女の子たち」

「ずるいや、そんなの」

みんながまた笑った。知子はしみじみと、教師としての幸福感に浸っていた。

とそのとき、前のドアがあいて、思いがけなく、久我輝樹《くがてるき》がはいってきた。生徒たちがいっせいに久我を見た。派手な、茶色のチェックの背広を着、広い大きなネクタイをしめた久我の姿はいかにも現代的であった。なんの用事かと、立ちあがった知子に、

「やあ、図画の時間だったの」

と、久我はひどく馴《な》れ馴《な》れしくいった。

「何かお急ぎのご用でも?」

「いや、学校の前を通ったら、急に君の先生ぶりが見たくなって」

「じゃ、別段ご用はないわけね。失礼します。いま、わたし、写生させていますから」

久我の馴れ馴れしくした分だけ、知子は冷たくいった。

久我は近ごろ、父の後援会事務所に、たびたび顔を出していると聞く。後援会の青年部の集まりで、知子も二、三度顔を合わせた。知子の家にもふらっと立ち寄ることがある。事務所の者たちは、明らかに久我を毛嫌いしていた。佐津川《さつがわ》町長と親しくしている久我であることを、誰もが知っている。スパイだと、人々はささやき合っていた。

生徒たちは久我を見ると、お互いに目を合わせて、うなずき合った。

知子は再び椅子に戻って、元どおりのポーズをとった。久我はまん中あたりにいる雅志《まさし》の顔を見いだすと、のこのこと教室の中央まで行って、雅志の絵をのぞきこみ、

「うん、なかなかうまいじゃないか。だけどな雅志君。知子先生の目は、もうちょっと大きいよ。よく見てごらん」

と、知子の方を見た。が、きびしい知子の視線に合って、

「じゃ雅志君、がんばれよ。みんなもがんばって勉強し給《たま》え」

といって出て行った。生徒たちはすぐまた、がやがやと話しはじめた。

「先生、あの人、誰ですか」

「ボーイ・フレンド？」

「ちがいますよ、先生のボーイ・フレンドはみんなだけ」

きっぱりと知子はいった。またしても大原哲也の顔が浮かんだ。

「あの人、駅前通りの久我洋品店の人だよね、先生」

中辺直人《なかべなおと》がいう。

「ああ、そうだ、そうだ」

誰かが答える。

「ちょっと変な奴《やつ》だなあ、先生」

「いかれているみたいだ」

あらわに反発する声があがる。それでもみんな、手だけは動かしている。女の子が、

「そんなことないわ。ハンサムだわ」

「ハンサムだよねえ。いかすよねえ」

「へえー、あんなのがいかすのか」

「みんな、もう黙って。おしゃべりをやめて描かなければ、あと十分しかありませんよ。ちゃんと仕上げてくれないとだめよ。片方の手がなかったり、足がなかったりするとお化けみたいな先生になりますからね」

知子は冗談めかしてたしなめた。

雅志は黙々と描いている。雅志はいつのときも、自分のいいたいこともいわない。いつだって何かに押しつぶされでもするように、小さくなっている。そんな雅志を知子は哀《あわ》れだと思う。なんとか伸び伸びと、子供らしい活気を持ってほしいと思う。と、誰かがいった。

「あいつ、雅志の親戚か」

雅志はびくっと顔をあげ、黙って首をふった。が、それが見えたのか見えないのか、

「そうか、親戚か、変な親戚だな」

「親戚じゃないわよ。雅志君のお父さんとは知り合いだけど」

知子は雅志のために弁明してやった。

「ふーん、なんだか知らんけど、いかれぽんちだな」

「いけませんよ、人さまのことをそんなふうにいっちゃ」

軽くたしなめながらも、知子は、子供の目もかなり正確に人を見て取るものだと、改めて思った。

「ああ、腹すいた」

誰かがいい、みんなが笑ったとき、終業のベルが鳴った。

26

知子《ともこ》が職員室で、生徒たちの図画を一枚一枚見ているころ、景子《けいこ》は円山《まるやま》公園の紅葉の中を歩いていた。

景子は、友人の保谷《やすたに》より子と肩を並べて、秋晴れの山道を降りて行く。円山公園は、札幌《さっぽろ》の西部、円山にあり、美しい自然環境に恵まれていた。この一帯には、林に囲まれた動物園、球場、大きな神宮、モダンな住宅、そして、景子たちの通う大学もあった。

「きれいねえ」

先ほどから、幾度も感嘆の声をあげていたより子が再びいった。北海道には珍しい杉林の傍に、ナナカマドや山ぶどうの深紅は、たしかに声をあげる美しさだった。

「ほんとねえ。でもねえ、より子さん。わたし、自然はこんな美しいのに、人間はどうしてこの大自然の美しさに感化されないのかと思うのよ」

そういう景子の横顔を、より子はちらっと眺めたが、

「また景子さんの、人間性悪説がはじまった。そんなに人間って、悪いかなあ。わたしは父を見ても母を見ても、まあまあ合格点だなあって、思ってるんだけど」

「羨《うらや》ましいわ」

より子は、クラスメートの中で景子のいちばん親しい友だ。が、そのより子に対してさえ打ちあけることのできない家庭があった。それは、母と美図枝《みずえ》と久我輝樹《くがてるき》の三角関係であり、父の、当選のためには手段をえらばぬやり方であった。

札幌市内に住むより子には、地方の小さな町である石幌《いしほろ》の町長選挙など、なんの興味もないことであった。近郊町村長の名前など、ひとつも知るはずもなかった。だから、景子が町長の娘だということさえ知らない。景子が、

「父は、町役場に勤めているの」

とだけしか告げていなかったからでもある。町役場の部長クラスの娘ででもあるのだろうと、より子は勝手に決めていた。二人のクラスには、石幌からきている者はいなかった。だからより子がそう思うのも当然だった。

仲がよいといっても景子は、そうした一線を引いてしか、つきあうことができなかった。なにかの折に家族の話が出ると、景子はさりげなく、小説や勉強の話に、話題を逸《そ》らした。だがより子は、そんな景子には気づかず、よく自分の家族の話をした。

いかに父親が子供たちに甘いかとか、母親は早とちりで、こんな失敗をしたとか、詳しく具体的に景子に語って聞かせるのだ。その話を聞くだけで、景子はより子が羨ましくて

ならなかった。景子の姉や父母は、その生活を具体的に人に聞かせることのできるような人間ではなかった。

「母はね、若い男と、父にかくれて……。そしてその男は、父や母に隠れて、姉と……」

などと、どうしてより子に話すことができるだろう。これでも友人といえるのかと、景子はときどき思う。より子の家に遊びに行くことはあっても、景子の家に招いたことはない。

幸いより子は、景子の家に遊びに行きたいといったことはなかったからよいものの、より子を招けないことは、景子の心を寂しくさせることであった。

「ねえ、より子さん。オー・ヘンリーの『賢者の贈り物』って小説、読んだことある？」

景子がいった。車が幾台も、二人を追いぬいて行く。軽快な自転車が、音もなく二人の横を走って行く。二人は道をそれて、桜の紅葉が美しい雑木林にはいって行った。

「まだよ。あなたは、いつもわたしの知らない本ばかり読んでるのね」

「だってわたし、バスの中で往復一時間十分は、あなたより本を読む時間があるのよ。つまり一週間を六日としても、七時間はたっぷり本を読めるのよ」

「なあるほど。わたしより物知りなはずよね。で、その『賢者の贈り物』って、どんな話なの？」

「……それはね、とても貧しい夫婦の話なの。でも、二人とも、とても愛し合っていて、妻は夫の懐中時計に、プラチナの鎖を買ってあげたいと思っていたわけなのよ。その懐中時計は夫の唯一の宝だったの。そしてやがて、クリスマス・イブが近づいてきたの」

小説の話になると、景子は口がなめらかになる。

「プラチナ？　プラチナなんて、高いじゃないの」

より子が現実的なことをいう。景子は桜の紅葉を見あげて微笑した。

「むろん高いわよ。でも、彼女はどうしても、夫にプレゼントしたかったのよ。プラチナの鎖をね。それで、鳶色《とびいろ》の見事な自分の髪の毛を二十ドルでかつら屋に売ってね、ついにプラチナの鎖を買ったのよ。そして喜んで夫にプレゼントしたの。ところがね、夫は夫で、妻へのすばらしいプレゼントを用意してあったの。それは、彼女が長い間ほしいと思っていたベッコウの美しい櫛《くし》なのよ。しかも宝石がちりばめてあるの。でもね、もう妻には、その櫛を使うことのできる髪の毛はなかったのよ。そしてね、夫に差し出したプラチナの鎖も無駄だったの。夫は、大事な時計を売って、その櫛を買ったんですもの」

「へえー、きれいな話。でもやりきれない話ね」

「そうよ。やりきれないような話よ。二人とも、自分の大事なものを売って、お互いにプレゼントしたのよ。でもわたし、結婚したらそんな夫婦になりたいわ」

「大原さんとね」

大原哲也《てつや》のことだけは、より子に打ちあけてあった。大原という人間の率直さ、邪気《じゃき》のなさが、景子にとっては何物にもまさる尊いものだった。景子の家には、あまりに邪気がなさが、景子にとっては何物にもまさる尊いものだった。景子の家には、あまりに邪気があり過ぎた。大原の話なら、より子にも胸を張って語れるのだ。

二人は、桜の木立のある芝生のベンチに腰をおろした。傾いた午後の日ざしがあたたかかった。

「やはり結婚するのね、あなたたち。よかった」

より子にはまだ恋人がいない。が、より子は、景子のために、大原との恋愛を祝福していた。親たちが反対していることは、より子は聞いていた。それだけにいま、「そんな夫婦になりたい」といった景子の言葉に、敏感に反応したのだ。

「あの人が結婚するといってくれるの。わたしのような者と結婚してくれるなんて、もったいないわ」

「あら、景子さんほどの女性と結婚できたら、それこそ男の人には光栄よ」

それはより子のおせじではなかった。級友の中でも、景子は他の学生たちとはちがっていた。深い湖のような静けさが、級友たちの心を惹《ひ》いた。

「あら、わたしなんか……大原さんと結婚する資格などないわ」

景子は本当にそう思っていた。大原の父を思うと、自分の父母はあまりにもみにく過ぎると思った。だがそのすべてをより子に打ちあけることはできない。だから景子の切迫した感情を、より子は知ることはできなかった。より子には、そんな景子が謙遜《けんそん》に過ぎるように思われた。

「景子さん、謙遜も傲慢《ごうまん》のうちよ」

励ますようにより子はいった。そうではないのだと、景子はいいたかった。だが、二人の話はいつもそのあたりでうやむやになった。それ以上景子が自分の気持をいったとしても、より子には理解できるはずがなかった。

ひらひらと舞い落ちた桜の紅葉を手にとって、その葉柄《ようへい》を景子はくるくるとまわした。なんの獣の声だろう。動物園のほうから、獣の鳴き声がやさしく聞こえた。

二人はやがて、山の下のバス通りの本屋にはいった。ときどき二人は、大学からの帰りに、この、あまり大きくない本屋まで、山道を降りてよってみる。より子はたいてい、若者たちが立ち読みしている劇画の書架に向かって、それらを立ち読みする。

いま景子は、世界文学全集の前に立って一冊を手にとった。それは高校一年のときに読んだ『罪と罰』だった。『罪と罰』という本の題が、きょうの景子には、ひどく重いものに思われた。人間の毎日は、罪と罰の中に生きているような気がした。

(罪を犯さぬ人間がいるだろうか)

頁をひらきながら、景子は思う。そう心の中で思った景子は、不意にぎょっとする思いになった。景子はいつも、罪という言葉を見るたびに反射的に父母や姉のことを思った。つまり、景子にとって罪とは、父や母や姉の毎日の姿であった。けっして景子自身のことではなかった。それがいま、不意に、

(罪を犯さぬ人間がいるだろうか)

と思ったのだ。いままで一度だって、景子は自分を、父母や姉と同格においたことはなかった。

(でも……わたしはあんな人たちの仲間じゃないわ)

押し返すように景子は思った。が、一度浮かんだ思いは、景子の心から消えはしなかった。

(もし……罰というものがあるなら、それは罪に対する罰だわ。わたしがいま苦しんでいるのは、わたしの罪に対する罰なのだろうか)

景子には、よくわからなかった。と、そのとき、

「景子さん、ちょっとこれ見て。この大原さんて……まさか」

いつの間にかそばにきたより子が、景子の前に一冊の雑誌を突き出した。そこには、大原哲也と高橋知子《ともこ》がホテルの中から出てくる、むつまじげな写真が、大きく出ていた。

茨の蔭に

27

　より子がさし出した雑誌『人と風土』を、景子《けいこ》は手に取って、まじまじと見た。確かに大原哲也《てつや》と高橋知子《ともこ》が肩を並べて写っている。ホテルの名前は写ってはいないが、明らかにホテルという看板が、右上に写っていた。

　景子は見出しを見た。

〈かの謹厳《きんげん》居士《こじ》高橋宏二《こうじ》の娘が、ラブホテルから！〉

　とありその横に少し小さな活字で

〈相手は『月刊石幌《いしほろ》』主宰者《しゅさいしゃ》大原の息子哲也！〉

　と、書き加えてある。

　景子は再び写真に目を移した。確かに哲也と高橋知子である。腕こそ組んでいないが、二人はむつまじげに見えた。それは、二人がそこに並んでいるからむつまじげに見えるのか、同じ並んでいるのでも、二人の間に通い合うものがあってそう見えるのか、それとも、この写真を見る自分の心の中に、むつまじいと見る心があってそう見えるのか、とにかくむつまじく見えた。そのむつまじく見えることが、景子の心を動揺させた。

景子はその雑誌を持ってレジのほうに近づいた。

「これ、いただくわ」

若いレジスターの女性は、その雑誌をぽとんと袋に落として、手早くセロテープで封をし、手渡した。二人は外へ出た。

いつしか景子の顔は青ざめていた。大きくひらかれた目が、かげっていた。その景子を見て、より子は不安そうにいった。

「ごめんね、景子さん。そんなもの見せるんじゃなかったわ」

「ううん、いいの。見せてくださってよかったわ」

「やっぱり、大原さんだったのね」

「そう。確かに大原さんよ。でもね、わたし、大原さんと知子さんが、こんな仲だとは思わないわ」

「あら、この女の人を知ってるの?」

「知ってるわ。とても、さわやかな方よ。わたしと大原さんの仲も、よく知ってる方よ」

「へえー」

より子は、景子の顔をちらりと盗み見たが、

「景子さん、あそこでちょっとお茶飲んでいかない?」

と、角の小さな喫茶店を指さした。

「お茶?」

景子はいま、お茶も何も飲みたくなかった。できれば、より子とも別れて一人になりたかった。だが景子の足は力を失って、ひどく疲れていた。どこにでもいい、座りこみたいような状態だった。

「ええ、お茶を飲みたいわ」

景子はより子に従って、喫茶店にはいった。

明るい喫茶店だった。ウエートレスが二人いるだけのその喫茶店に、若い学生たちが何組か、席を埋めていた。

窓ぎわの空いていた席により子が座り、つづいて景子が腰をおろしたおときには、コップを二つ盆にのせたウエートレスが、軽快な足どりで近よってきた。より子がコーヒーをたのみ、景子がアイスクリームを注文した。

「だけど、驚いたわねえ」

より子は改めて、驚いたような顔をした。より子の顔には、いままでとはちがった好奇心がむきだしになって出ていた。

より子は、いったん景子に同情を覚えた。が、確かに写真の男が大原とわかったいま、同情よりも好奇心のほうが強くなったのだ。そんなより子を、景子はうとましいと思った。

「何もそんなに驚くことないわ」

景子は微笑を浮かべて見せた。が、微笑のつもりが、より子には唇がひきつったように見えた。

「景子さん。大原さんってこんな本に出るくらい、有名な人なの？」

「ううん、べつに有名じゃないわ。ふつうの人よ。あなた、この記事は読まなかったの？」

「読む余裕なんか、なかったわよ。大原哲也って、ばっちり名前が出ていたじゃない？　それだけで、びっくり仰天よ」

「じゃ、わたしが説明するわ。この高橋知子って人はねえ。わたしの住んでいる石幌町の小学校の先生なの。そのお父さんが、町民に人望のある教育者だったのよ。それが今度、町長候補として起《た》ったのよ」

「なるほど。じゃ、その記事は、なにか選挙に関係してるのね」

景子はうなずき、以前にも知子の記事が載った事情を、手みじかに語った。そして、その記事にたいし、『月刊石幌』の主宰者大原達夫《たつお》が、弁明の立派な記事を書いたことも語った。だが、その対立候補が自分の父であることは、景子は伏せておいた。伏せておいても説明できることだったからだ。

「ああ、そうか。それでわかった。つまり、しっぺ返しね。『月刊石幌』に恨《うら》みを抱いての記事なのね」

より子はそういって、運ばれてきたコーヒーに砂糖を入れたが、ふっと顔をあげ、

「でも、この二人がラブホテルに行ったことは確かでしょ。この写真には、ホテルの看板も出ているし、二人並んで楽しそうな顔をしているし」

「それは……」

景子は返事につまった。確かに、写真は一つの重大な証拠である。

「それが、うしろ姿だったり、ぼやけている写真だったらさあ、大原さんだといわれても、そうであるような、ないような、ということになるけれど、こう真正面からばっちり撮られていたら、やっぱり書いていることは事実ということになるでしょう」

「……でも、より子さん。わたし信じられないわ。大原さんって、そんな人だとは考えられないし、知子さんだって、そんな人じゃないと思うの」

きっぱりと景子はいった。より子はスプーンの音を立ててコーヒーをかきまぜていたが、

「じゃあ、写真もうそだというの」

「………」

「ねえ、景子さん。もしかしたら、これほんとうよ。どれ、ちょっと、どんなこと書いてあ

るか、いまの記事見せてよ」

より子が手をさし出した。景子はちょっと考えたが、拒《こば》む理由はなかった。たとえ拒んだとしても、より子は本屋に行って、読んでくるかもしれない。

景子は袋のまますさしだした。より子はセロテープをはがすのももどかしそうに、すぐに取り出して読みはじめた。そのより子を見ながら、景子は、父の佐津川長吾《さつがわちょうご》を思った。

(お父さんったら!)

かつてない憎しみが噴き出すのを、景子は覚えた。いや、母も、姉の美図枝《みずえ》も、一緒になってこの記事を書かせたにちがいない。父と母にとって、いちばん大切なことは、町長の椅子を守るということなのだ。そのためには、手段をえらばぬと父はいつもいっている。

(こんな出たらめな記事を!)

そう心の中に思って、しかし景子は、はたと立ちどまる思いであった。

そうだ、写真だけはほんとうなのだ。以前に、高橋知子と、景子の弟の雅志《まさし》の写真が、この同じ雑誌に出ていた。それは哲也が撮った写真だった。事の結果はとにかく、哲也が撮ったものであることはまちがいなかった。同様に、この写真も誰かが撮ったことだけは、事実なのだ。

(写真だけは、ほんとうだわ)

(いったい、この写真は、誰が、いつどこで撮ったものなのだろう)

景子の心は乱れた。

(だけど……)

知子と雅志の写真には、いかにも、知子の冷たさを示すかのように、どぎつい記事が書き加えられていた。が、事実は書かれたこととはまったく異なっていた。それと同じように、この写真もまた、まったく別の事情があるのではないか。どう考えても、哲也が知子とラブホテルに行くほど、その間が急速に進んだとは思えない。

(偶然二人は、このホテルの前に、通りかかったのではないか)

景子はそう思った。が、写真は確かに、いまホテルを出ようとする二人を撮っていた。そしてそのホテルは、けっして大きなホテルとは思えなかった。出入り口がいかにも小さく、ひっそりとした感じであった。

(でも、ここの中に、喫茶店でもあったのかもしれないわ)

景子は、自分自身にそういいきかせたかった。

と、より子が顔をあげ、

「ちょっと、ここに佐津川町長って出てるわよ。佐津川町長って、あなたのお父さん?」

景子の視線が泳いだ。が、力なく景子はうなずいた。

「あーら、あんた、町長さんのお嬢さんだったの。どうして、お父さんが役場に勤めてるなんていったの」

「だって、役場に毎日出てるじゃないの」

「それはそうだけどさ。ふつう町長の家族は、そんなことはいわないんじゃない。うちは町長でございますとか、市長をやっています。とか威張っていうじゃない？　景子さんも変わってるわねえ」

景子はうつむいた。変わってるのではない。誰だって、自分の父のように、金に汚い町長を父にもてば、父が町長であることを恥じるようになるはずだ。それにしても、この雑誌は、いったいどんな記事をのせているのかと、景子は新たな不安に襲われた。

茨の蔭に

景子《けいこ》は暗くなってから、石幌《いしほろ》町行きのバスに乗った。自分の家に帰るのが憂鬱《ゆううつ》だった。バスに乗っても、人前に顔をあげ得ない気持ちだった。より子と別れてから、景子は札幌《さっぽろ》の街を、足の向くままに歩いた。書店の前を通るたびに、景子はぎくりと立ちどまる思いだった。この店にもあの雑誌『人と風土』の広告が出ている。それを見るだけで、いいようもなく暗い思いに閉ざされるのだ。

いまも、バスの窓によりかかりながら、景子は暗い思いに沈んでいた。景子の心は、一刻一刻と変わるのだ。父母や姉への憎しみが深まったかと思うと、

(もしや……)

いつのまにか、哲也《てつや》と知子《ともこ》の間を疑ってみる。そんな自分を払いのけるように、また父を呪《のろ》う。そしてまた次の瞬間、

(あの記事を大原さんが読んだら……)

とおびえる。哲也も哲也の父も、あの記事を見て、どんな思いを抱くだろう。きっと憤るにちがいない。その憤りが、自分と哲也の間を引き裂いてしまうような気がした。

（お父さんったら！）

いい知れぬ絶望感に、景子はおちいった。自分の父に、娘の自分が苦しめられている。景子は暗い外に目をやりながら、父を憎んだ。

と、そのときだった。二つ三つうしろの席で、さっきから高い声で話し合っていた中年の女たちが、

「だけど、高橋先生の娘さんて、相当なもんねえ」

という声がした。

「そうだねえ。さっき見た本にも出てたねえ。ホテルになんか男と行くようじゃ、教師などといえたもんじゃないわねえ」

景子は、はっと体を硬くした。

「いまの若い人、教師もなにもないわよ。会ったその日に、ホテルに行くんだってよ」

急に声がひそまり、なにかささやきあっていたようだが、二人は大きな声をあげて笑い出した。

「高橋校長も偽善者じゃないのかな、そんな娘を持っているところをみると……」

「雑誌に書いている以上、うそじゃないわねえ。まさか、うそを書くことはないからねえ」

二人は、活字であれば、頭っから信用しているようであった。その記事は、父が多額の

金を使って書かせたものにちがいない。そんなことを、なぜこの女たちは、疑ってもみようとしないのか。選挙が絡《から》む以上、ためにする記事だということが、どうしてわからないのか。景子はいらだった。

やがてバスを降りた景子は、暗い道を歩いて行った。雨がぽつぽつと頬《ほお》に当たる。道端の熊笹《くまざさ》が風にさやぐ。ところどころに、電灯が点《とも》っているだけの、家並みの絶えた通りを歩く景子の足は重い。

二、三十歩くと、家がまた何軒か建ち並び、少し離れたその向こうに、ひときわ明るい灯りの窓々が見えた。それが景子の家だった。その窓々は、いかにも心のあたたかい人たちが住む家に見えた。そして、幸せそうな家に見えた。

家の前まできて、景子は、他人の家を見るように自分の家を見た。御影石《みかげいし》の門柱に、「佐津川《さつがわ》」と書いた表札がはめこまれていた。その表札を、景子は石で叩《たた》き割りたい思いだった。

階下も二階も、明るかった。いつも景子の家は、このようにこうこうと灯《あか》りを輝かせている。景子は、父と母と姉の顔を思い浮かべながら、玄関のドアを押した。

と、中から、父の大きな笑い声が聞こえた。姉のかん高い笑い声がそれに和した。いつもより帰宅の遅い景子のことなど、誰一人心にかけていないような、そんな笑い声だった。

「景子姉ちゃん、いま帰ったの」

いつからそこにいたのか、雅志《まさし》が階段に腰をかけていた。

「まあ、雅志ちゃん、何してたの、こんなところで」

ひどく淋しそうな雅志の表情に、景子は驚いていった。

「お姉ちゃんの帰るの、待ってたんだ」

といったかと思うと、雅志の顔が、不意にくしゃくしゃに歪《ゆが》んだ。

「どうしたの？　雅志」

「あんね、景子姉ちゃん、知子先生のことが……また、本に出てるんだ。ぼく、それ見たんだ」

雅志は、いても立ってもいられないような顔をした。居間のほうからは、しきりに笑う声がする。景子は雅志の肩を抱いて、二階にあがっていった。

「でたらめよ。知子先生のことは、みんなでたらめよ」

「だって、写真が出てたよ、景子姉ちゃん」

「写真は写真よ。雅志の写真とおなじよ。とにかくでたらめよ」

雅志の部屋にはいって、はっきりと景子はいった。

「ぼくまた、みんなにいじめられる。もう学校にいくのいやだ」

雅志は泣き声になった。

「大丈夫よ。あれはみんな、でたらめなのよ。うそなのよ」

「じゃ景子姉ちゃん、どうしておとなって、そんなにうそをつくの？　おとなは子供より、うそつきなの？」

「そうよ。おとなは子供より、ずっとうそつきなのよ」

景子も心からそう思った。

「じゃ、おとなってわるいんだね、景子姉ちゃん」

「そう。おとなは子供より、ずっとわるいのよ。おとななんか！」

雅志の肩を抱いた景子の頬《ほお》にも、涙がこぼれ落ちた。

「雅志、ここにいなさい。お姉ちゃんは、ただいまをいいに、お父さんたちのところに行ってくる」

いうや否や、景子は雅志の部屋を飛び出した。

居間のドアをノックもせず、景子はぐいとひらいた。明るい電灯の下に、父母と美図枝《みずえ》の三人が、ウイスキーのグラスを手にしていた。まだ、食事の最中だったのだ。

「なんだ、遅かったじゃないか、景子」

長吾《ちょうご》は、突っ立っている景子を見て、ニヤニヤした。

「ただいまぐらいいうものよ、景子」

母の富喜枝《ふきえ》は、口もとの微笑を消さずにいった。

「いやに楽しそうね、きょうは」

景子の声がふるえた。

「何よ、そのいい方」

美図枝は鼻先で笑い、

「どうやら、彼と彼女のこと、読んできたようね、景子」

挑むようないい方だった。

「読んできたわ」

景子はまっすぐに美図枝を見た。美図枝はその豊かな胸を突き出すようにして笑い、

「それで、どうだった?」

と、冷たくいった。

景子は父のそばに寄って、

「お父さん、どうしてあんなでたらめを書かせるの」

と詰《なじ》った。

「でたらめ? わしはなんも知らんよ、わしは」

「うそよ! お金をつかませて書かせた記事じゃないの、前のときと同じように」

前のときは、その金高を、母の富喜枝が電話口でいっていたのを、景子は聞いている。

「お父さん、おねがい！　おねがいだからお父さん、町長なんかやめて」

景子は父の腕にしがみついた。

「なにをいうの、景子？」

長吾より先に美図枝がいい、

「お父さん、死ぬまで町長をして！　わたし、町長の娘でいたいの。権力を持ってる父親ほどすばらしいものはないわ。ね、お母さん」

「そうねえ。とにかく景子、あんたご飯はまだなんでしょ。ローストチキンがあるわ。まずご飯を食べることね」

だが景子は、父の肩をゆすっていった。

「お父さん！　どうして町長になるために、デマをつくりあげなければならないの。人を傷つけることを、お父さんはなんとも思わないの」

必死な景子の言葉に、さすがの長吾も扱いかねて、

「わかった、わかった、しかしなあ、今度の記事は、お父さんは知らないんだよ。お父さんもなあ、昨日読んで、はじめて知ったことなんだよ。しかし、なんだなあ、あれはデマじゃないだろう。証拠の写真があるじゃないか、証拠の写真がな」

と、景子の肩をおさえて、傍《かたわ》らの椅子にすわらせようとした。が、景子は突っ立ったまま、

「でもねお父さん、それがもしほんとうだったとしても、なにも候補者の家庭のことまで書かすことはないのじゃないの。政治は、当事者たちの真実の問題よ。政策に対する姿勢が問題なのよ。私的なことを書かすのは、正攻法では勝ち目がないからじゃないの。卑怯《ひきょう》だわ、そんなの。選挙民の目を、こんな次元の低いほうに惹《ひ》きつけて、そんなことで勝とうとするなんて……」

涙声で訴える景子を、美図枝は鼻の先で笑いながら見ていたが、

「あんた、それよりさ、彼氏を取られて、悔しくないの。わたしもあの二人が、手を組んで歩いているのを見たわよ。このあいだの夜」

なんのためらいもないいい方であった。

茨の蔭に

古びた蛍光灯の下で、大原達夫《たつお》は声志内《こえしない》の村史を書き進めていた。スタンド式の石油ストーブが背にあたたかい。袖《そで》のすり切れた袷《あわせ》に羽織を引っかけ、大原は真剣なまなざしで、取材ノートを確かめては書き進める。この仕事は、大原が近頃最も気持ちの乗った仕事で、書き出して半月になる。そこには炭鉱に働く人々の悲惨な歴史があった。調べれば調べるほど、落盤とガス爆発が、いぶかしいほどにくり返されている。

炭鉱の町声志内の歴史は、また日本の歴史でもあった。戦争の影や、不況の影響を、そのままもろに炭鉱の町はかぶっていた。それが、大原の鋭いペンによって、再現され、掘り起こされていく。

大原は書きながら、ガス爆発で倒れた人々、落盤で押しつぶされた人々を、目の前で見たかのような息苦しさを感じてくる。そのうえ取材した遺族たちの言葉がだぶってきてやりきれなくなる。

「あんねえ、わしはねえ、つれあいも子供も炭鉱《やま》で命を取られてねえ」

そういっていた老婆の諦《あきら》め切った顔が、大原にはたまらなかった。

会社の責任を追及する意欲さえない遺族も幾人かいた。

「炭鉱にはガス爆発や、落盤はつきものだでえ」

そういいながら、焼酎《しょうちゅう》を傾けていた父親もいた。会社は、それらの人々に、どれほどのこともしていなかった。声志内の村史は、大原が思っていたより、はるかに重大な問題をふくんでいた。

大原はひと区切りついたところで、タバコを一本箱からぬいた。が、マッチが空になっていることに気づいて、

「おーい、マッチ」

と、隣の茶の間に声をかけた。

返事はなかったが、すぐに襖《ふすま》があいて、父親の松助《まつすけ》がマッチを持ってのっそりとはいってきた。

「そったらに根《こん》つめて、体に毒だぞ」

「まあ、もう少しやらにゃあ」

大原はマッチを受けとって、タバコに火をつけた。その大原を、松助は突っ立ったまま見おろした。なにかいいたい目である。

「なんだね、おやじさん」

大原が見上げたが松助は黙って立っている。

「なんの用かね」

大原は再び松助にいった。茶の間の柱時計が十時を打った。

「達夫、おめえ、まだ読んでいねえな」

「読んでいねえ？　なにをだい」

「またぞろ『人と風土』に、ひでえことが出てるぞ」

「ひでえこと？」

大原はこの二日ほど、新聞も郵便もあとまわしにして、声志内の村史に取り組んでいた。

「達夫は仕事中だから、なにもいうなって春子《はるこ》はいったども……春子はふとんかぶって寝てるど」

道理で妻の春子は、夕食の時もひっそりとしていたと思いながら、

「ふん、なにを書かれたって、書き返してやるさ」

と、大原はマガジン・ラックのおいてある茶の間に立って行った。そのあとに松助がつづく。

いままで松助が読み返していたのだろう。ページをひらいたまま、『人と風土』誌が畳の上におかれてあった。大原は雑誌を手に取って読みはじめた。その大原を、松助が入れ歯

を鳴らしながらみつめている。

読み終わると、大原は再び写真を見た。

「なるほど、うちの哲也《てつや》と、高橋先生んとこの娘さんにはちがいない」

と、松助の顔を見、

「しかしなおやじさん、おそらくは、これもデマだ」

ぽいと雑誌を投げ出した。

「デマっておめえ、つれこみ宿の入り口でねえか、ここは」

「さあてな、どうせ佐津川《さつがわ》の奴《やつ》が金をつかませて書かせた記事だ。写真にも細工をしてるにちがいない。心配すんな、おやじさん。おれがまた反論を書いてやっから」

「やめてくれ。こりゃあ町長のしっぺ返しだで。なにか書きゃあ、またなにか書き返されるじゃねえか」

「おれはな、おやじさん。書くのが仕事だ。こういう不正を、許さないために書いているんだ。おれは何度でも書く」

大原はきっぱりという。松助が声をひそめて、

「だども、もし、これがほんとうだったら、おめえどうする。ひっこみがつかねえじゃねえか」

「そりゃあな、うちの哲也も男だからな。女の子の一人や二人、つきあってもいるだろうさ。

しかしあいつは、高橋先生の娘とは、いまのところ、こういうふうにはならねえな」

「そんなこといえるか、おめえ。遠くて近きは男女の仲っていうでねえか」

「近くて遠きも男女の仲よ。おやじさんは若いとき手が早かったのか」

「馬鹿こくな達夫」

松助の言葉に大原は笑った。と、そのとき、玄関で人の気配がした。戸があき、レインコートを着た哲也が、うかぬ表情で、

「ただいま」

とはいってきた。哲也は、帯広《おびひろ》に二日ほど出張していたのだ。

「お、哲也、帰ったか」

ほっとしたように松助がいった。二人の前にある『人と風土』に目をやると、哲也はレインコートのままそこに座りこんで、

「見てたのかい。で、おじいちゃんはどう思った」

と、レインコートをぬぐ。

「どう思ったって……写真がついてるもんな、写真が」

「なるほど、それでお父さんは?」

「どうせ佐津川のやることだ。信用しないさ」

「ぼくも宿でこれを見てびっくりしたなあ……ところでお母さんは？」

「ふとんかぶって、二階で寝てるとよ」

「ショックだったんだあ、やっぱり。それがむこうのつけめなんだよなあ。高橋先生のところじゃ、うちどころじゃないだろう。なにせ、学校の教師だからなあ」

哲也もかなり疲れているようだった。

「そりゃそうだ。だが、ほんとうの話はどうなんだ。むろん、つれこみなんか……」

「行くわけないじゃないか。ぼくもこの写真を見て、あれっと思ったよ。だがすぐに思い出したんだよ。これはねえ、陶芸教室のビルから出てきたところを撮られたんだよ」

「陶芸教室？　ああ、あの、ひんまがったぐいのみ作りに行ってるところか」

松助がいう。

「うん」

哲也はその夜のことを二人に語った。陶芸教室から高橋知子《ともこ》と出てきたとき、写真を撮り合っている若い男女がいた。妙な時刻に妙な場所で写真を撮っていると思ったが、それほど気にもとめずにいたのだった。

「ほら、この入り口はホテルの看板さえ外せば陶芸教室のビルの出口ですよ。この写真は細工したんだ。細工したから、ホテルの名前は出ていない。ホテルのホの字から下が写っている。これがくせものだよ」

「なるほど、ホテルの名前が出ていれば、そのホテルにあたってみれば、すぐわかることだしな。というと、これは合成写真か」

「そう。合成写真に決まってる。それにしてもいやになっちまうな。書かれてみて、はじめて、書かれるってどんなにいやなことか、身に沁《し》みたよお父さん」

「そうだろう。だから『月刊石幌《いしほろ》』のような雑誌が、どんなに大事かもわかったろう……とばかりもいっていられないな。お前は男だからまだいい。あっちのお嬢さんの身になってみると、こりゃあ大変な立場に立たされたぞ」

「それなんだよ、お父さん」

　哲也もうなずいた。知子には、小学校四年生の受持の生徒たちがいる。その父兄もいる。同僚たちがいる。その一人一人が、この記事にどのような反応を示すか。信頼を失った教師ほどみじめな存在はない。それを思うと、哲也はいても立ってもいられぬ思いであった。

「とにかく、名誉毀損《きそん》で訴えるんだな、哲也」

「まったく名誉毀損どころか、殺人罪に価《あたい》するよ」

　二人のやりとりを聞いていた松助が、

「訴えて、それで世間が了解するかね。了解するんなら話は簡単だが……」

「とにかく、第一の手段としては訴えよう。次に哲也、お前、陶芸教室のこの場所を写真にとってこい。ホテルの看板以外は、さいわい産共ビルそのものを使っているから、反論はできる」

「わかりました。いますぐにでも札幌《さっぽろ》まで行って、撮ってきたいような気がしますよ」

哲也は乱暴に頭をがりがりと掻《か》いた。掻きながら、それまで何度も思ったことを、哲也はまたふっと思った。

(この記事を、景子はどう思って読んだことだろう)

父親の策謀と気づいただろうか。そう思いながらも、胸の底に不安があった。

とりあえず電話をかけてみようと、哲也は立ち上がった。そして受話器を取ろうとしたときだった。電話のベルがけたたましく鳴った。

「大原です」

哲也が受けると、

「もしもし、あの……哲也さんはいらっしゃいましょうか。わたし高橋と申しますけれど」

明晰《めいせき》な知子の声であった。

30

茨の蔭に

知子《ともこ》の家の茶の間である。明るい電灯の下に、大原哲也《てつや》は、知子、そして知子の父の高橋宏二《こうじ》、母の三根子《みねこ》とともに、ソファーにすわって語り合っていた。

哲也は知子からの電話に、取り急ぎ駆けつけたのである。もう十一時も近い夜更《よふ》けだったが、会って話をしなければ、哲也自身も落ちつかぬ気持ちであった。

「大原さん、わたし、選挙って、ほんとうにいやになったわ、どうしてこんなデマを流されなきゃならないのか。わたしにはわからないの」

知子の顔色はさすがに冴《さ》えなかった。

「まったくですねえ。ぼくも、今度の記事には呆《あき》れ返りましたよ。でたらめもいいところですよ」

「ほんとうよ。前だって、でたらめだったわ。でもね、前のときは、生徒や同僚たちが、わたしのふだんを見ててくれたでしょう。だからあんな記事、信じはしなかったけど、今度はちがうの」

「…………」

「生徒たちだって、同僚だって、なんとなくニヤニヤしている感じなの。わかってくれる人はわかってくれるけど、少ないわ。やっぱり、あのホテルの看板の写真がものをいってるのよ」

「しかし、あれは、陶芸教室のある産共ビルじゃないですか」

「そうよ。だからわたし、きっとあのとき撮られたんだって。でも、私生活って、みんなおもしろがるのよね。わたしの教壇の生活はわかっていても、私生活はまた別だっていう見方をする人があるの。弁解すればするほど、誤解されている感じで、わたしたまらないの」

「そうですか。いや、そうでしょうね。知子さんはなにしろ先生ですからねえ」

　哲也は深い吐息をつき、

「あのとき、一緒にビルから出てこなければよかったなあ」

　と、唇をかんだ。その哲也に、ふたりの話を聞いていた高橋宏二がいった。

「いや、ふたりが陶芸教室のビルから出てきたことが悪いんじゃない。ふたりの行動をチェックして、それをネタにデマをつくりあげる、そのことがなにより卑《いや》しむべきことなんだよ」

「しかし、あっちは、それを卑しいことだとは思っちゃいません。こっちが卑しいと思っていることを、むこうは思わないんですよねえ、高橋先生」

「そのことを話し合って、わかる相手ならいいんだがねえ。それはともかく、この記事にどう対応していくかが問題だ。これに類したデマを、これからますます流すだろうしねえ」

高橋宏二は腕を組んだ。着物の襟《えり》もくずさぬ清潔な身ごなしである。

「お父さん、わたしね、もうこれ以上書かれるのはごめんよ。もうたくさんだわ。いくらひとりでいても、どこの誰と並んで歩いているような写真をつくるか、わからないわ。もうたくさんよ。お父さんの選挙の渦に巻きこまれるのは」

それまで黙って話を聞いていた三根子がいった。

「ね、大原さん。知子は高橋の娘ですから、選挙の渦に巻きこまれても、しかたありませんわ。でも大原さん、あなたはなにも関係がないのに、ほんとうに申しわけありません」

高橋もいった。

「まったくだ。君にまで迷惑をかけてしまって」

哲也はあわてて手をふった。

「いいえ、それはぼくのほうでいうことです。今度の記事は、うちのおやじに対するしっぺ返しですよ。おやじはこのあいだ、知子さんの弁護を書いたでしょう。あれのしっぺ返しですよ」

「いやいや、大原君、君のお父さんは、今時珍しい人だよ。じつに勇気のある人だ。わたしなど若いときは、新聞記者を社会の木鐸《ぼくたく》とか、無冠の帝王とかいってね、そりゃあ尊敬したもんですよ。ものを書く人間というのは、そうした正義漢と勇気と、洞察力がなければならないんでねえ」

「……しかし、おやじは頑固すぎましてね」

「いやいや、君のお父さんこそ、社会の木鐸だ。気骨《きこつ》がある。あの記事を書いたのは、お父さんの勇気ですよ。問題はねえ、こういう選挙のあり方でねえ」

「ほんとですね先生、じつにいやなやり方だ。いったいどんな奴《やつ》が、こんなデマを書いたんでしょう」

吐きだすようにいう哲也に、知子もうなずいて、

「ほんとうね、どんな顔をしてるのかしら。ありもしないことをまことしやかに書いたりして、いったいどんな気持ちで生きているのかしら」

と、語気も激しい。

「それはなあ知子。これを書いた人間もやはり人間さ。人から生まれた人の子だ。おそらく妻や子もいるだろう。そして、見たところは、ふつうの顔をしたふつうの人間だよ」

高橋は、タバコを袂《たもと》から出しながらいった。

「こんな記事を書いて、妻子を養うなんて恥ずかしいわねえ、その男。こんなことを書きながら、いっぱし父親面して、子供に偉そうに、なにかいってきかせるのかしら」

「まあ、そうだろうな。自分のしていることが、この人間にもわかっていないんだろう。わかっていれば、けっして書かないはずだよ。しかしねえ、知子。この記事を書いた人間より、書かせた人間を忘れてはいけないよ」

「書かせた人間を?」

「うん、書かせた人間だ。人間というものは金には弱いものだ。その弱みにつけこんで、金をつかませて書かせた者のほうが、もっと罪が深いんだねえ」

高橋の語調には、怒りよりも歎《なげ》きがあった。憎しみよりも哀《あわ》れみがあった。

「その罪の深いのが、佐津川《さつがわ》町長ね、お父さん」

「直接的にはね。しかしねえ知子、佐津川の背後には、まだまだいろいろな力や組織が控えているんだよ。なにせ日本という国は金権がまかり通る国だからねえ。こういう政治をさせている影武者が、じつは最も悪辣《あくらつ》な存在なんだがねえ。庶民の前にはなかなか正体を現さないんだよ」

「じゃお父さん、お父さんはどうしてそんな汚い政治の世界に、かかわろうとしているの」

高橋はゆっくりと、タバコを吸ってから、

「そりゃあね、お前も知っているとおり、町長になる気など、わたしには最初からなかった。何度辞退したか、それは知子も知っているだろう。しかしね知子、こんな汚いやり方がまかり通っているのを見て、お父さんはね、出ることにしてよかったと思うよ」

「まあ！　わたしがこんなひどい目にあっても？　お父さん」

「むろん、お前には気の毒だとは思うよ。だがね、こんな汚い選挙しかできないと思っている人の中で、お父さんはね、ほんとうにきれいな選挙運動をしてみる気になったんだ。たとえ、結果がどうだろうとね。これはお父さんに課せられた大きな使命のような、そんな気になったんだよ。一粒の麦のようなね」

　知子は黙ってうつむいた。が、哲也は高橋の言葉に感動した。悪辣な佐津川を相手に、高橋は本気で清潔な選挙運動を進めようとしている。それは確かに、父の大原達夫に共通する、社会の木鐸としてのあり方であった。

　だが現実として、教師である知子の被《こうむ》っている被害を、この高橋はどのように処理しようとしているのであろうか。

「先生、ぼくも先生の運動には、力の限り応援させていただきます。しかしねえ、知子さんのことはどうなさるんですか」

「今度の記事ですか。わたしは、いま思ったのだが、相手にしないことが、最上の策ではないかとねえ。つまり、無視ですよ」

「無視？」

高橋は、タバコの火を灰皿に押しつぶした。哲也は少しぬるくなった茶をごくりと飲んで、

「先生、無視すればするほど、相手は勝ったつもりになりますよ。世間も、いいひらきができないんだと思いますよ」

「しかしわたしは、泥仕合になるのが、いやなんでねえ」

「いや、まちがいを指摘することは、泥仕合じゃないと思います。うちのおやじは、明日にも名誉毀損《きそん》で訴えるといっていました」

「訴える?」

「そうです。当然の処置ですよ。そして、『月刊石幌《いしほろ》』に、あの写真が合成写真であることを、証明する予定です」

「なるほど。……無視ということはいかんのかねえ」

再び高橋は腕を組んだ。おだやかな顔だ。哲也はそのおだやかな顔に、幾分いらだちを覚えて、

「無視はいけませんよ先生。黙っていることは、認めることでもあるといいますからねえ」

「黙っていることは、認めることか」

「奴らのすることを認めちゃ、いけないと思います。でたらめはでたらめ、デマはデマと指摘すること、これが現代人のなすべき勇気ですよ。いや、義務ですよ。ねえ、知子さん」

哲也が知子を見た。知子はさきほどから、うつむいたままだ。

「知子さん、元気を出してくださいよ。とにかく、おやじが書くといっていますから」

知子は顔をあげた。

「ありがとう。でもね、大原さん、世間の人々は、一度受けた印象は、なかなか訂正できないわ……。それよりわたし、いま、あの人のことを思っていたわ」

「あの人?」

「そう。景子《けいこ》さんよ」

知子の声が冷たかった。

茨の蔭に

景子《けいこ》は自分の部屋に閉じこもって窓を見ていた。もう時刻は二時を過ぎていたが、景子は洗面もしていなかった。家の中が妙にひっそりとしている。人の出入りの激しい佐津川《さつがわ》家が、このようにひっそりしていることは、近頃珍しい。が、景子は、そのわが家の様子にも気づかぬように、自分一人の思いにふけっていた。

窓の向こうには稲架襖《はざぶすま》が、遠く野の果てまで幾重にも立っているのが見える。窓の下には、鮮やかな楓《かえで》の紅葉が、これまた葉も実も真紅のナナカマドと並んで立っていた。だが、景子の目にはそれもはいらない。

景子が、『人と風土』に載った哲也《てつや》と知子《ともこ》の記事を見てから、三日過ぎた。あの記事を見て以来、何をする意欲も湧《わ》かなかった。それは複雑な形で、景子の心を蝕《むしば》んでいった。

最初景子は、父たちのやり方に、かつてない憤《いきどお》りを覚えた。が、父にその憤りをぶつけてみても、結局は真正面から受けとめてもらうことはできなかった。笑われるだけだった。

そのうちに、景子の胸に、新たな不安がきざしはじめた。

(とにかく、哲也さんと知子さんが、むつまじげに立っていたことは事実だわ)

ふっとそう思ってしまうのだった。写真で焼きついた二人の映像は、四六時中景子を悩ませた。

(とにかく二人で、どこかに行ったことだけは事実なんだわ)

記事がでたらめであると、幾度か思ってはみても、二人が並んでいるという事実だけは、打ち消しようもなかった。

(ほんとうのところ、いったいどういうことなのだろう)

景子は幾度もそう思った。そして驚いたことに、この記事を書かせた父への憎しみよりも、その疑いのほうが景子の胸を大きく占めていったのである。

それには、景子なりに理由があった。知子という女性が、誰の目にもさわやかな女性として、好感を与える存在だという事実である。景子自身、知子を目に浮かべてみるとき、抗し難《がた》い魅力をもつ女性に思われた。知子は知性的だった。きびきびしていた。その表情にかげりがなかった。哲也が心惹《ひ》かれたとしても、しかたのない存在であった。

が、一方、景子はそんなことを思う自分に、嫌悪を感じていた。哲也は景子に対して、真実な愛を持ってくれているはずだった。その愛を疑ってはならないと思っていた。思いながらも、しかし疑っていた。しかも父が書かせたはずの記事を見て疑っていた。そんな自分を景子は許すことができなかった。

（どうしたらいいのだろう）

もう幾度も呟《つぶや》いた呟きを、いままた景子はくり返した。哲也の家には、幾度電話をかけても留守だった。知子に詫《わ》びの電話をかけても、知子は、

「あなたに詫びられても、しかたがないわ」

と、固い返事を返してきた。どんな返事であしらわれてもしかたがないと思いながらも、景子はその知子に、嫉妬《しっと》とも敵意ともつかぬ感情を抱いた。

（父が悪いのに……まるでわたしが悪いかのように……）

そうも思った。学校に行く気にもならなかった。学校など、行っても行かなくても、いいような気がした。幾度もこちらから電話をしているのに、哲也からの電話がないことにも、景子は耐えられなくなっていた。いま景子を支えるものは、なにもなかった。

雲がしだいに、野の果てから暗さを増してひろがってきた。うす墨《ずみ》色の空に、一刷毛《ひとはけ》まだ一刷毛と、黒く塗られるかのように、空は低く暗くなってきた。

景子は大雨がくればよいと思った。この家を押し流すような雨がこないものかと思った。四十日四十夜つづいたというノアの大洪水を、景子は思った。人類を滅亡させるために降りつづいたという四十日四十夜の雨を、渇望する思いだった。

部屋の中まで暗くなり、俄《にわ》かに夕ぐれがきたようであった。景子はようやく立ちあがって、

部屋を出た。なぜか、暗くなった空を見ているうちに顔を洗う気力が出てきたのだ。

景子は、一段一段、重い足を引きずるように、下に降りて行った。

階下にも、人の気配はなかった。いつもはキッチンにいるはずのお手伝いの行子《ゆきこ》の姿も見えない。買い物に出たのかもしれなかった。景子がこの家の中で信じられるのは行子だけであった。

行子は仕事が手早かった。結婚に失敗したことがあると聞いていたが、なぜこの行子が結婚に失敗したのか、景子には理解できなかった。行子は、この家の中では、ほとんど用事以外に口をきかなかった。だから、ともすると、家族の誰もが行子を眼中におかずに行動しがちだった。

が、景子だけは、口数が少ない行子の中に、行子の佐津川家に対する批判を感ずることがあった。行子はわざと言葉を少なくすることによって、自分を単なる家具のような存在に化していた。それを景子は、行子のひとつの知恵だと思った。結婚の失敗が、そのような知恵を与えたのかもしれないとも思った。そしてそれは、自分の生き方にも似ていると景子は思った。

この家の中で、父の長吾《ちょうご》や、母の富喜枝《ふきえ》、姉の美図枝《みずえ》と言葉をかわしていくことは、心を汚していくことでもある。そう思っている景子には、行子という人間が最も信用できるような気がしているのだ。

といって、行子と景子が特別親しく話をするわけではない。暗黙のうちに通うものがあるのを、景子が感じているに過ぎない。

その行子のいないキッチンは、景子には淋しい場所に思われた。景子は洗面所で顔を洗い、キッチンに戻って冷蔵庫をあけた。冷蔵庫の中には、チーズとハムがあった。景子はハムをうすく切り、盛りつけ台に向かって座り、それを食べた。その手もとが暗かった。いよいよ雲は垂れこめてきているようだった。電灯をつけようかと思った。が、景子は暗い中でハムを食べていた。朝からなにも食べていない景子にとって、それはおいしいはずだった。が、景子の舌はざらざらとして、おいしくはなかった。

三枚のハムを食べ終わったとき、玄関のほうで、音がした。なにかいう母の声がした。景子は黙ったまま、そこに座っていた。母の顔を見たくなかった。

「誰もいないみたいよ」

しのびやかにいう声が廊下に聞こえた。

「誰もいないんですか」

景子はびくりとした。このごろ足の遠のいている久我《くが》の声だった。

「景子が二階にいるわ」

「景子さんが？　学校は？」

「なんだかこのごろ、ふてているのよ、あの娘《こ》」

景子は身を硬くした。久我と母が、隣の居間にはいるか、向かい側の客間にはいるか、わからないからだ。もし居間にはいってくれれば、キッチンにいる景子は、遅かれ早かれ気づかれてしまう。居間とキッチンの間にはカウンターがあり、玉のれんがかかっていた。

景子は息をつめた。母と顔を合わせたくはない。ただそれだけの思いだった。

と、居間のドアがあいた。景子の胸はとどろいた。

「まあ、まるで夕ぐれみたいじゃない。電気をつけましょうか」

富喜枝の声がはなやいでいた。夫の長吾にも、娘たちにも聞かせたことのない、なまめかしい声だった。久我のなにか低く答える声がした。

「そうね、暗いほうがいいわね。ね、坊や」

富喜枝の声も低くなった。富喜枝と久我の姿が、玉のれん越しに見えた。二人は窓際のソファーに絡《から》まるように座った。

「奥さん、いけませんよ、こんなところじゃ」

久我の声がした。

「大丈夫よ。行ちゃんは、きょう法事で帰ったのよ。五時までには帰ってくるっていってたから、まだ二時間はたっぷりあるわ」

「しかし、雅志《まさし》君は」

「雅志はいつも遅いわ。景子は二階から降りてくることはないし」

「悪い人だ」

久我の苦笑する気配がした。景子は、二人から視線を逸《そ》らすことができなかった。ここを出なくてはならないと思いながら、しかし、呪術《じゅじゅつ》にでもかけられたように、景子は身を硬くして、二人を見つめていた。

久我も富喜枝も無言だった。二人は並んでソファーにかけているように見える。が、その二人の影が一つになり、二人が唇を合わせるのが見えた。

景子は悪夢を見ているような気がした。

久我と富喜枝のこと、そして久我と美図枝のことは、景子も以前から知っていた。だが、目の前のこのような姿を見たことはない。景子は、自分で自分の体を支えることができない思いだった。

と、そのとき、廊下を走ってくる音がした。

「ただいまあ」

弾みのない、低い雅志の声だった。

「あら、雅志よ」

あわてた富喜枝の声がし、二人の体が離れるのを景子は見た。

居間のドアの開く音がした。

「ただいまあ」

「あら、お帰り。早かったのね」

なにもなかったような富喜枝の声がした。

出た。

どのようにして景子《けいこ》は自分がキッチンを逃れてきたか、自分にもわからなかった。雅志《まさし》の帰宅に、富喜枝《ふきえ》と久我《くが》が驚き取りつくろっている間に、景子はキッチンから廊下に逃れ出た。


きょうのそのときのことを景子は思い出しながら、スープを飲んでいた。

いま、何事もなかったように佐津川《さつがわ》家の夕食が始まっていた。久我が景子の斜め向かいにウイスキーのグラスを傾けていた。

昨日までの二日間、夕食時にも顔を出さなかった景子は、きょうはいつもの場所に座っていた。長吾《ちょうご》は、きょうも何かの会で、帰りは遅くなるという。長吾のスケジュールはいつも詰まっていた。午前中から、どこかの幼稚園の開園記念式に顔を出したり、老人ホームの慰安会に出席したり、誰彼の結婚式に祝辞を述べたり、それらはすべて、町長の座とつながった仕事であった。たとえ私的なものであっても、それは町長の仕事を円滑にするために欠かせないものであったし、選挙のときの一票にもつながっていた。

だから富喜枝は、長吾の帰りの遅いことをかえって喜んでいた。長吾が忙しければ忙しいだけ、貸しが増えるようなものだ。そしてそれは長吾の地位を盤石《ばんじゃく》にするようなものである。めったにないことだが、二晩つづけて早く帰ってくるようなことがあると、富喜枝はきまって不安な顔をした。

「あなた、お座敷が減ったんじゃない？」

「おれは芸者じゃないよ。そんないい方をするな」

長吾は笑い返す。が、きょう、その長吾がいないことで、富喜枝は変にはしゃいでいた。そんな富喜枝を、景子、美図枝、久我の三人は、三様のまなざしで眺めていた。美図枝がいった。

「久我ちゃん、きょううちにくるって、予定の中にあったの？」

探るような目で、美図枝は傍《かたわ》らの久我を見た。久我はちょっと視線を泳がせたが、

「ここのうちにくる予定は、毎朝たててますよ。ただ、実現に至るか至らないかは、ぼくの関知しないところですがね」

「まあ！　久我ちゃん少し口がうまくなったわよ。おとといきたときは、二、三日忙しいからこられないとかなんとか、いってたじゃない。わたし、それ本気にしてたのよ」

どうやら美図枝は、自分の留守中に久我がきていたことにこだわっているようである。

景子はその言葉に、久我が、自分が学校に行っている間に、この家に相変わらず現れてい

ることを知った。久我は、以前ほど夜はこなくなったが、昼にはやはり出入りしている様子なのだ。

(いやな人だわ)

いったい久我は母と姉のどちらを目当てに現れるのだろう。きょう見た母との接吻《せっぷん》の場を景子はいいようのない嫌悪をもって思い浮かべた。

「その忙しい中をやってきたんですよ」

恩に着せるような語調だった。

「ま、それはありがと」

美図枝はにべもなくいい、

「行ちゃん。このタラの天ぷら、なかなかよく揚がってるわ」

と、キッチンにひっそりと控えている行子にいった。

「それはどうも」

静かな行子の声が聞こえた。

「行ちゃん、何時に帰ったの、きょう」

一瞬、富喜枝と久我の視線が絡み合って離れた。

「五時ちょっと過ぎていました」

「そう。久我ちゃんは、何時にいらしたの」

「どうして、そんなことを聞くんです？」

　久我がかすかに笑った。

「聞きたいから、聞くのよ。久我ちゃんがきたときは、この家には誰もいなかった。景子は自分の部屋に引きこもっていた。ひっそりしたこの家の中に……と、こうわたしは想像してみるのよ。どうもいい感じじゃないわ」

　雅志は上目づかいに美図枝を見、それからレタスに塩をかけた。雅志はマヨネーズソースよりも、塩が好きだ。雅志は美図枝の言葉を聞いていなかった。雅志は、受持の教師高橋知子《ともこ》のことを思っていた。級友が、蔭《かげ》で知子のことを、

「先生、エッチなところへいくんだな」

　といっていた。そのエッチなところが、どういうところか、雅志にはわからない。だが雅志も、雑誌『人と風土』に載っていた哲也と知子の写真を見ている。記事も読めるところは全部読んだ。

　だが雅志は知子が好きだ。知子のことを、

（ぜったい、エッチな先生なんかじゃない）

　と思っている。そのことで、きょうも友だちとけんかをして殴られた。雅志はなんとなく、

あの記事を父が書かせたと感じとっている。そしてそれは景子からも聞いている。だからなおのこと、むきになって友だちとけんかもした。

美図枝や富喜枝は、雅志の前で話をするときも雅志が小学校の四年生であることを考慮にいれはしない。雅志ははじめから無視されていた。この家では、黙っている者は、みな無視されているようだった。

「美図枝、久我さんはね、たしか五時前よね。あれ、十分前だった?」

と、なにくわぬ顔で富喜枝がいった。頬《ほお》がつやつやとして、どう見ても三十代にしか見えない。久我はとぼけて、

「十分前でしたか。ぼくの時計は、十二分前ぐらいだったな」

と、口裏を合わせた。景子はその久我と富喜枝をこもごもに見た。絶望的な目であった。

「あら、そう。五時近かったの。なら許してあげるわ」

不意に美図枝の機嫌がなおった。再び久我と富喜枝が目まぜをした。景子はめまいを覚えた。ウイスキーのグラスを持った美図枝のマニキュアの色が、昨日までの朱色とは変わって銀色に光っている。それが美図枝の、明るいグレーのドレスに合って、妙に妖《あや》しく見えた。

その美図枝の機嫌のなおったのを見たとき、景子が思わずいった。

「久我さんは、三時前にいらしたわ」

久我と富喜枝がぎょっとしたように景子を見たのと、

「三時前!?」

と、切り裂《さ》くように美図枝が問い返したのと同時だった。

「そうよ。五時頃よりも、もっと暗いような空だったけれど……」

抑揚のない景子のいい方が、不気味だった。その目がひどくうつろに見えた。富喜枝が高飛車にいった。

「なにをいってるのよ、景子。一日中部屋に閉じこもっていて、夢でもみたんじゃないの」

「そうかもしれないわ」

景子は傍《かたわ》らの雅志を見て、ぼんやりといった。雅志は不器用に、フォークでフライを食べていた。と、美図枝も景子の様子を見て、

「景子、あんたなにか変よ。どうしたのよ、その目。ね、久我ちゃん」

「さあ、どうかな。いつもの景子さんだと思いますがね」

久我は急におとなしい声になった。久我は、いまの景子のひとことが痛かったのだ。

富喜枝が、景子から話題をそらすように、

「雅志、きょうは学校でなにを習ってきたの」

と、ようやく母親らしい言葉でいった。

「勉強してきた」

　雅志はちょっとおびえたように母を見てからいった。雅志は学校のことを尋ねられるのを極力嫌う。もしいじめられたといえば、それは誰か、と、母にしつっこく追究される。知子に注意されたといえば、なぜそんな注意をされたのかと執拗《しつよう》に聞かれる。あげくの果てに、学校に電話をすると富喜枝は騒ぎ立てるのだ。いままでにそんなことが度々あったから、雅志は勉強してきたとしか答えない。いつもならそれで、

「ああ、そう」

　と、雅志から関心がそれるのだが、いま富喜枝は、無理にでも雅志に問いつづけねばならなかった。

「先生にほめられた？」

「いや」

「じゃ、叱られた？」

「いや」

　おどおどと雅志は答える。

「おや、ほめられも叱られもしないの。じゃ先生は、あなたになにもいわなかったの？」

「うん」

「まあ！　一日学校に行っていて、ひとことも言葉をかけてもらわなかったの」

　富喜枝は知子を攻撃する材料を得て、俄《にわ》かに勢いづいていった。

「ねえ、ひとことも言葉をかけないなんて……」

「いや、なにかいったよ、先生」

　雅志は知子が悪くいわれるのがいやで、あわてていった。

「あら、なんていったの。お母さんにはいえないこと」

　雅志は首を横にふり、

「なんかいったけど、ぼく忘れた」

　と、半べそをかいた。

「まあ、泣かなくたっていいのに。これだから雅志はいやになる。どうしてあんたはそんなに泣き虫なの」

　きつくいわれて、雅志はフォークをガチャリと皿においた。景子はたまらなくなった。母の富喜枝は、自分の不品行を糊塗《こと》しようとして、なんの罪もない雅志に、つまらぬ質問を浴びせかけた。そしてとうとう気の弱い雅志を泣かせてしまった。景子は、自分がすべきことをなしていない罪を感じて、傍らの雅志の肩に手をかけた。

33

茨の蔭に

大原哲也《てつや》と景子《けいこ》は、合《あい》オーバーの襟《えり》を立てて、野菊の末枯《すが》れた小道を歩いていた。午後の日ざしのあわあわとさす中に、遠く樽前山《たるまえさん》の白い煙が見えた。道べの笹原《ささはら》が、時々さやさやと風に音を立て、白く呆《ほう》けたすすきがやさしくゆれる。

さっきから二人は、黙って歩いていた。ずいぶん長いこと二人は会っていなかった。

(ひと月以上も会っていないわ)

景子は、哲也の横顔を見ながらそう思う。

昨夜、久しぶりに哲也から電話がかかってきた。電話を受けたのは、お手伝いの行子《ゆきこ》だった。行子は、傍《かたわ》らにいた母の富喜枝《ふきえ》や美図枝《みずえ》には聞こえないように、哲也からの電話を取りついでくれた。

哲也の声を電話で聞いたときの景子の喜びは大きかった。哲也と知子の記事が『人と風土』に出て以来、景子はひどく孤独だった。あの記事が事実ではないと思いながら、哲也と知子のむつまじげな写真は、景子をたまらなく淋しくさせていた。

そんな中で、母と久我《くが》との、見てはならぬ姿を見てしまったことも、景子を絶望的にさせていた。

どちらを見ても、景子は自分が孤独であることを感じていた。哲也に会いたいと思っても、結局は『人と風土』の記事が障害になった。幾度か家にも会社にも電話をかけたが、哲也はいなかった。そのたびに、哲也が自分を避けているような気がしてならなかった。

哲也のほうから電話がきてもいいと、景子は恨《うら》みたくなっていた。哲也の電話を、富喜枝や美図枝が取りつがなかったかもしれないと思いながら、それを尋ねることも景子にはできなかった。それが、昨夜思いがけなく、哲也から会いたいという電話がきたのである。景子はうれしくて眠れない思いだった。

が、会ってみると、哲也はいつもの哲也とちがって、口数が少なかった。いつもの明るさがなかった。コーヒーの好きな哲也は、いつもなら喫茶店で話し合うところなのだ。それがきょうは、郊外を歩こうと哲也はいった。すべてがいつもとちがうことに、景子は不安を感じた。

すっかり葉の落ちたヤチダモの木立を透かして、北海道百年の記念塔が、いつもより近くに見えた。

「景子さん」

哲也は立ちどまった。景子は長いまつ毛をあげて哲也を見た。

『『人と風土』の記事を見たでしょう」

咎《とが》める声ではなかったが、景子は咎められたような気がした。

「すみません。申しわけないと思います。父がまた……」

景子は、哲也に会ったなら、すぐに詫《わ》びるつもりであった。だがそれが素直にできなかった。それは、哲也と知子《ともこ》の写真にやはりこだわりを感じていたためかもしれなかった。

「べつに景子さんがあやまることはありません。あなたのお父さんたち一派がやったことですからねえ」

「すみません」

哲也はまた歩き出した。一歩おくれて景子が後に従った。

「君が心細い思いをしているだろうと思ってねえ。二、三度電話をしたんだけれど……」

「あら！　お電話をくださったの？」

「かけましたよ、二、三度ね。だけど景子さんからは返事がないし」

「まあ！　わたくしも電話をしたのよ」

「えっ？　ぼくの家に？」

「ええ、お宅にも会社にも」

「それは知らなかった」

「わたし、名前をいわなかったから」

「どうして名前をいわなかったんです？」

「だって、わたし……」

うつむいた景子を、哲也は可憐《かれん》だと思った。自分の名を名乗ることのできない景子の気持ちを、哲也も察することができた。

「景子さん、君のぼくにたいする気持ちは、おなじですか？」

「どうして、そんなことおっしゃるの」

「だって、ぼくと知子さんのこと、あんなふうに取り上げたところをみますとね。君のお父さんとしては、はじめっから、ぼくと君のことは反対だったんじゃないかと思ってね」

「……」

「そんな中にいて、あんな記事を読んでは、君までがぼくをいやになったんじゃないかと思ったんですよ」

「そんなことないわ。わたしと父とはちがうわ」

きっぱりと景子はいった。

「それはそうですよ。それはぼくもそう思う。親と子は別人格ですからね。しかし……」

哲也は言葉をとぎらせた。

（しかし？）

景子は俄《にわ》かに不安になった。

道べの笹《ささ》が、またひとしきり風にさやぐ。哲也は立ちどまりかけたが、そのまま歩みをつづけながらいった。

「しかしね、景子さん。ぼくはいろいろ考えたんだが、君はほんとうに、ぼくと結婚する気がある？」

景子はしっかりと、哲也の目をみつめながらうなずいた。

「ほんとうに？」

哲也は念を押した。

「なぜ、そんなことをお聞きになるの」

「誤解しちゃいけませんよ。ぼくも気持ちに変わりはないんです。しかしね、ぼくと君の気持がいくら変わらなくてもね、景子さん、結婚って現実なんだ。君のお父さんとぼくのおやじは、いま真正面から対立している。こうした中で、その息子と娘が、ひとつの家庭を築くのは、これはもう並たいていのことじゃないんですよ」

哲也は憂鬱《ゆううつ》そうな表情を見せた。

「でも……二人の心がしっかりと結ばれていれば……」

ひたすらなまなざしで景子はいった。

「それがねえ。いくら二人の心が、しっかりと結ばれていてもねえ。君のお父さんはぼくを嫌うだろうし、ぼくのおやじだって……」

君の顔など見たくもないだろう、という言葉は、哲也はさすがにいいかねた。

「あなたのお父さんも、わたしのことを嫌いかしら。わたしはあなたのお父さんを好きよ」

「………」

「だから、わたしのこと、お父さんだって、そんなにわるくお思いにはならないと思うわ」

とりすがるように景子はいった。

哲也は道の石ころを靴の先で蹴《け》った。石は他の石ころに当たって、かちりと鋭い音をたてた。

「哲也さん、わたしね、家を出てしまいたいわ。学校なんか、もうやめたいわ。この頃ずっと、学校も休んでいるのよ。わたし、ほんとうに哲也さんのところに逃げていきたいのよ」

「逃げて?」

哲也はいたましそうに、景子の純な瞳を見た。

「いけない? わたし、あなたのところに逃げていっちゃいけない?」

せきこむように景子はいった。この言葉だけを、景子は哲也に告げたかったのだ。だが、哲也はそれには答えなかった。

「いけないの、哲也さん？」

「…………」

「哲也さん、あなた、もしかしたら……あの知子さんと……」

哲也は、黙って空を仰いだ。うす雲の中を行くジェット機が、白鳥のように純白に光って見えた。

「やっぱりそうなのね」

景子がいったとき、哲也は笑った。

「君も、あの記事を信ずるというわけですか」

「だって、哲也さんは答えてくださらないんですもの」

「あんまりつまらないことをいうからですよ」

「じゃ、どうしてあなたのところに逃げていっちゃいけないの？」

「おとなの世界はね、景子さん、そんなふうに単純にはいかないんだ。もしぼくがいま、君との結婚を強行したら、ぼくのおやじは、ぼくを義絶《ぎぜつ》するだろうね」

「まあ！　そんなにわたし嫌われているのかしら」

「いや、君を嫌いやしないさ。ただ、君が佐津川《さつがわ》町長の娘であることに、我慢がならないんだよ、おやじは」

「そう。でも、わたしが父の娘だってことは、わたしの責任じゃないわ」

いいながら景子は、哲也の態度があまりに理性的に過ぎると思った。君が親を捨てるなら、ぼくも親を捨てると、景子はいってほしかった。それが、男と女の愛ではないかと景子は思った。

「景子さん、ぼくはねえ、できることなら、こんなこと君には知らせたくなかったんだけれど……」

「どんなこと？」

「いや、いうべきじゃないな、これは」

「どんなことでも、わたし平気よ。いいかけてやめたりしないで」

「そうだなあ。君も、いやでも応でも、現実を知って成長していかねばならないからね。いいたくはないけど、知らせておこうか。実はね、ぼくのおやじが……」

いおうとして、哲也は唇がふるえた。一昨夜のあの事件を口にすることは哲也にもつらかった。

二人の傍《かたわ》らを、バイクが一台大きくバウンドさせて過ぎて行った。

34

茨の蔭に

景子《けいこ》は、ふろしきに一冊の大学ノートを包み、そっと家を出た。出がけに母の富喜枝《ふきえ》と階段の下でばったりと顔を合わせた。

「おや、お出かけ? 珍しいわね」

景子は目を伏せた。

「どこへ行くの」

「お友だちのところへ、ノートを返しに」

景子はうそをいった。が、富喜枝は、景子の持っているふろしき包みを見、それが明らかにノートであることを認めて、

「そう」

と、そっけなくいい、二階に上がって行った。

近頃富喜枝は、景子に対していっそう冷淡になっていた。もともと景子には無関心な富喜枝ではあった。だが二か月ほど前、久我《くが》と富喜枝が居間で唇を合わせたのを景子が見て以来、富喜枝は景子にいちだんと冷たくなったのである。富喜枝はあのとき、階下には誰

もいないと思いこんでいた。

が、その日の夜、美図枝《みずえ》が、

「久我ちゃんは、何時にいらしたの?」

と尋ねた。久我も富喜枝も五時前だったと口裏を合わせた。しかし景子は、二人が三時前にきていたことを暴露したのである。その三時に、富喜枝と久我は唇を合わせていたのであった。富喜枝は景子にすべてを見られたことを、そのとき察した。そしてそれ以来、極端に景子に冷たく当たるようになったのである。景子が学校に行こうが行くまいが、食事時に姿を現そうが現すまいが、富喜枝はいっさい小言をいわなくなった。それは景子にとって、むしろ気の楽なことではあったが、やはりその冷たさは、景子の心にいちだんと暗い影を落としてもいた。

景子は外に出た。雪まじりの風が斜めに吹いている寒い午後であった。景子はうつむいて、街のほうに歩いて行った。景子の抱えているノートには、母と姉が、久我を間に、みにくい愛欲の図をくりひろげていることが書かれてあった。そしてまた、『人と風土』に、事実無根の記事を書かせるために、どれほどの金が手渡されたか、景子の耳にしたその額も記されてあった。

そしてまた、父と後援者たちが、いかに悪辣《あくらつ》な謀議を重ねているかが、逐一書かれてあった。このノートを、景子は哲也《てつや》の父大原達夫《たつお》に持って行くつもりなのである。

そのことを決意したのは、ひと月前、哲也に、大原達夫の書きかけていた『声志内《こえしない》村史』が中止になったことを聞いたからであった。

電線が、風にひゅうひゅうとなった。石狩《いしかり》の野を吹いている風が、景子の体に突き刺さった。景子の足跡が、どれほども行かぬうちに雪に消えた。景子はマフラーをあごまで引き上げ風に逆らって歩いて行った。

あのとき哲也はいったのだ。

「声志内の村史はね、君のお父さんの口ききで始めたんですがね。ほら、比羅井《ひらい》という、あの顔の四角い男ね、あの男はたしか、あなたのお父さんの黒幕でしたね」

「ええ、あの人、父の参謀格なんです」

「参謀格か。なるほどね。とにかく町長の意を体して、村史の話をあの男が持ってきたんです。実はあれが、抱きこみだったんだな。うちのおやじに何かいい仕事を持ちこんでおけば、恩を着せることができるとでも思ったんでしょうかね」

「…………」

「ところがぼくのおやじは、抱きこまれるような男じゃない。たしかにやり甲斐《がい》のある仕事はもらったが、『人と風土』のあの記事に、おやじは容赦なく噛《か》みついた」

「………」

「ところがね、景子さん。つい先日、比羅井から、一応書きかけの原稿を見せてほしいといってきましてね。二割方手をつけた原稿を持って行ったんです。ところがまもなく、これ以上書くには及ばない。村史出版の計画は中止になったと、いってきたんですよ」

哲也の声がふるえた。

「景子さん、なぜだと思います。比羅井はこういった。これは偏見に満ちている。これでは村史として残すことはできないとね。声志内の村長がそういったといって、突っ返してきたんですよ。うちのおやじは、集めた資料に忠実に書きすすめていたんです。決して偏見なんかじゃない。おやじは怒っていた。これは明らかに、佐津川《さつがわ》町長のしっぺ返しだとね。こんなこと、景子さんにいいたくなかったが、ぼくとあなたの立場が、どんなに微妙なところに立たされているか、知ってほしいと思いましてね……」

そう哲也はいった。景子は目の前がまっくらになるのを感じた。自分の父の卑劣《ひれつ》なやり方が、景子を絶望させたのだ。それ以来景子は、大原哲也の父に対して、なんとか詫《わ》びる方法がないかと思ってきた。そして思いついたのは、久我を中心とする母と姉のみにくい姿を書くことであった。それは、肉親として耐えられぬことではあった。が、あえて景子は決意した。そしてさらにその決意を固くさせる事態が起きた。それはつい最近またぞろ『人と風土』に載せられたデマ記事であった。

そのデマは、三十余年前の新任教師当時の高橋宏二《こうじ》が、その下宿先の妻と関係したとか、受持の教え子にわいせつ行為をして、あやうくくびになるところであったとか、根も葉もない捏造《ねつぞう》記事であった。その記事は、「……というらわさだ」「……であったらしい」「誰しも想像できる」という類《たぐい》の、およそあいまいな表現に終始していた。そして、「これにこりた高橋宏二は、人格者の名を得たほどに、心を入れ替えたのである。が、どこまで人間が変わり得るものか。筆者はそこに、偽善の匂《にお》いを嗅《か》ぐものである」と、結んであった。むろんその中には、知子《ともこ》と哲也のことも、くり返して書かれてあった。あくまでくだらぬデマを流しつづける、父佐津川派のやり方に対して、景子もまた新たな怒りを感じた。そしてそれが、景子にこのノートを書かせる決定的な動機となったのである。

景子はバス通りで長いことバスを待ち、ふりつもったオーバーの雪を払って、バスに乗った。バスの窓に雪が吹きつけ、外が見えない。何か自分が、遠い国にでも行ってしまうような、侘《わ》びしい思いがした。

景子は恐る恐る大原哲也の家の前に立った。昼過ぎのその時刻に、哲也は家にはいない。札幌《さっぽろ》の会社に出ていることを承知で、訪ねてきたのである。

玄関の戸をあけると、出てきたのは大原達夫であった。

「なんだ、あんたか」

大原は正直に、いやな顔をして見せ、

「哲也は会社だよ」

と、ぶっきら棒にいった。が、すぐに、

「こんな雪の中を、なんでわざわざきたのかね」

と、少しやさしい表情になった。景子には罪がないと思いなおしたのであろう。だが大原達夫としては、景子の父の佐津川町長のために、『月刊石幌《いしほろ》』の賛助会員を多く失い、さらに、折角手がけた『声志内《こえしない》村史』の仕事まで中止を余儀なくされた。むろん大原としては、自費をもってしても『声志内村史』をやりとげる決意はある。それだけにまた、憤《いきどお》りも強いといえた。

「小父《おじ》さま。わたし、きょうは哲也さんには用事がないんです。小父さまにこのノートをさしあげたいと思ってきたのです」

くる道々、幾度か胸の中でくり返してきた言葉を景子はいった。

「ノート？　なんだね、それは」

景子はふろしき包みをひらいて大学ノートをさし出しながら、

「はい、お読みくだされば、おわかりと思います。父は『人と風土』に高橋先生たちのデマばかり書かせておりますけれど……わたしの家は……わたしの家の実態は、腐りきっているんです」

大原は鋭く光る目で、景子をみつめた。景子はうつむいたまま、必死になっていった。

「小父さま、このノートには、母と姉が、ひとりの男の人を間に、どんなふうに争っているか……そしてそれを、父は見て見ぬふりをして……それがなぜかということも全部書いてあるのです」

大原はふところ手をしたままいった。

「それで、そのノートをわたしにみせて、どうしようというのかね」

「はい、小父さまの『月刊石幌』に、このノートをそのまま発表していただきたいと思いまして……」

景子の言葉が終わらぬうちに、大原がさえぎった。

「馬鹿なことをいうんじゃない。あんたはおれが、そんな記事を自分の雑誌に載せる男だと思っているのかね」

怒気をふくんだ声におびえて、景子は目をあげた。そのおびえた顔をさすがに哀《あわ》れと思ってか、大原は幾分声を和らげ、

「いいかね、わしはそんな暴露記事を載せるほど、腐っちゃいない。選挙はね、その本人の

政治に対するあり方をみつめ、判断し、そして自分の大事な一票を正しく行使することだ。だからわしは、町長の政治家としてのあり方や資質、業績について、さまざまな角度から書きはする。だがね、その私的な生活や、まして家族のことなど、わしは書かん。そんなことを書いては、わしの大事なペンが錆《さ》びる」

景子は再び視線を足もとに落とした。

「本気でものを書く人間はね、書くべきことは命を張ってでも書く。だが、書いてはならんことは、億の金を積まれても書かぬものなのだ。あんたの純な気持ちはわかる。あんたも正義を望んでいることはわかる。だがね、そういうことはするもんじゃない。帰ってもらおう」

いうなり大原達夫は奥に姿を消した。景子はうなだれて、しばらくその場に立ちつくしていた。

「佐津川《さつがわ》、佐津川、佐津川長吾《ちょうご》、佐津川長吾でございます。どうぞよろしくおねがいいたします」

遠くに聞こえていた宣伝カーの声が、しだいに近づいてくる。声の主は姉の美図枝《みずえ》だった。トラックの上に、マイクを持って立った美図枝のレモン色のヤッケ姿を景子《けいこ》は見た。男の運動員たちに囲まれて、美図枝は笑顔をふりまきながら父の名前をくり返す。

街を行く者たちが、その美図枝に手をあげる。男も女も手をあげる。

「ありがとうございます、ありがとうございます。佐津川、佐津川、佐津川長吾でございます」

トラックは、雪解け水を跳《は》ね上げて去って行った。その去って行く車道の両側に、うす汚れた三月の雪が堆《うずたか》い。

景子はその去って行くトラックをぼんやりと見送った。七日に町長選挙の告示がなされ、既に六日は過ぎた。美図枝は毎日トラックに乗り、父の名前を流して歩く。選挙演説もする。常日頃、人の集まるところなら葬式でも楽しいといっている美図枝には、選挙運動が祭りのように楽しいようであった。

昨夜も、男の運動員たちとともにどこかで飲んできた美図枝は、自分の家の客間でさらに何人かで飲んでいた。その場に景子は無理矢理ウイスキーを運ばされた。美図枝は豊かな胸をそらせて笑っていた。それが景子にはなにか淫《みだ》らなものに思われて目をそむけた。その場に久我《くが》もいた。ともすると口もとに甘さが漂《ただよ》う久我輝樹《てるき》は、なぜかひどくニヒリスチックな表情をしていた。

「久我ちゃん、なに考えてるのよお」

美図枝は、はすっぱにいい、久我の隣にいた運動員を立たせて、自分が久我にぴったりと寄りそって座った。景子は自分の家が汚されるような悲しさを覚えた。

景子は、そのときの姉の姿態を思いながら、遠ざかる姉の声を聞いていたが、足もとに目を落とすと、またのろのろと歩いて行った。

景子が大原哲也の父のところへ、母の富喜枝《ふきえ》と姉の美図枝のスキャンダルを書いたノートを持って訪ねて行ってから、やがて三か月になろうとしていた。あのとき大原達夫《たつお》はいった。

「本気でものを書く人間はね、書くべきことは命を張ってでも書く。だが、書いてはならぬことは、億の金を積まれても書かぬものなのだ。そんなことを書いては、わしの大事なペンが錆《さ》びる」

その言葉が、景子の心をぴしりと打った。それまで景子は、まだ大原達夫の偉さを知らなかった。景子は、おとなというものはみな、いい加減な者だと思っていた。

幼いときに、父や母は子供たちに、

「うそをいってはいけない。うそは泥棒の始まりである」

といったものだ。だが景子は、自分が成長するにつれて、自分の家にうそ偽《いつわ》りが充満しているのを感じた。どうかした拍子に、

「景子、それは馬鹿正直というものですよ」

と、近頃ではよく叱られる。

なぜ子供のときに聞いた言葉が、おとなになったいま覆《くつがえ》されるのだろう。いや、単に虚偽という問題だけではない。佐津川家にはまだまだ不純なものが大手をふって歩いている。

景子の家の電話はホーム電話である。四か所に電話機があり、外部からの電話を、どの電話機ででもとることができた。外部にかけるときも、どの電話機からもかけることができた。そしてまた、その電話を他の受話器で同時に聞き、かつ話すこともできた。その内容を聞かれたくないときには、秘《ひ》のスイッチをいれれば他の電話機には聞こえないようにもなっていた。

父母にくる電話は、おおかた秘のスイッチがいれられている。秘のスイッチがはいると

他の電話機ではその内容を聴きとることができない。が、時にはそのスイッチをいれることを忘れることがある。

いつかこんなことがあった。景子が友人に電話をかけようとして話し中のサインに気づかず受話器をとった。と、母が誰かと話している声が流れてきた。いつもの景子なら、そのまま受話器をおろすはずだった。が、そのときの景子は受話器を耳にあてていた。そんな自分がいやだったが、一方景子の心の中に、母の真の姿をもっと知りたいという気持ちもあった。富喜枝はいった。

「あら、そんなことございませんわ、久我さん」

久我と聞いて景子ははっとした。

「そうですか。そりゃまあ、どうでもいいんですがねえ。輝樹は輝樹、わしはわし」

さびた太い笑い声がした。久我は久我でも、輝樹の父の声なのだ。

「じゃ、そういうことにおねがいいたしますわ。でも、輝樹さんが、高橋の事務所に出入りすることを、むこうでゆるすかしら」

富喜枝はあくまでもしとやかないい方をする。富喜枝は怒っているときでさえもののいい方だけはていねいだった。まして他の男性に対して語るときは、なんともいえないやさしさをたたえて語りかける。そしてそれが佐津川長吾の人気を支えてもいた。

「まあ大丈夫でしょう。輝樹はちょくちょく、あの家に出入りしていますからねえ。ええ、恩師と教え子という名目でねえ。輝樹も、おやじはおやじ、自分とはちがうと思わせているようでしてね」

「それは伺っていますけど……」

富喜枝はふくみ笑いをした。

「ああ、そうそう。ところでねえ、軍資金の問題だが」

「いつもいつも恐れ入りますわ」

「なあに、こっちも世話になっていることですからな奥さん。今年こそわしの持っている土地もベッドタウンにしてもらえそうだし……」

「ええ、それはもう、宅が町長である限りまちがいのないことですわ」

景子は久我と父との関係をはじめて明確に知った。久我が、富喜枝と美図枝に対して、あのような関わりを持っているのも、そういう背景があるからだと知ることができた。しかも久我輝樹が、早くから高橋方にスパイとして近づいている事実も、景子はそのとき知った。そしてそのことも、景子はあの大原達夫への大学ノートに書いたのである。

あの電話を聞いた後の、いいようもないむなしさに耐えるには、ノートに何かを書きつけるしか、なかったのだ。そんなこともあって、景子は、おとなのみにくさ汚さに、いいようもない不信と嫌悪を抱くばかりだった。ところが、大原達夫はちがっていた。

「帰ってもらおう」

怒りをおさえて、そういった大原達夫の言葉を、景子はそのときは呆然《ぼうぜん》と聞いた。だが、帰る道々、景子は、まだ信ずることのできるおとながいるということに、驚きとも喜びともつかぬ感動を覚えたのであった。

「本気でものを書く人間は……」

景子は、あの雪の吹きすさぶ十二月の道を歩きながら、胸の中でくり返し思った。この「ものを書く」という言葉を、「生きる」という言葉に置き替えるとき、

「本気で生きる人間は、なすべきことは命を張ってでもなす。だが、なすべからざることは、億の金を積まれてもしない」

ということでもあるような気がした。景子は、大原達夫の言葉に、ぴしりと鞭打《むちう》たれたような気がした。

(そうだ、わたしも、哲也さんのお父さんのように、純粋に生きよう。たとえ父がどうであっても、姉がどうであっても、わたしはわたしの生きる道を生きよう)

あの夜、眠られぬ床の中で、景子は自分自身にいい聞かせた。そしてそのときはじめて、哲也のいったこともわかったような気がした。景子が哲也に、

「哲也さん、わたしね、家を出てしまいたいわ。学校なんか、もうやめたいわ。わたし、ほんとうに哲也さんのところに逃げていきたいのよ」

といったとき、哲也は答えなかった。そしてそのあとで、哲也はいった。

「おやじはね、君が佐津川町長の娘であることに、我慢がならないんだよ」

と。

そんな哲也に景子はあきたらぬものを感じた。もし二人の愛が本当であるならば、たとえ親の反対を押し切ってでも、共になるべきではないかと景子はそう思っていたのだが、哲也の父に会った景子は、自分自身、いまだかつて、哲也の父のような気魄《きはく》をもって生きたことがないことに気づいた。そういう意味で、景子は自分が、真に自分の人生を生きているとはいえないような気がした。

あれ以来景子は、徐々に自分を変えることにつとめてきた。哲也の父に玄関払いを食わされた景子に、哲也から電話があったとき、景子はいった。

「わたし、当分お目にかかりたくないのです」

「君、怒ってるの。おやじはもともと頑固者なんだ。あんまり気にしないでほしいんだ」

哲也の声音《こわね》はあたたかかった。だが景子はいった。

「哲也さん。わたしがお目にかかりたくないといったのは、お父さまに心を傷つけられたからではないんです。あなたのお父さまはご立派よ。羨《うらや》ましいほどご立派よ。あなたのお父さまは、わたしに本当の生き方を示してくださったような気がするの。ですからわたし、当分自分と戦ってみたいんです」

景子はそのときそういったのだ。

景子は雪解け水の流れる轍《わだち》の跡をまたいで、道を横切った。とそのとき高橋宏二《こうじ》の宣伝カーが近づいてきた。哲也の声がマイクからさわやかに流れていた。景子は思わず立ちすくんだ。

茨の蔭に

景子《けいこ》は立ちすくんだ。大原哲也《てつや》が高橋宏二《こうじ》の名を宣伝カーの上から流していたからではない。哲也が高橋候補の応援をすることは、哲也から直接聞いていた。そして母と姉もそのうわさをしていた。姉の美図枝《みずえ》は、

「あんたと彼氏は、いったいどうなってるの。大原のおやじさんは、真っ向からうちのパパに牙《きば》を向けて、がりがり書いているし、あんたの彼氏は彼氏で、あっちの応援に出ているじゃないの」

と、蔑《きげす》むようにいっていた。そのうえ、

「あんな男とつきあっても無駄よ。うちと彼の家とは、仇《かたき》同士でしょ。仇同士の縁組なんて、しようがないじゃないの」

と、同情のない言葉だった。景子はそれには答えなかった。美図枝と言葉を交わすことは、自分の心を汚すような気がしたからだ。美図枝は純潔とか純情とかいう言葉を、いつも嘲笑《ちょうしょう》していた。週刊誌に「純潔について」という特集があったときだった。その週刊誌をめくりながら、

「純潔を失った？　またくだらないことを書いているわ。純潔って何よ、純潔って。そんなもの、はじめから誰も持っちゃいないわよ」

美図枝は桜んぼのようなつるりとした唇を尖《とが》らせていったものだった。そんな美図枝から、哲也との間を同情されなくても、いまはもう悲しむ気にもなれなかった。

なんといわれようと、景子は哲也の明るい伸びやかな性格が好きだった。そしてその哲也への想いを、景子はいよいよ自分の中に育てていこうと決意していた。たとえ親同士が反目し合っているとしても、自分がいかなる状況におかれようとも、哲也への愛だけは、誰も侵すことのできないものだと思っていた。このように決意を固めさせてくれたのは、ほかならぬ哲也の父である。

（もし人間として本気で生きるなら、なすべきことは命を張ってでも、なさねばならない）

景子はそう、哲也の父から教えられたように思った。景子にとっていまなすべきことは、哲也を愛しつづけるということであった。哲也にふさわしい人間になるということであった。

哲也の父に会うまでは、景子は学校をやめようと思っていた。父佐津川長吾《さつがわちょうご》のあり方や、母や姉の生き方が、景子から生きる意欲を奪っていたのである。だが景子は、やめようと思っていた学校にも、再び本気で通うようになっていた。しかけたことを中途で投げ出すことは、つまりは自分の人生を投げ出すことだと景子は知ったからだ。

景子はまじめに学校に通い、好きな読書にも再び身をいれるようになっていた。くる日くる日を、くり返しのきかぬ日として、大事に過ごそうと思うようになっていた。

それらはすべて、景子にとって、大原哲也への愛につながるものであった。だが、このように愛しながらも、景子は当分哲也とは会うまいと努めていた。それは、自分の母と姉のスキャンダルや、父の後援者たちの裏の動きを、大原達夫《たつお》に持ちこもうとした、自分の浅はかな行動への自ら科した罰であった。

むろん哲也には会いたかった。が、会いたいという思いに耐えるとき、景子は少しずつ成長していく自分を感じた。そんな景子に哲也は時折電話をかけてきた。が、景子は短く話すだけで満足しようと思っていた。

というわけで、景子はしばらく哲也と会っていなかった。その哲也を、いま景子は、宣伝カーの上に見たのだ。景子の胸に懐かしさがあふれた。が、次の瞬間景子は、はっとして立ちすくんだのだった。

高橋知子《ともこ》が、哲也の傍《そば》に立って、哲也の肩についていた何かを、グリーンの手袋で取り除いたのだ。それはとりたててどうということではない。にもかかわらず、景子の目にはひどくやさしいしぐさに映ったのである。

そのやさしさに一瞬立ちすくんだが、景子はすぐに気を取り直して、哲也のほうに手をふった。しかし哲也はその景子に気づかず、向こうの舗道を行く人たちに手をあげ、高橋候補の名をくり返し叫びつつ、過ぎ去って行った。

景子はその哲也と、そして並んで立った知子の姿をぼんやりと見送った。景子は淋しかった。それは、いまだかつてないほどの淋しさだった。

景子は通りをそれて小道にはいった。どのくらい歩いたことだろう。歩いても歩いても淋しさは追いかけてきた。景子は立ちどまって、傍《かたわ》らの灌漑溝《かんがいこう》を見た。雪解けに水かさを増した灌漑溝は、勢いよく流れている。その縁に立って、景子は足もとの雪を靴の先で蹴《け》落《お》とした。ザラメ状になった煤《すす》けた雪が、かすかな音を立てて水の中に落ちる。幅二メートルほどの灌漑溝の水を、雪は躍りあがるように流れていく。景子は何かにつかれたように、次々に流れの中に雪を蹴落としていく。その行動を、景子自身無意味だと思った。が、その無意味な行動を景子はとめることができなかった。

(愛するとは何だろう)

景子は哲也を信じている。だが、その哲也に見せた知子の親しげなしぐさは、しだいに景子の心の中に、しこりとなっていく。知子はひどく幸せそうに見えた。その幸せそうなことが、景子をさらに考えこませた。

（哲也さん）

景子は心の中で、哲也に呼びかけた。そして、ようやく灌漑溝の傍《そば》を離れた。ヤチダモの木立の向こうに雪の野があった。まだ石狩《いしかり》の野には、冬が重たくかぶさっているようであった。はるか彼方に、恵庭岳《えにわだけ》の稜線《りょうせん》がくっきりと見えた。その上の空の色が、すでに春であった。

その空を眺めながら、景子は呟《つぶや》いた。

「愛するとはいったい何だろう?」

いまのいままで、景子にとって愛するとは、愛を育てることであった。いかなる苦難にぶつかろうとも、その愛を育てていくことであった。だが、景子は、いま別のことを考えはじめていた。

景子はいま、さきほど見た知子のやさしいしぐさと、幸せそうな表情を重たく受けとめていた。あれは確かに愛する者のしぐさだと思った。景子は、恋する者のみがもつ直感でそれを鋭く感じとったのである。

（もし……知子さんが哲也さんを愛しているなら……）

重い心で景子は、自分は何をすべきかと思った。これが知子以外の女性であるならば、景子は無視したかもしれない。そして、いよいよ哲也への愛をより強く育てようと、新たに思ったにちがいない。

だが、景子が見たのは知子だったのである。景子はザラメ雪の道をざくざくと踏む。細道がしだいにきわまっていく。風に乗って「佐津川長吾」の名を呼ぶ声が流れてきたり、「高橋宏二」という声が、ちぎれちぎれに聞こえてくる。

(知子さんは幸せになる権利があるわ)

景子はいままでの、父佐津川長吾派の捏造《ねつぞう》したいくつかのデマ記事を思い浮かべた。知子は特にその大きな犠牲者であった。冷酷な教師であるとか、ラブホテルに遊んだとか、根も葉もないうわさをくり返し流されたのだ。教師である知子にとって、それらの記事は、どれほどつらいことであったことか。

景子が哲也とともに知子に会ったとき、景子は心から謝罪した。だが知子はいった。

「あなた一人があやまってくださっても、ほんとうはしかたがないの。あなたがわたしにあやまって、それですむということではないのよ。こういう問題は」

知子はそういった。そして、

「景子さんもつらいんだ」

と哲也がいったとき、

「でも、書かれたわたしよりはつらくないでしょう。そのことだけは、知ってほしいわ」

知子はそうもいった。

いまそれらの言葉を景子は思い浮かべていた。あのとき知子は、再びデマを流さぬように、父長吾を説得してほしいと頼んだのだ。だがその知子の願いに応えることはできなかった。父の長吾も、母の富喜枝《ふきえ》も、そして父の支援団体も、景子の言葉に耳を傾けなかったからである。

(明日は投票日だわ。あんなデマを流されたうえに、もし知子さんのお父さんが負けたとしたら……)

景子は知子に対して、何ひとつ、つぐないをしていないことを思った。いや、つぐなうべきは、父や母やその一派であった。だが、誰もつぐなおうなどとは思ってもいないのだ。

(せめて、わたしが……)

景子は、知子が受けたであろう傷を思うと、知子の幸せになることなら、どんなことでもなすべきではないかと思った。

いま景子にとってできること、それは、哲也を知子に譲るということであった。

(そんなことはできないわ)

景子は、道の上に立ちどまった。

(では、あの人のために、何をしたらよいのか)

景子は自問した。傷つけたのは、父たちなのだ。傷つけた以上、誰かがつぐなわなければならない。誰かが詫《わ》びなければならない。その役目を自分が負うのだ。

(でも、哲也さんを諦《あきら》めることはできないわ)

哲也だけが景子の生甲斐《いきがい》だった。

(でも……)

知子にとっても、哲也だけが生甲斐かもしれないのだ。

(本気で生きる人間は、なすべきことは命を張ってでもなす)

哲也の父によって知らされた生き方を、景子は胸の中で思った。景子は重い足どりで、ザラメ雪の道を再び歩きはじめた。

景子《けいこ》は、ほとんど一睡もしないままに朝を迎えた。きょうは町長選挙の日だ。景子はきょうを限りに家を出ることに決めた。

景子がこの家を出たいと思うようになってから、もう一年近くになる。だがさすがに家を出ることには、決断がつかなかった。きのうの夕方まで、景子はきょう家を出ることを実行しようとは、自分自身でも思っていなかったのだ。

それが昨夜六時、景子にその決意を促《うなが》すことが起きた。選挙事務所から美図枝《みずえ》の電話がかかってきた。着替えの服を持ってくるようにという電話であった。選挙運動のできる時間は午後八時まで、あと二時間足らずしかない。景子は、美図枝が選挙運動の終わったあと、仲間達とどこかで飲むのだろうと思いながら、いわれた着替えをバッグに入れて持って行った。そして、そこで美図枝にビラを配ることを命じられたのである。否《いや》も応もなかった。景子はそのビラを見て顔色を変えた。

〈高橋候補、裏口入学金詐欺か！〉

見出しの文句が景子の目を射た。

（最後の最後まで、汚い手を使うつもりなんだわ）

呆然《ぼうぜん》と突っ立つ景子に、美図枝が大声で叱咤《しった》した。

「これが決め手よ。お父さんのためよ。北部地区に配りに行ってちょうだい。みんなで手分けしてるのよ。あと二時間のうちに配らなきゃならないんだから、ぐずぐずしないで」

景子はビラを抱えて外に出た。景子の胸に激しい憤《いきどお》りが渦巻いた。いままでのやり方を知っている景子には、これがデマ記事であることは読むまでもなくわかる。が、いくらデマ記事であっても、信ずる者は信ずるのだ。このビラで、高橋宏二《こうじ》の票が、また幾十票か流れることは必至である。

これまでも、ある町内には酒を、ある町内にはタバコを、またある人々には何千円から何万円の金を配っていることを景子は知っている。こうして票を買収して行き、そして最後に、またしても相手候補を中傷するデマ記事のビラを流す。

（どんなことがあったって、こんなビラを配れやしないわ）

最後の追いこみにきて、美図枝は自分まで動員したのだと知った。街には両候補の名前を叫ぶ宣伝カーが行く。

（卑怯《ひきょう》だわ）

このビラに対して、相手候補は反駁《はんばく》しようにも、もう反駁の時間がないのだ。それを見越しての汚い手だ。その卑劣《ひれつ》さは、いままでの記事よりも、幾倍も大きなものに景子には感じられた。

(ほんとうによい政治をする人間なら、こんな汚い手を使うだろうか)

景子はいいようのない怒りと絶望を感じた。

やがて景子は、街を流れる川の橋の上にきた。目の下に夜の川がくろぐろと流れていた。景子は、美図枝から手渡されたビラの束を全部、川に向かって投げ捨てた。ぼとんと音がした。そして、あとは川の流れの音が聞こえるばかりだった。

景子は自分の無力さをつくづくと感じた。自分にできることは、このビラを川に捨てるという、たったそれだけのことしかなかったのか。景子はその暗い川の面に目をやったまま立ちつくした。大原哲也の顔が浮かび、知子《ともこ》の顔が浮かんだ。父たちのした悪辣《あくらつ》な選挙運動を思うと、再び哲也と顔を合わせることはできないような気がした。まして知子の前に、どうして顔を見せることができるだろう。

景子は重い足を引きずって家に帰った。そしてついに、この家を出る決意を固めたのであった。

(やっぱり、わたしが知子さんにしてあげられることは、哲也さんの前から消えることしか、ないいんだわ)

景子にとって、哲也は命以上の存在であった。いままで景子は、哲也がいるから生きてくることができたような気がする。その哲也の前から、景子はついに姿を消そうと思ったのだ。

（そんなことが、わたしにできるだろうか）

景子は幾度も自問した。

（できてもできなくても、しなければならないことなんだわ）

景子は大原哲也の父の生き方を思った。たとえ哲也と離れても、景子は哲也に愛された者にふさわしい生き方をしようと思った。決して自暴自棄にはなるまい。景子は自分自身にそう言い聞かせながら、夜をあかした。

投票は朝七時から始まる。景子は早めに洗面を終え、七時前には家を出ようと思っていた。景子は、一枚の着替えも持たずに、家を出ようと思った。金は、いままでもらったこづかいのうちから貯金していたから、二十万円近くはあった。景子はその通帳だけをハンドバッグに入れた。

書き置きを幾度も書きかけたが、景子は書くのをやめた。なにを書いたところで、父母や姉たちに、自分の気持ちが通ずるとは思えなかった。

「世間知らずが親を批判して！」

といわれるのが目に見えていた。雅志《まさし》にはなにか書きたかった。雅志のことを思うとあまりに哀《あわ》れで、景子は涙があふれた。結局雅志にもなにも書けずに終わった。

誰にも顔を会わさずに、景子は家を出たかった。だが、景子が階下に降りたとき、すでに富喜枝《ふきえ》も美図枝も起きていて、きょう投票に着ていく着物のことで大騒ぎをしていた。富喜枝も美図枝もひどく機嫌がよかった。

「昨夜のビラは、効果があったそうよ」

美図枝はにやりと景子を見ていった。景子は黙って外に出た。雅志が門の傍《そば》にぼんやりと立っていた。

「景子ねえちゃん、どこへいくの?」

景子を見て雅志はうれしそうな顔をした。景子はその肩に手を置き、

「投票所よ」

と雅志の顔をみつめ、

「マアちゃんは、体を大事にするのよ。そして、おとなになってもきれいな気持ちで生きてね」

「うん。そんなこと……きまってる」

唇がふるえ、涙をこらえている景子を、雅志は不思議そうに見上げた。

景子は雅志から離れて、急ぎ足になった。涙がぽとぽとと雪解け道に落ちた。低い雲が、

町の上を押しつけるようにひろがり、珍しく風のない朝だった。

景子は投票所にきた。雅志たちの通っている小学校の屋内運動場が投票所であった。屋内運動場の入り口はすでにひらかれ、幾人かの人が、自転車や車で、あるいは徒歩で、投票にきていた。景子は、選挙管理員の顔も、投票所の受付の人々の顔も見なかった。受けとった投票用紙をひらくと、景子はためらわずに、高橋宏二の名を記した。そして、自分の書いた字を、一字一字みつめてから二つに折り、投票箱に近づいて行った。これが、景子が選挙権を与えられて、はじめての投票であった。

景子は顔を伏せて、屋内運動場を出た。投票する人々の数が、ぐっと多くなった。校門を、五人十人とはいってくる姿が見える。今度の選挙に、関心の多い証拠でもあろう。景子はその人々を避けるように、道の端を歩いた。

校門を出ようとしたときだった。

「あ」

と、いう驚きの声がした。思わず顔をあげると、高橋知子が立っていた。知子はさわやかな微笑を向け、

「お早いのね」

と声をかけた。景子は深々と頭をさげ、呟《つぶや》くようにいった。

「あなたのお父さまに、入れてきました。わたしには、それをするしか……哲也さんによろしく」

涙をこらえるのに、景子は懸命であった。

「景子さん！　あなたは……」

知子の言葉を終わりまで聞かず、景子は走った。走りながら、これでいいのだと思った。知子が、自分に微笑を向けてくれたことが、景子にはうれしかった。

（いつか、わかってくださるわ、哲也さんも）

景子は、自分がこの町を去ってから、必ずや知子が、この朝の自分の言葉を哲也に告げてくれるだろうと思った。

景子はタクシーを拾った。

「札幌《さっぽろ》駅まで」

景子は石幌《いしほろ》の駅から汽車に乗ることを避けた。このまま札幌駅に出、大阪に汽車で行くつもりだった。大阪には高校時代の友人が、去年結婚して行っている。

景子は、過ぎて行く石幌の町を見た。いつの日、再びこの町に帰ってくることができるだろうか。自分の家出によって、父母が少しの反省でもしてくれたら、という願いがふっと湧《わ》き、そして消えた。娘の一人や二人、家出をしたところで、死んだところで、あの生

き方が変わるとは思えなかった。景子は、

「すみません、緑町を通ってください」

と運転手にいった。緑町には大原哲也の家がある。せめてその家にだけでも景子は別れを告げたかった。

「緑町ですか」

運転手は車をユーターンさせた。景子はヘルマン・ヘッセの言葉を思い浮かべた。

〈どんな人間の一生も、すべて、自分自身へ行きつくための、ひとつの道なのだ〉

景子は、いま自分が、真実の自分自身へ行きつくための道を、自分の足で歩きはじめたのだと、自分にいい聞かせていた。

片隅のいのち

「のろ！　このばか者！　何だこれは！」

販売主任の中沼の、噛《か》みつくような怒声が飛んだ。が、波夫《なみお》は、いつものように「はあい」とゆっくり答えた。

波夫は十七歳だが、体格だけは二十代の若者に見える。

加川食料品卸問屋には、三十名程の店員がいるが、誰もが波夫を「のろ」と呼ぶ。知能指数の低い波夫を、「うすのろ」を略して「のろ」と呼ぶのだ。

波夫は確かに魯鈍《ぐどん》だが、穏やかな性格で、力が人一倍強い。どんな高い所にでも平気で登る特技がある。危険を感じないのか、集合煙突の掃除もすれば、倉庫の屋根の雪おろしも、いやがらない。力があるから、荷物の積みおろしにも重宝な存在だ。

一度命じられると、止めよといわれるまで、忠実にやる。今も、波夫は、主任の命令で黙々とトラックに積み荷していたのだ。主任の中沼は、牛缶やアスパラの缶詰の入った、重いダンボールの箱を積むように指示して、自分は昼食をとりに、店員二、三人と近くの食堂に行っていた。

昼食を終えた中沼が、食堂の隣のパチンコ屋でパチンコをし、帰って来て驚いた。波夫は、命じておいたダンボールを積み終わると、更に、傍《かたわ》らにあった他に配送するマヨネーズや砂糖の箱までも、高々とトラックに積み上げているのだ。波夫は、肩で大きく息をしながら、中沼をみて、ニコニコと笑った。

「これだから、ばかは困る！」

中沼は波夫に、すぐに荷物をおろせと荒々しく命じた。

「はあい」

彼はいわれるままに、折角積んだ重いダンボールをおろしはじめた。主任の中沼と、他の店員たちは、タバコをふかしながら、その波夫を黙って眺めていた。

波夫は十箱程おろして、よろよろとよろけた。

「どうした？　のろ！」

中沼がどなった。

「腹すいたあ」

波夫は倉庫のコンクリートの床にぺたりと坐って、中沼たちを見上げた。そこではじめて、波夫がまだ食事をとらずにいたことを、中沼は気づいた。

波夫が、五年前に死んだ経理係木原の息子だということは、誰もが知っていた。木原は、加川食品創業の時から三十年にわたって勤めた実直な男だった。子供のなかった木原が四十に手が届いて生まれたのが波夫だった。結婚し十五年目に男の子が生まれたというので、木原は大変な喜びようだったが、その妻は産後が悪くて死んだ。

そして、波夫が魯鈍であることも、生後三年にして確実となった。木原はこの知恵おくれの子供を不憫《ふびん》がり、後妻ももらわずに育てたが、五十二歳の時脳卒中で死んだ。

社長の加川が、波夫を引きとり、店の屋根裏に住まわせ、一昨年から雑役に使っていた。

木原の在世中、遊び好きの中沼は度々木原から金を借りていた。借りては返し、返しては借りていたが、死んだ時二十万程の借金があった。人のよい木原は、借用証もとらずに貸していたから、中沼は何くわぬ顔でそのまま通した。が、そんなひけめが、波夫に対する中沼の気持ちをかえって邪慳《じゃけん》にした。

社長の加川は、はじめ波夫に五千円の小遣いをやった。

「豚に真珠、いや猫に小判だ。どっちみち金など持たせても、使い方もわからんだろう」

店員たちは口々にいった。

三度の食事は、加川の台所でとったし、無論酒もタバコも飲まない波夫だったが、マンジュウや餅の好きな波夫には、五千円は足りなかった。

炊事婦の山野津也子は、五十過ぎの気の強い女で、未亡人だった。社長の加川にも、その妻にも遠慮なくものをいった。利かん気だが、涙もろく、料理が上手で、どんな仕事も手早かった。加川夫妻は津也子を気に入っていた。だから津也子が、

「旦那さん、いくら波夫ちゃんだって、五千円じゃかわいそうですよ。ちゃんとまじめに働いているんだし、陰で怠《なま》けている連中より、余程価《あたい》がありますよ」

と抗議した時、加川はあっさりうなずいた。

「そうか、それもそうだな。じゃ、一万円ふやして、一万五千円やろうか」

加川にしても、よく勤めてくれた木原のことを思うと、その一人息子である波夫に、そのぐらいのことをしてもいいと思った。今まで加川は、商売に忙しく、その妻も謡曲や仕舞の稽古に忙しく、波夫のことはほとんど念頭になかった。

店員たちは、波夫を「のろ」と呼んだが、さすがに加川夫妻はそうは呼ばなかったし、あらわにばかにすることはなかった。が、無関心であった。

一人、炊事を受け持つ津也子が、波夫に何くれとなく心を使い、陰に日向《ひなた》にかばってくれた。三度の食事はもとより、肌着もこまめに洗ってくれたり、洗い方を教えてくれたりもした。

朝昼晩、波夫は大てい台所で、津也子と共に飯を食べた。

「波夫ちゃん、人間、頭より心が大事だよ。波夫ちゃんのようなきれいな心が、この世の宝

だよ」

時々、津也子はそういって聞かせる。

「おれ、きれいな心？　おばさんは心が見えるの？」

その度に、波夫はふしぎそうな顔をする。

「ああ、おばさんには何でも見えるよ。波夫ちゃんはね、何の欲もなし、陰日向もなし、人を恨《うら》んだこともない」

津也子はその太い指を折りながら数え上げる。母親を知らない波夫には、津也子は実の母のような存在だった。波夫は津也子を「山野のおばさん」「山野のおばさん」といって慕った。

が、不幸なことに、波夫にとって最も慕わしい津也子が、ある日急性リウマチで突如《とつじょ》倒れた。

「山野のおばさん、痛いか」

波夫は津也子の部屋を朝夕見舞った。しかし津也子は、やがて息子夫婦のもとに引きとられて行ってしまった。

波夫は津也子の車が出て行くのを見て、地団駄《じだんだ》踏んで泣いた。頑是《がんぜ》ない子供のように、ワアワア声を上げて泣く波夫の姿は、体が大きいだけに、憐《あわ》れでもあり、滑稽《こっけい》でもあった。

津也子の後に来たより子は、まだ二十四、五の、若い娘だったが、津也子のようにきびきびと立ち働くこともせず、洗濯の途中でテレビを見たり、タバコを喫《す》ったりする怠惰《たいだ》な女だった。今まで黒光りしていた台所の床板はたちまちうす汚れた。料理も下手で、塩からい煮つけや、こげついた魚を加川家の人々は食べさせられることになった。

より子は波夫を、ほかの男たちと同様に、「のろ」とか「のろちゃん」と呼び、猫でも扱うように、残り物をどんぶりにさらけて食べさせた。力仕事をする波夫は、たくあんのしっぽや、人の食べ残したおかずののったどんぶり飯を、文句もいわずに、汚い台所の床にすわって食べた。

客の来る事務所や店には、波夫は出してもらえない。いつも波夫は倉庫で働いている。倉庫に行くと、店員たちが待っていたとばかりに仕事を押しつける。ひまな時には、みんなで波夫をおもちゃにする。

「おい、のろ！　お前男だろ？　男はタバコぐらいのめなきゃ、女にもてないぞ」

波夫の口に無理矢理タバコをくわえさせ、

「さ、すうんだ。うんとすうと、体がふわふわとなって、いい気持ちだぞ」

喫《す》いこんだ波夫が、煙にむせて苦しがったり、めまいしてふらふらと倒れるのを見て、みんなが腹をかかえて笑う。酒の飲めない波夫に、無理矢理酒を飲ませてからかうこともあった。

酒やタバコだけではなかった。

ある夏の夜、中沼は波夫を連れて、女の部屋に行った。そこがどんなところか、波夫は知らない。

「あら、この坊やなの。意外といい体をしてるじゃないの」

シュミーズ一枚の女がニヤニヤと笑った。盛り上がるような太ももが、つやつやと光っている。

「体格だけはな。しかし……」

中沼は意味ありげに笑って、

「のろ。このおねえさん、いい女だろ」

波夫はまじめな顔で、じっと女をみつめていたが、

「山野のおばさん、いい女だ」

といった。

「だれ？　山野のおばさんって」

女は横ずわりのまま、タバコを波夫に吹きかけた。

「なに、この前までいた店の飯たきばあさんだ」

「まあ、ばあさんがいい女？」

「タドンのような目の、口やかましい女でね」

「いやーね」

「だからさ、いっただろ？　のろは、女には感じないんだ」

「本当かしら、こんないい体をして」

　女は疑わしそうに波夫を見た。

　波夫は、女の部屋のタンスの上にある小さな博多《はかた》人形を、珍しげに眺めていた。木株《こかぶ》に坐って横笛を吹いている童《わらべ》の人形である。

「のろ！　この部屋ではな、みんなズボンを脱ぐんだ」

　いわれて波夫は、何のためらいもなくズボンを脱いだ。パンツ一つのほうが、波夫も涼しく楽だった。

「パンツも脱ぐんだ」

　中沼もズボンを脱ぎながらいった。

「わるねえ、あんたは」

「しかし、君、本当かどうか知りたいといったじゃないか」

　波夫は、倉庫で荷物をかつげと命令された時のように、パンツを脱げという命令にも、

素直に従った。中沼は波夫の前で女を抱いた。波夫はふしぎそうに二人の動きをみていたが、やがて、

「あーあ」

と大きなあくびを一つした。そして横になったかと思うと、下半身をあらわにしたまま、幼子のようにすやすやと、寝息を立てはじめた。

その日の昼も、波夫は台所で、より子から朝食の残りをあてがわれていた。これが波夫の、この世の最後の食事であろうとは、より子も知り得ぬことであった。冷たいみそ汁をかけたどんぶりの飯を、音を立ててぺろりと平らげる波夫を、より子はうっとうしげに見、

「のろ。あんた何のために生きてるの。あんたなんかに、嫁さんの来手《きて》もないのにさ」

と、ずけずけといった。波夫は首をかしげて、

「何のために生きてるのかな」

と、ゆっくり答える。

「何だって、そんなにゆっくり答えるの。いらいらしてくるよ」

波夫はどんぶりをそっと出して、

「ごはん、ちょうだい」

「あら、まだ食べるつもり？　一杯きりよ。もう、ごはんなんかないわよ」

「もう、ごはんないの？」

　波夫はちょっと淋しそうに笑い、

「腹へったあ」

「腹がすいたら、餅でもパンでも、買ってきて食べたらいいじゃないの。のろは社長からたくさんお金をもらってるんじゃないの」

「うん、もらってる」

　波夫はのろのろと立ち上がって、近所の店に餅を買いに行った。

　買って来た餅を、うす暗い倉庫の隅の荷の陰で食べていると、中沼がパチンコで取ったタバコをのみながら、四、五人の店員と入って来た。

「おい、のろ、何をしてる？　積み荷だぞ！」

「はあい」

　答えようとした途端、波夫はのどもとをおさえた。食べかけの餅がのどにつまったのだ。が、すでに誰もが自分の仕事に取りかかっていた。伝票と荷物の数を照合する者、得意先に電話をかける者、それぞれの仕事の中で、倉庫の片隅の波夫の様子に不審を抱く余裕のあるものはなかった。

　波夫は一人、声もなく胸をかきむしって、倉庫の床にのたうっていた。

　通夜の読経《どきょう》の間、さすがに人々は波夫の一生をあわれに思った。一度として、波夫をまともに扱わなかったことの痛みもあった。

　が、読経が終わり、酒が出され、やがて酔いが回りはじめると、人々の表情はゆるんだ。福島から叔父たちが来るのは明日になる。波夫の身内は、通夜の席にはいなかった。

「しかし、餅がのどにつまって死ぬなんて、のろらしいなあ」

「全くだ。つまらん死に方をしたものだ」

「いや、つまって死んだんだよ」

　みんなが笑った。波夫への痛みが酔いでうすらいだ。死んだ波夫が不運だったのだ。あんなふうに生まれて来た人間が不運なのだ。まともに扱わなかった自分たちが悪いわけではない。みんなはそう思いたがっていた。

「それにしてもなあ。のろが、十万も金を貯めていたとはなあ」

「うん、おどろきだ。のろでも金を貯めることだけは知っていたんだな」

「何の欲もなさそうな、いい奴だと思ったがなあ」

「そりゃあ、人間馬鹿でも利口でも、欲だけはあるさ」

波夫のふろしき包みの中から、千円札から、百円、五円、一円玉まで取りまぜて、十万なにがしかの金が出てきたのだ。

それは波夫が、リウマチを病む「山野のおばさん」にやろうと思って貯めていた金だった。がそれを知る者は誰もいなかった。

波夫は字もよく知らず、手紙を書いたことがなかった。だから、山野津也子に手紙を書く術も、金を送る術も知らなかった。

人々が、波夫もがめつい人間の一人だったかと話しているのを、波夫の遺影はおだやかに笑って聞いているようであった。

片隅のいのち

長いトンネル

長いトンネル

第一回

一

日曜日の午後――。

晴れわたった四月の空に、白い雲がひとつぽっかりとうかんでいる。その空の下を、のり子は、父の木野村安造《きのむらやすぞう》と歩いていく。新しい家の立ちならぶ旭川市《あさひかわし》の郊外である。

のり子のまっくろなかみを、そよ風がなでる。古ぼけた赤い服のせなかがあたたかい。

安造は小さな鉄工所を経営しているが、しょうばいがうまくいかない。だから、のり子は服が古ぼけて、短くなっても、新しい洋服を買ってもらうことはできなかった。

のり子はいま、かなしかった。服が短くて、古ぼけているからではない。かなしいのは、父と母のなかがわるいことだ。父と母は毎日のようにけんかをする。

さっきも、二人はけんかをした。

あなた、もうこんな生活は、がまんできないわ。借金しゃっきんで、借金をかえすために生きてるみたいじゃないの。

母はなみだ声になっていった。父は、

「おれだって、すきでびんぼうしているわけじゃないっ！」

と、どなった。

そのあと、父はせなかをまるめて、しょんぼりと何か考えていたが、

「ちょっと、竹原《たけはら》んちへいってくる」

と、のり子をつれて出てきたのだ。

父は菓子屋で、ケーキをみやげに買った。竹原の家は、父のいもうとのとつぎ先で、のり子と同じクラスの啓一《けいいち》のいる家だ。だから、のり子と啓一は、いとこになる。

ポストの立っている角を曲ると、五十メートルほど向こうに、竹原の家がみえた。赤い屋根、二階のベランダ、ブロックのへい、庭の大きなまつの木。どれも、のり子の家にはないものばかりだ。このあたりで、一番りっぱな家だ。家の向こうに、白い雪をかぶった大雪山《だいせつざん》が美しい。

のり子は父より先にかけだした。のり子と啓一はなかよしだ。啓一のことを思うと、のり子のかなしみがうすれた。

「おばさあん」

げんかんのドアをあけると、のり子は呼んだ。すんだいい声だ。チャイムが鳴って、おばが出てきた。うすむらさきのブラウスに、黒いスカートがよく似合った。

「ああら、のり子ちゃん。よくきたわね。おあがりなさい」

おばは、愛そうのよい笑顔をみせ、二階に向かってさけんだ。

「啓一、のり子ちゃんよう」

啓一は、のり子が門を入ってくるのを、二階からみていた。ほんとうは、母に呼ばれる前に、げんかんにむかえに出るつもりだった。だが啓一はやめた。なんとなく、はずかしかったからだ。

啓一はのり子がすきだ。ぱっちりとした、かしこそうな目や、愛らしい口もとがすきだ。はきはきしていて、だれにでも親切なところも、勉強のよくできるところもすきだ。すきだからこそ、あんまりうれしそうにとび出していくのが、はずかしかったのだ。

母に呼ばれて、わざとゆっくりと階段をおりていくと、おじの木野村安造がドアをあけて入ってきたところだった。

「こんにちは、おじさん。」

啓一は、安造おじの持っている菓子ばこをみて、

(ケーキだな)

と、にやりとした。

啓一の母は、安造をみて、かすかにまゆをしかめた。

（おかあさんったら、またまゆをしかめて！）

啓一はちょっと口をとがらせた。ふた月ほど前に、おじの安造がたずねてきた時も、たしかに母がまゆをしかめたのを、おぼえている。

（おじさんがきらいなのかな。自分のおにいさんなのに）

みんなは明るく広い居間に入った。安造は菓子ばこをさし出して、

「そら、啓ぼうのすきなケーキだぞ。ところで清《きよ》ぼうはどうした」

と、きげんよくいった。清《きよし》は啓一のおとうとで、一年生だ。

「清はへんとうせんで、ねてるよ。」

「へんとうせん？　それはこまったな。あいかわらず弱いんだなあ。」

安造おじがいったが、啓一の母は、だまって、もらったケーキを菓子ざらに配っていた。その横顔がなんとなく不きげんにみえる。啓一はおじにものり子にも気の毒な気がした。

（いやだな。おかあさんったら。いつものやさしいおかあさんみたいでないや。）

啓一は心の中でつぶやいた。

だが、安造は気にとめるふうもなく、黒い皮ばりのソファーにすわって、にこにことタバコに火をつけた。

のり子は何となく気がねらしく、こう茶をいれている啓一の母をみている。

（やっぱり、のり子ちゃんだって、気になるさ）

せっかく遊びにきたのに、と思うと、啓一はすこしはら立たしかった。

と、その時、げんかんでふたたびチャイムがなった。啓一が出ていくと、ゆうびん配達のわかい男が立っていた。

「書留です。はんをください」

啓一は、居間にもどって、

「おかあさん、はんだと。ゆうびん屋さんだよ」

「いつものところから、はんを持っていって」

啓一は、母の部屋の鏡台のひき出しから、はんを持っていき、現金書留のふうとうを受けとると、母のところに持っていった。母は、差し出し人の名前をみると、

「あら」

といって、にこっとわらった。だが、啓一の持っているはんをみると、

「あらいやね、啓一。それは実印よ。ゆうびんを受けとる時は、みとめ印を使わなくちゃだめよ」

「うん、わかった」

しかられた啓一は、首をすくめてのり子のほうをみた。のり子は安造おじとならんでケー

キを食べている。

　のり子が安造にいった。

「おとうさん、じついんって、なあに?」

「実印か。うん。命の次にだいじなもんだ。うっかり他人にわたすと、財産までとられることがあるからな」

「ふうん、ずいぶんだいじなものなのね」

　のり子が、ケーキをフォークで二つにわりながらいった。啓一も、はじめて実印がだいじなものであることを知った。だが、どうして実印が他人の手に渡ったら、財産までなくなるのか、そのかんけいがよくわからない。

　啓一が実印をもとのところにおきにいこうと思った時、おじがいった。

「どれ、啓ぼう、そのはんこをおじさんにみせてみろ。印相《いんそう》をみてやるから」

　啓一は、何げなく実印を安造に渡しながら、

「印相って、なあに?」

と、たずねた。安造は実印をしげしげとみながらいった。

「啓ぼう、おまえ、手相って知ってるだろ」

「うん、知ってる。手の線をみて、長生きするとか、出世するって、うらなうんでしょう」

「そうだ。印相ってのはね、はんの相でね、はんをみると、その家の運命がわかるそうだ」

するとのり子が、むじゃきにいった。

「ああら、そんならおとうさん、うちの印相もちゃんとみた？　よっぽどうちの印相はわるいのね。運のよくなるはんに、かえたらいいのに……」

啓一は思わずわらった。のり子のいうとおりだと思った。印相をみることができるのなら、注文する時によいはんを買えばよかったのだ。いままで笑顔をみせなかった母もわらって、

「ほんとにのり子ちゃんのいうとおりだわ。おにいさん。はんこひとつで商売がはんじょうするなら、だれも苦労はしないわよ」

母の笑顔をみて、啓一はほっとした。のり子も安心したようだった。が、安造は聞こえないような声で、じっとはんをみつめていたが、

「ううん、なるほど。澄代《すみよ》、このはんなら申し分がないよ。お前んところは金《かね》まわりのいいのもむりないな。ますます発展するいっぽうだ。何しろ、三十八や九で、竹原はこんなりっぱな家をたてたんだからな」

と、あらためて部屋の中をみわたした。

この家は去年の秋にたてたばかりで、まだ新しい。部屋は、下に五つ、二階に四つあって、このあたりでも大きな家のほうだ。

「でもね、おにいさん。それは何もはんのせいじゃないのよ。竹原が朝からばんまで、働きづめに働いていてたてたのよ。……おにいさんのように、かけごとなんかもしないで……」

いいかけて、啓一の母の澄代は、口をとじた。啓一はおじの持っている実印をもとの場所においてきて、

「のりちゃん、二階にいこう」

とさそった。

二

日がくれてから、のり子と安造は、両手にたくさんのおみやげをもらい、ハイヤーに乗せてもらって帰ってきた。

（やっぱり、おばさんって、いい人だわ）

ハイヤーのまどから、家々のあかりをみながらのり子は思った。楽しい半日だった。

のり子と啓一は、啓一の部屋で夕方まで遊んだ。まず、漢字の書きくらべをした。さんずいの字をいくつ書けるか、きへんの字をいくつ書けるか、にんべんの字をいくつ書けるか、

二人はむちゅうになって競争した。二人とも、クラスでトップを争っている。

だが、なんといっても、啓一は本をたくさん持っている。児童文学全集や、世界の童話、そして民話の全集もずらりと本だなにならんでいる。どうしても、のり子よりも字を覚えている。二人はだから、会うと必ずこの漢字書きくらべをする。

きょうは、のり子もうかんむりの字やてへんの字では啓一に勝った。そのあと二人で、クイズをしたり、トランプをしたり、五目ならべをしたりした。歌もうたった。

「四季のうた」も「北の宿」も、学校で習った歌も、童《どう》ようもうたった。

それから夕食をごちそうになった。のり子のすきなカレーライスだった。みつ豆や、シュークリームも食べた。おふろにまで入れてもらった。おみやげには、クッキーやチョコレートや、のりやかんづめや、父の安造のせびろまであった。

のり子の父は、啓一の父とからだの大きさが同じくらいなので、時々、そのお古をもらうのだ。お古といっても、まだまだ新しい。

夕方帰ってきた啓一の父も、ビールをつぎながら、

「とにかく働くことですよ、おにいさん。かせぐに追いつくびんぼうなしってね」

と、いくども、のり子の父をはげましてくれた。

のり子は幸せだった。童話で読んだシンデレラの話が思い出されるほど楽しかった。

だが、家に帰ると、母はおみやげのふろしき包みをほどきながらいった。

「またこんなお古でごまかされて。お金を借りることはできなかったの」

と、ひるのけんかの時のようになみだ声になった。

のり子は急に、さむざむとした気持ちになった。いままでの楽しかった思いが、ぺしゃんこになったような気がした。

(どうして、おかあさんはおとうさんに、もんくばかりいうんだろう)

だまって、あごのひげをひっぱっている父をみていると、のり子はたまらなくなって、

自分の部屋に入って、ふとんをしいた。

ふとんをしくと、のり子は明日の学校の用意をした。かなしい時や、さびしい時は、教科書やノートをひらくのだ。なぜなら、のり子は学校がすきだからだ。勉強がすきだから先生がすきだからだ。

少し国語の本を読んでから、のり子はふとんの中に入った。ふとんがひんやりとからだにつめたかった。のり子はまた、啓一と楽しく遊んだきょうのことを思い出そうとした。だが、ひと部屋おいた向こうの茶の間から、時どき父の大きなどなり声が聞こえてきて、おちつかなかった。

そのうちに、のり子はいつしかねむってしまった。父と母がなかよくなればいいと、ねがいながらねむってしまった。

どのくらいねむったころだろう。のり子はだれかに自分の名前を呼ばれているような気がした。のり子は目をあけようとしたが、ねむくてしかたがなかった。たしかにだれかが呼んでいるようなのに、なんとしても目があかないのだ。まっくらな、深いねむりの中にのり子はまたひきこまれてしまった。

次の日の朝、七時ごろ、のり子は目をさました。家の中がひっそりとしている。父のいびきが、となりの部屋から聞こえる。いつもなら母はもう起きているはずなのに、ことりとも音がしない。

　のり子は耳をすました。野菜をきざむまな板の音か、水を出す水道の音でも聞こえないかと思った。が、家の中はひっそりとしている。すずめがまどの外でさえずっているだけだ。

（いやだわ、おかあさんったら。ねぼうしたら、学校がおそくなるのに）

　のり子は、ふとんの上に起きあがった。

　と、その時、まくらもとに、ふうとうがあるのに気づいた。

（何かしら）

　ねまきすがたのまま、のり子は、ふうとうを手にとった。

「のりちゃんへ、

おかあさんより」


　と、ボールペンで書いてある。のり子は、はっとして中の手紙をとり出した。

「のりちゃん、ごめんね。おかあさんはもうくたびれました。おとうさんは、仕事にせいを出さず、かけごとばかりして、たくさんの借金をつくりました。いくらおかあさんがたのんでも、本ごしを入れて働く気にはなってくれません。そのうち、必ずのりちゃんをむかえに来ます。それまで、のりちゃんもがんばっていてくださいね。かぜをひかないように」

かぜをひかないように、という字が、なみだでにじんでいた。

のり子は手紙を持ったまま、

「おとうさん、大変だよ！」

と、部屋をとび出した。

第二回

長いトンネル

一

「おとうさん！　おとうさん！　起きてっ！　おかあさんがいないのよ」

のり子は、母の置き手紙を持ったまま、父をゆり動かした。が、父は、大きないびきをちょっと止めただけで、目をさまさない。

「おとうさんったら！」

のり子はなきたくなった。だが父の木野村安造《きのむらやすぞう》は、またいびきをかきはじめた。のり子は父のからだを、力いっぱいにゆすった。

父の片目があいた。

「うるさいなあ。まだ……」

安造はムニャムニャと口の中でいった。

「おとうさん、おかあさんがいなくなったのよ」

のり子は半なきになったが、安造はふとんをかぶってしまった。

(どうしたらいいのかしら)

前の晩に酒をのんでねると、安造はいつもこんなふうなのだ。まくらもとで電話がじゃんじゃん鳴っても、起きはしない。

（でもきょうは、どうしても起きてもらわなくちゃあ）

のり子はまた、

「おとうさん、おとうさん、おかあさんがいなくなったのよ」

と叫んだが、むだだった。

のり子は時計を見た。学校にいく時間が、しだいに近づいている。どんなことがあっても、学校だけは休んではいけないと、のり子はいつも思っている。病気でないかぎり、学校にいくのは子どもの大事なつとめだと、のり子は思っている。

第一、学校はのり子の一番すきなところなのだ。先生がいる。友だちがいる。勉強がある。

しかし、のり子はいま、学校よりも母のことが気がかりでならなかった。こうしているうちにも、母はどんどん遠くへいってしまうような気がする。

のり子はげんかんの戸をあけて外へ出てみた。もうとっくに、母はどこかにいってしまったはずなのだ。外に出てみてもむだだった。通りには、つとめにいく人や、ランドセルをせおった子どものすがたが見えた。向かいの雑貨店はまだ戸がしまっているが、その前のバス停留所には、男女高校生がいく人かバスを待っている。

五月の朝日がもう高く上がって、町の上にかがやいていた。いつも見なれた近所の風景が、いまののり子の目には、なぜかちがった町のように見えた。

「おかあさーん」

どこにもいない母を、のり子は大声で呼んだ。

が、母の返事がかえってくるはずもない。のら犬が何かもらえるかと、そばにやってきた。

のり子は、まだ四年生だ。いなくなった母を、どのようにさがしてよいか、けんとうがつかなかった。

(啓《けい》ちゃんのおかあさんに、電話をかけてみようかしら)

啓一《けいいち》の母は、父の安造の妹だ。きっと心配してさがしてくれるにちがいない。

(でも、おばさんは、おとうさんがきらいだわ)

きのう啓一の家に遊びにいった時のことが思い出された。啓一の母は、のり子の父に、決して気持ちのよい笑顔は見せなかった。

(そうだわ、中村《なかむら》先生に相談してみよう)

のり子は心にきめて家に入った。父はまだ大いびきをかいてねている。のり子はもう、父を起こす気力がなかった。いつものいまごろなら、母とご飯を食べているころだ。そう思うとひどくかなしかった。

時をきざむ柱時計の音が、いつもより大きくひびく。それがまたのり子の心をさびしくさせた。

（おかあさん……どうしていなくなったの？）

いなくなった母が、なぜか急によい母に思われた。どこの母よりもりっぱな母に思われた。父に文句ばかりいって、いやだと思っていたこともわすれた。じっさい、のり子の母は、朝から晩までくるくるとよく働く働き者だった。父が商売に身を入れず、マージャンや競馬などで遊んでいる時も、鉄工所のかんとくをしたり、そのあいまに、ミシンをふんだりする母親だったのだ。

二

きょうの第一時間めは理科の時間である。啓一は理科がすきだ。どの学科もすきだが、特に理科がすきなのである。が、啓一はおちつかなかった。啓一の二つ前の席があいている。のり子の席である。

（どうしたんだろ？　のりちゃん）

のり子が学校をおくれたり、休んだりしたことは、いままで一度もない。

（きのう、カレーライスを食べすぎたのかな）

きのうの日曜日は、のり子となかよく遊んだだけに、いっそう心にかかった。

中村先生は黒板に「虫のそだち方」と書いている。中村先生の名前は徳也《とくや》という。だが生徒たちは時どき、

「中村先生はトクヤじゃない、ソンヤだ」

といってわらう。中村先生は学校に予算がなくても、自分の月給で、学級文庫をそろえたりするからだ。それで生徒たちは気の毒に思って、「ソンヤ、ソンヤ」と、じょう談をいうのだ。かげで、「ソンヤ」といっているものだから、うっかり先生の前でも「ソンヤ先生」

と、啓一もいうことがある。

「啓一、二十六ページを読みなさい」

中村先生はにこにことわらった。中村先生はものをいうたびわらう。まだ、結婚はしていない。が、三年生を受け持つ羽田《はねだ》チトセ先生と結婚するうわさがある。中村先生がよく、羽田先生を車にのせて帰るからだ。

啓一たちは、この羽田先生もすきだ。やさしいからだ。それに、羽田チトセという名前に人気があるのだ。生徒たちは、羽田先生を「国内線」とか、「飛行場」とかいってよろこんでいる。羽田から千歳まで、飛行機が飛んでいるからである。

中村先生に指名されて、啓一は教科書を持った。

〈四、虫のそだち方
冬の間、ほとんど、見られなかったチョウやハチが、あたたかい春になると、たくさん見られるようになった。……〉

啓一の張りのある声が、ろうろうと教室の中にひびく。

読み終わると、中村先生が、

「よし」

と、またにこっとわらった。

「みんな、虫がすきか。チョウやハチや、トンボがすきか」

「すきでーす」

「すきでーす」

　口ぐちにいう中に、一人、

「きらいでーす」

と、ふざける者がいた。

「よし、では、みんなノートをひらいて、知っている虫の名を全部書いてごらん」

　みんなごそごそと、ノートをひらきはじめた。

「ついでに、その虫の絵もかくんだな。略画でいい」

　啓一はノートに、チョウ、ハチ、テントウムシ、セミ、カ、ハエ、などと書きはじめた。カタツムリ、クモ、ミミズも書いた。書きながら、ちらっちらっとろうかに目がいく。

（のりちゃん、休むのかなあ。きのうあんなに元気だったのに）

　カタツムリの絵をかきながら、啓一の心は重い。いや、さびしいといったほうが、ほんとうかも知れない。のり子が欠席したことが、こんなに気になるのかと、自分でもおどろくほどだ。

　カタツムリのうずはどっちであったろう。啓一はかきながらわからなくなった。そして、ふと目を上げてはっとした。ろうかに、のり子の姿が見えたのだ。のり子はしょんぼりと、うつむいて立っている。

(なあんだ、ちこくしたのか。早く入ってこればいいのに)

カタツムリをかくのもわすれて、啓一はのり子を見ていた。が、のり子はなぜか、じっと立ったままなのだ。啓一はよほど先生に知らせようかと思った。しかし、啓一とのり子はなかがいいと、いつもみんなにひやかされている。それで啓一は、みんなの前でのり子の名を口にするのがはずかしかった。

と、ようやく中村先生がのり子に気づいた。先生はあいているまどから顔を出して、ろうかののり子にいった。

「なんだ、のり子。きょうはねぼうしたね。すぐ入れ」

啓一はほっとした。

のり子が教室に入ってくると、生徒たちはみんな、のり子のほうを見た。のり子は先生の前に、じっと頭をたれて立っている。

「何をしょんぼりしてる、のり子。一度や二度、ねぼうすることだってあるさ。育ちざかりだからね。ま、席にすわりなさい」

中村先生はにこにこわらいながらいった。中村先生は、三年生の時からのり子を受け持っている。だから、ちこくしたことのないのり子をきびしくとがめなかった。だが、のり子は、その先生の前から動こうとしない。

(早く席にすわればいいのに)

啓一はやきもきした。

「さあ、すわんなさい。これからは、ねぼうしないんだよ」

するとのり子は、はげしく頭を横にふった。

「ねぼうしたんじゃないの」

先生にしか聞こえない低い声だった。

「ねぼうじゃない?」

先生はじっとのり子の顔を見た。いつものり子とはちがう。先生を見上げるのり子の目がなみだにうるんでいる。

「じゃ、どうしておくれた?」

心配そうに先生は、のり子のかたに手をおいた。

「あの……おかあさんが……」

わっとのり子は声をあげてないた。

三

のり子の母が家出をしてから、二週間ほどたった。

啓一の弟の清《きよし》は、へんとうせんがなおったかと思うと、それがじんぞうにきて、おととい病院に入院した。母の澄代《すみよ》がつきそいにいっていて、啓一は学校から帰ってきても、たった一人だった。

啓一は庭に出て、写生をはじめた。桜がさき、池のはたには黄色い水仙がぞっくりさいている。エゾムラサキツツジも、その花を池に写している。北海道の五月だ。

「のりちゃん、さびしいだろうな」

母がちょっと病院にいっても、こんなにさびしい。何か気がぬけたようなさびしさなのだ。まして、のり子の母は家出なのだ。どこにいったのか、いつ帰るか、わからないのだ。

啓一はこの間のり子から、その母の置き手紙を見せてもらった。

「……そのうち、必ずのりちゃんをむかえにきます。それまで、のりちゃんもがんばっていてくださいね」

と、手紙のあとのほうに書いてあった。のり子は

「ね、啓ちゃん。必ずむかえにくると書いてあるでしょ。だからおかあさん、きっとむかえにくるわ」

と、大きな黒い目をじっと啓一に向けていた。だが啓一には、そのことばをほんとうに信じてよいかどうか、わからなかった。

(もしかしたら、むかえにこないかもしれない)

ちらと、そんな思いがむねをかすめた。毎日、父親とただ二人でくらしているのり子が、啓一にはかわいそうでならなかった。

啓一は4Bのえんぴつを動かしながら、桜やツツジ、そして池をかいていく。遠くに見える大雪山《だいせつざん》もうすくかいていく。

その時、とつぜんうしろで声がした。

「うん、なかなかうまいな、啓坊は」

おどろいてふりかえると、のり子の父の木野村安造が立っていた。

「ああおどろいた。おじさんかい」

啓一の目にもわかるほど、おじのほほがこけていた。

「啓坊をおどろかそうと、ぬき足、しのび足できたからな」

安造はわらった。が、どこかさびしそうに見える。

「かあさんいるか」

「ううん、清が入院したから……」

「なに？　清坊が入院した？」

安造ははじめて聞いたような顔をした。啓一はのり子に、清の入院のことはちゃんと話してある。

「のり子ちゃん、何もいってなかった？」

「いってなかったようだな」

安造はあいまいな顔をして、

「そうか、かあさんはいないのか。おじさんははらがぺこぺこだ。何か食べるものがないかな」

「あるよ、きっと」

啓一は走って家の中に入った。冷蔵庫の中に、サンドイッチや、チーズや、ソーセージがあった。啓一はそれらをテーブルの上にならべた。はらがすいているというおじが、気の毒でならなかった。

「ああ、うまかった」

ものもいわずに食べ終わっておじはいい、

「そうだ、啓坊、この間おじさん、ここんちで印相見ただろう。あの時ハンコに、ちょっときずがついていたような気がするんだがな。もしかしたら、あれが清坊の病気と、かんけいがあるかもしれんな。ちょっと持ってきてみな」

印相や手相など、啓一には信用できないような気がした。が、清の病気とかんけいあるといわれると、気になった。

持ってくると、安造はまた、

「おじさんに、ちょっとタバコを買ってきてくれんか」

啓一はタバコを買ってきた。安造はにこにこしながら、おつりはお前にやるといい、

「どうやらこのハンコと清坊の病気は、関係がないようだな。気にするから、かあさんにはハンコのことはなんにもいうなよ」

と、実印を返してくれた。そしてすぐに、そそくさと帰っていった。

(すぐに帰るのなら、どうしてぼくにタバコを買いにやったのだろう)

啓一はふっとふしぎに思った。しかしその時おじが実印を使って、大変な悪だくみをしているとは、ゆめにも思わなかった。

第三回

一

こまかい春の雨が、きりのようにふっている。さくらの花もとうにちって、なみ木の新緑が美しい。

学校帰りの啓一《けいいち》とのり子がぶらぶらと歩いて行く。啓一のかさは黒く、のり子のかさは赤い。時どき二人のかさがかるくぶつかりあう。

「宿題、ぼくんちでいっしょにしようか」

いつもの別れ道に来た時、啓一がいった。啓一はのり子が母親のいない家に帰って行くのが、かわいそうなのだ。もう二十日もたつというのにのり子の母のゆくえは知れなかった。だから、少しの間でも、自分の家でいっしょに勉強させてやりたいと啓一は思ったのだ。

「でも、おるすばんしなければならないもん」

のり子はさびしそうにわらった。啓一の家に行けば、啓一の母の澄代《すみよ》が、ジュースやクッキーなどを出してくれる。啓一の弟の清《きよし》も、いっしょにあそびたがる。だがのり子は、母のことをたずねられるのがいやなのだ。

母がいなくなったあの日、叔母《おば》の澄代はのり子の家に来て、いつまでも父のことや母のことをいっていた。

「お兄さんがだめなのよ。いくら、かけごとがすきだからといって、おくさんに出ていかれるほど、借金することはないでしょう。だけど、お姉さんも勝手ねえ。まだのり子ちゃんは十歳よ。どんなにつらくたって、自分の子をおいて行くってことはないじゃないの」

「のり子ちゃんも大変ねえ。ぐうたらなお父さんと、無責任なお母さんを持っちゃって」

そんなことばを、のり子は次つぎに思い出す。たしかに父は、たくさんの借金があるらしい。それも、競馬やマージャンなどというかけごとで、つくった借金らしい。そのことを気に病んで母が長年つらい思いをしてきたことも、大人たちの話でわかる。そしてとうとう、父と自分をおいてにげてしまったのだ。

かけごとをしないほかの父親たちにくらべれば、しようのない父親かもしれない。どんなに苦しくてもがんばっているほかの母親にくらべると、にげ出した自分の母は無責任かもしれない。だが、どんな父や母であろうと、のり子は悪口をいわれるのが、たまらなかった。その悪口が、のり子に同情していっていることはわかっても、のり子は聞きたくはなかった。

(どんなお父さんだって、どんなお母さんだって、わたしのだいじな親なんだわ)

だから、のり子は、ひとりぽつんとるすばんをしなければならなくても、家に帰ったほうがいいのだ。

「そしたら、ぼくがのり子ちゃんの家に行こうか」

　啓一が、いいことを思いついたというようにいった。

「でも、より道したら、おばさんにしかられない？」

「平気さ。のりちゃんの家から、電話かけるよ」

「そうお？　そしたら、うちへよる？」

　のり子はうれしくなった。どうせ父は、夜まで帰って来ることはない。借金取りが家に来るからだ。ひとりぽつんと家にいるよりは、啓一が来てくれたほうがうれしい。

　二人は少し急ぎ足になって、のり子の家に行った。家の前まで来ると、のり子はかばんの中からかぎを出した。かぎがキイホルダーにふれて、カチャカチャと鳴った。ひとり戸をあける時、のり子はいつもこの音を聞いてさびしくなる。

　げん関の戸をあけると、家の中がひんやりとしめっぽい感じがした。だれもいない家の中は、空気さえ、じっと動かないような感じだ。母がいないとは知りながら、げん関をあけるたびに、

「お母さん、ただいま」

といいたくなる。幼稚園の時から、げん関に入ったらそうよぶくせがついているからだ。

だれもいない茶の間に、啓一はしんみょうな顔をして入って来た。テレビの音も、ラジオの音もしていない。ただ柱時計の音だけが、いやに大きく聞こえる。

（さびしいなあ）

人の家でも、啓一はしみじみそう思った。

しかしのり子は、かばんをきちんとつくえのそばにおき、せん面所に手をあらいに行った。そして啓一をよんだ。

「啓ちゃんも手をあらって、うがいをするといいわ」

啓一は何となく感心して、すなおに手をあらいに行った。

「啓ちゃん、寒い？」

「いや、寒くない」

雨がふっているといっても、もう五月だ。しかし、啓一の家より少し寒いような感じはする。

「啓ちゃん、すぐに宿題する？」

「うん」

のり子は算数の教科書を出した。のり子は自分のつくえに向かっていすにかけ、啓一は飯台《はんだい》に向かってたたみにすわった。

だいぶ宿題がすすんだころ、とつぜん電話が鳴った。のり子はその電話のベルが、五かいほど鳴ってから、のろのろと電話に出た。

(どうして早く電話に出ないのかなあ)

のり子は受話器を持ち、きんちょうした顔で、

「もしもし……木野村《きのむら》です。」

と答えた。

「ああ、高丸《たかまる》だがね、父さんはいないの」

ふきげんな男の声がした。

「おりません」

「何時に帰るの。」

「夜の十時ころです」

「夜の十時ころ？　じゃ、お母さんを出して」

のり子はうつむいた。が、

「お母さんもいません」

「なに？　いつも父さんも母さんもいないんだなあ。母さんは何時ころ帰るんだ？」

「あの……お母さんは……もう帰りません」

のり子の声が半なきになった。

「なに？　もう帰らない!?　何だ、木野村のやつかみさんにまでにげられたのか」

ガチャンと電話は切れた。

受話器をおいたのり子のほほに、なみだがすっと流れた。啓一はそれを見て、自分の胸がじんといたむのを感じた。

「大変だなあ、のりちゃん」

「ううん。毎日いやな人が来るし、いやな電話がくるの。でも、もうなれたわ」

のり子はつくえに向かってなみだをぬぐい、また勉強をはじめた。

二

次の日曜日。その日は晴だった。うら庭のすももの花がまっ白だ。のり子の父が上きげんで、歯をみがきながらよんだ。

「のり子、のり子」

「ハーイ、なあに?」

みそしるに、きざんだわかめを入れながら、大きな声でのり子が答える。父はきのうから、ひどくきげんがいいのだ。いつもの借金取りの電話はかかってこなかったし、

「おやじいるか!」

と、どなりこむように入って来る男も、きのうは来なかった。

「ごはん食べたらな。父さんと町へ行くか」

白い歯みがき粉をくちびるにつけたまま、父の安造はせん面所から出て来て、台所にいるのり子にいった。

「町に?」

のり子はおどろいて目を見張った。そんなことは、母が家を出てから、一度だっていっ

たことはない。

「うん。きょうはな、のり子にいい服を買ってやる。王女さまの着るようないい服をな」

「ほんと?」

借金を払ったのだろうか。心配しながら、のり子は、半信半疑に父の顔を見た。そののり子の心を見とおすように、安造《やすぞう》はいった。

「父さんだってな、いつもぴいぴいしてるわけじゃないぞ。借金は全部払った。もう心配すんな」

「ほんとう? うれしいわ」

思わずのり子は、とびあがって、父にだきついた。そののり子の背中を安造はやさしくなでた。が、なぜか、その時の安造の目はさびしくかげった。

朝ごはんをすませ、部屋の中を急いでかたづけると、のり子はうきうきと、外出の用意をした。もう父に借金がない。服を買ってくれるだけのお金がある。そう思っただけで、心がきょうの空のように晴ればれとなった。

(もしかしたら、お母さんも、そのうちもどってくるかもしれないわ)

そんな希望もわいてきた。

安造は外に出るとすぐにタクシーをひろった。

「あら、タクシーで行くの!?」

いつもはバスで行くのだ。安造はもと、車を持っていたが、三か月前に車はすがたを消した。それ以来、少しぐらい遠くても、歩くか、もっと遠ければバスだった。

(ほんとうに、お父さん、お金持ちになったのだわ)

のり子は心から安心して、安造と並んでタクシーに乗った。

デパートの子ども服売り場にくると、安造はのり子の肩に手をかけて、

「どれでもすきなのをえらびな」

といった。その父の手が、のり子にはしみじみとあたたかかった。

「どれでも?」

のり子は目をかがやかして、マネキン人形の着ているブラウスを見た。レモン色、クリーム色、みどり色、むらさき色、さまざまの色、さまざまの形のブラウスを着たマネキン人形が、うつむいたり、上を向いたり、すましたりしてならんでいる。

どれでもいいといわれると、のり子は、どれをえらんでいいか、わからなくなった。のり子はレモン色のブラウスをえらぼうと思って、ちょっと考えた。レモン色では、目立ちすぎる。学校に着ていったら、友だちに、

「おニュー!」

といって、背中をたたかれそうな気がした。

水色のブラウスがあった。大小の水玉もようがモダンな感じがした。この色のほうが目立たないように思って、のり子はそれにきめた。

「なんだ。もっと赤いのを買えばいいのに」

安造はいったが、

「これがすきなの」

と、のり子はきめた。心の中で母がえらんでくれるとしたら、やはりこの水色のような気がした。

「よし、こんどはスカートだ」

安造は満足そうにいった。

「えっ!? スカートも買ってくれるのお父さん」

「あたりまえだろう。ブラウスばかり新しくてスカートがぼろぼろだったら、にあわないじゃないか」

「でも……」

お金をそんなに持っているのだろうかと、のり子はまた心配になった。

「心配すんなってことよ。お父さんだってお金持ちになることもあるんだぞ」

安造が大きな声でいったので若い女店員がわらった。

のり子はうれしくなって、前まえからほしいと思っていた、黒の細かいひだスカートを買った。くるくるっとまわると、スカートが大きくひろがって、黒いチョウが舞うようなスカートなのだ。クラスで二人、この黒いスカートを持っている友だちがいる。スカートを買って、すぐ帰るのかと思ったら、安造はこんどは、

「さ、レーンコートだ。」

といった。

のり子のいま着ているレーンコートは、もうつんつるてんになって、スカートより、五、六センチも短い。今まで、安造は一度も、

「レーンコートを買ってやる」

といったことはなかったが、やはりレーンコートが小さくなっていたことを知っていたのだ。

クリーム色のレーンコートを買ってもらって、のり子は童話のシンデレラ姫を思いうかべた。皮ぐつも買ってもらった。レーンコートと同じ色のクリ色のぼうしも買ってもらった。

そのうえ、手さげかばんまで、安造は買ってくれた。

その包みをかかえて、二人はデパートの食堂に入った。

「なんだかゆめみたい」

　ほんとうにのり子は、ゆめのような気がした。いつもお金がなくて、なかなかブラウス一枚でも買ってもらうことができなかったのに、きょうは何もかも、一度にたくさん買ってもらったのだ。ゆめならさめないでほしいと思っているのり子に、安造はいった。

「さ、エビフライでも食べるか」

　エビフライは、のり子の最高のこう物である。

「うん」

　父はさっき売り場で金を払った。父のさいふには、いままで見たこともないほど、たくさんのお金が入っていた。

「うれしいか、のり子」

「うれしい、とっても」

　答えながら、のり子は心の中で、この買ってもらったスカートやブラウスやレーンコートを母に見せたいとつくづくと思った。いっしょに喜んでくれる母のいないことが、のり子をさびしくさせた。

　デパートから帰って安造はすぐ、新しく買ったものをのり子に着せていった。

「さ、これから啓一の家に見せに行こう」

くつもぼうしも新しくして、なぜか安造は、ひどくのり子を急がせた。啓一の家までは近いのに二人はまたタクシーに乗った。

だが啓一の家の近くまで来ると、安造は車をとめて、

「お父さんは、タバコを買っていくからな。のり子はひと足先に行っていなさい。いい子だな、のり子」

安造はのり子の頭をなでた。めったに頭などなでてくれない父が、頭をなでてくれたので、なんとなくはずかしい気がした。

タクシーが走り出すと、のり子は安造をふり返った。安造はのり子に手をふった。のり子も何げなく手をふった。

第四回

一

長いトンネル

（おとうさん。いったいどこにいるのかしら）

のり子は、啓一《けいいち》の母の澄代《すみよ》にてつだって、玉ねぎの皮をむいている。きれいな夕やけがまどごしに見える。夕やけを見ると、のり子は悲しくなった。父がいなくなった日も、夕やけが美しかったからだ。

あの日父は、のり子をデパートにつれて行って、ブラウスやスカート、レーンコートにくつまで買ってくれた。エビフライのごちそうも食べさせてくれた。そして、その新しく買ってくれたものを着せて、啓一の家までタクシーで来た。

のり子はわくわくしていた。父はもう、借金取りにおいまわされるまずしい父ではなく、金持ちだった。さいふの中には、千円札も一万円札も、たくさん入っていた。その喜びのさいちゅうに、父はのり子の前から姿を消した。

「ちょっと、おとうさんはタバコを買って来るからな」

父はそういってタバコ屋の前で車をおりた。

だが、父は啓一の家には来なかった。啓一の父の順吉《じゅんきち》が心配して、のり子を送って家まで来た。しかし家にはじょうがかかったままだった。しかたなく、のり子はその夜啓一の家にとまった。

次の日朝早く、学校に行く前に家によった。やはりかぎがかかったままだった。それから毎日家まで行ってみたが、父はいなかった。

とうとう三日めに、啓一の父がじょうをこわして中に入った。家の中には書きおきらしいものは何もなかった。ただ父のいないことだけはわかった。

それ以来、きょうまで半月あまり、のり子は啓一の家から学校に通っている。

(おかあさんのところにいったのかしら)

心の中で、のり子はそうも思った。やがて父と母が、二人でなかよく自分をむかえに来てくれるような気がした。

いまものり子は、玉ねぎの皮をむきながら、そう思っていた。と、おばの澄代が、じゃがいもをきざむ手をとめて、

「ふうっ」

と、深いため息をついていった。

「ほんとに、のりちゃんのおとうさんもおかあさんも、どこに行ったのかしらねえ」

いわれてのり子はうつむいた。またはじまったと思った。父や母のことをおばにいわれるのが何よりもたまらないのだ。だが澄代は、そんなのり子の気持ちを察することもなく、つづけていった。

「まったく無責任な親たちね。たった一人の娘をおいて、二人ともにげちゃうなんて」

「……」

「かわいそうに、苦労するのは、のりちゃんばかりよね」

のり子の目になみだがあふれた。かわいそうといわれたからではない。苦労するといわれたからでもない。きょうもまた父や母のことを無責任といわれたのが、つらかったのだ。

思わずすすり上げるのり子をふり返って澄代がいった。

「のりちゃん、つらくてもがまんするのよ。のりちゃんはいい子だから、大きくなっても、決しておとうさんやおかあさんみたいにならないでね」

父や母のようになるなといわれて、のり子はますます悲しくなった。が、おばは、自分がやさしいことばをかけたので、のり子がないたと思っている。

「なかなくてもいいのよ。おじさんやおばさんが、のりちゃんの親代わりになってあげるからね。おばさんをおかあさんだと思って、何でもあまえてね」

のり子はますますすすり上げる。

(わたしのおかあさんは一人しかいない。このおばさんは、わたしのおかあさんじゃない)

のり子はいっそう悲しくなった。おばには、のり子の悲しみがわからないのだ。むろん、父母がいなくなったのは、つらくさびしい。が、それよりもっとつらいのは、父や母の悪口をいわれることだ。いつもそう思っているのり子の気持ちが、おばにはわからないのだ。ないているのり子をみて、おばは、自分の情《なさけ》に感じているのだと思って、満足しながらいった。

「ほんとにのりちゃんも、とんだ親を持ったものねえ」

のり子の目から、またなみだがあふれおちた。

二

　二階の啓一の部屋で、清《きよし》と、のり子と、啓一の三人が神経《しんけい》すい弱《じゃく》をして遊んでいた。夕食も終わった六月も末の夜である。外でかえるがゲロゲロないている。

　清は十日ほど前に退院してきた。じんぞうがわるかった清は、退院しても、まだ当分は学校に行けないと、医師にいわれている。外にもほとんど出ないから、顔色が白くて女の子のようだ。

「ねむいや」

　清がいった。まだつかれやすいのだ。

「じゃ、わたしがねせてあげる」

　清は、ねる時すぐに母をよびたがる。だがこのごろは、のり子がそばにいれば、すやすやとね息をたてて、すぐねむるようになった。

「うん」

「ねる前に、おしっこに行くのよ」

　のり子はやさしくいった。

「うん」

清がねむそうな顔をして部屋を出た。のり子は心配になって、清について、いっしょに階下のトイレに行った。

下におりると、ふと客間から、聞きおぼえのある男の声が聞こえた。その声を聞いただけで、のり子はどきんとした。その声は、すごく大きい上に、砂でもまざっているような、ざらざら声だ。のり子の父のところに、いつも借金取りにきていた男の声だ。

「なに？　おぼえがない？　じょうだんじゃない。ここにちゃんと、あんたの名まえと、判がおしてあるじゃないか」

のり子は、清がトイレから出るまで、ろうかに立っていた。トイレと客間は少し離れている。が、大きな声だ。ドアのすきま越しにガンガンひびいてくる。何かいうおじの声が聞こえた。つづいて、

「八百万円……兄ったら……」

とぎれとぎれに、おばの声もする。おばが兄というのは、のり子の父のことだ。のり子は息をつめた。

「そうだ。八百万だよ、八百万。八百万借りて、ドロンと消えたんだ。あきれたねえ、木野村《きのむら》ってえやつも」

やはり父の名まえが出た。

「そりゃあねえ。保証したあんたがたも気のどくだが、あんたが保証したから、あっしは貸したんだ。万一、木野村が払ってくれなくても、保証人のあんたが払ってくれるわけだからな」

のり子の足がふるえた。

小さなあくびをしながら、清がトイレからでてきた。

「ママんところに、おやすみいってくる」

ねむい目をこすりながらいう清に、

「だめよ、お客さまだから」

と、その小さな背中をおして、のり子は二階にあがって行った。

清はベッドにつくなり、ねむってしまった。のり子は胸がドキドキして、足のふるえがとまらない。

自分をデパートにつれていって、服やレーンコートを買ってくれた時の、父の顔が思い出された。父のさいふには、いままで見たこともないほど、金があった。

(あのお金が……)

あのざらざら声の男から借りた金なのだろうか。そして、そのまま父はどこかににげていったのだろうか。

(それなら、どろぼうと同じだわ)

保証人ということばを、のり子は知っている。父がいく度か高利貸しから、金を借りていたのを聞いていたからだ。保証人ということばが、そのたびに父や母の口から出た。それで母にたずねたことがある。

「保証人というのはね、のりちゃん。たとえばおとうさんがお金を借りるとするでしょ。その時にね。『この人は必らずお金を払います。もし払わない時は、わたしが代わって払います』と、おとうさんのために、貸し主に約束して、証文に判をおしてくれる人なのよ」

母はそうのり子に教えてくれたことがある。

いま、下のろうかで聞いた話では、父のためにおじが保証人になっているらしい。八百万の金は、のり子には想像のできない大金である。その金を借りた父がにげた。それで借金取りが、保証人のおじのところに来たのだ。

すやすやとねいった清の、愛らしい顔をながめながら、のり子は借金取りの男のいったことばを思いかえした。たしかあの男は、

「なに? おぼえがない? じょうだんじゃない。ここにちゃんとあんたの判がおしてあるじゃないか」

といっていた。

(あれはいったい、どういうことだろう)

おじにはおぼえがないという。ということは、どういうことなのか。四年生ののり子の頭では、どうにもわからないことだった。とにかく、いまののり子にとってわかることは、父が八百万を借りてにげ、その大金をおじがかわって払わねばならないらしいということだった。父のために、おじとおばが、たいへんなめいわくをこうむったということだった。

ドアがあいて、啓一の顔がのぞいた。

「のりちゃん、清ねた?」

低い声で啓一がいった。のり子はうなずいたが、啓一の前に出て行く気がしなかった。

三

外で車のドアがバタンとしまった音がした。あの借金取りが帰ったらしい。のり子は、おじやおばの前に出ていくことが恐ろしかった。が、ねる前には、いつものようにあいさつをしなければならない。時計をみると八時半である。九時にはねることにきめられていた。ねる前には歯もみがかねばならない。

おりて行こうか行くまいかと思っていた時、階段をあがってくる足音がした。足音で、おばの足音だとわかった。のり子はからだを固くした。

何も知らない啓一は、

「何かおかしでも持ってきてくれたかな」

といって、トランプをじゅうたんの上においた。

ノックがして、おばが入ってきた。かしも何ももっていなかった。しかも、どきりとするほど、おばの顔には血の気がなかった。

「啓一」

「なあに?」

啓一も、ただならぬ母のようすに、おどろいて返事をした。

「あのね、啓一。よっく思い出すんですよ」

「思い出す？　何をさ、おかあさん」

澄代は啓一のそばにすわった。

「木野村のおじさんのことだけどね。おじさんはいなくなる前に、判を借りにきたことなかった？」

「判を？」

いぶかしそうに、啓一は母の澄代をみた。澄代はそばにのり子がいるのも目に入らぬように、啓一だけをみていった。

「そうよ。よく思い出してね。いつか、印相をみるって、木野村のおじさんが、実印をみていたことがあるでしょ。あの実印を、あのあとおじさんに貸したことなかった？」

「貸したことなんかないよ」

啓一ははっきり答えた。

「変だねえ。おとうさんやおかあさんが知らないまに、あの判がつかわれているんだよ」

青ざめた顔を、澄代ははじめてのり子に向けた。そしてのり子の顔をじっとみつめていたが、だまって立ちあがると、

「八百万円……」

とつぶやいた。啓一がそれを聞きとがめて
「八百万円？　八百万円どうかしたの、おかあさん!?」

とたずねた。

「何でもないの。だけど、ほんとにあの実印を貸さなかったのかねえ」

「貸さないよ、ぼく」

　啓一はまたきっぱりと答えた。澄代はだまってうなずくと、影のように、ひっそりと部屋を出ていった。

「どうしたんだろう？　ね、のりちゃん。おかあさん変だよね。青い顔してさ」

　たまらなくなって、のり子は自分がさっき下で聞いた話を、啓一にした。

「ええっ!?　そしたら、うちのおとうさんが、八百万円返さなきゃならないの」

「そうなの。でも、おじさんの知らない間に、おじさんの判がおしてあったらしいの」

　のり子は、啓一にも申しわけがなくて、顔をあげられなかった。

「判がおしてあったって？」

　啓一はいいながら、ふいに思い出した。

　あれはたしか、自分が庭で写生をしていた時だった。桜の花がさいていた時だ。のり子の父がふいに現れて、腹がすいたといった。ちょど清が入院したばかりで、母は病院に行っていた。啓一が冷蔵庫からハムやサンドイッチを出して、のり子の父に食べさせた。清が入院したというと、のり子の父は、

「この間の実印を、ちょっと見せてみろ。小さなきずがあったようだが、あれが清の病気とかんけいがあるかもしれない」

といった。清の病気と関係があるかもしれないといわれると、何となく気になって、実印を見せた。

(そうだ！　それからおじさんは、ぼくにタバコを買いに行ってこいといった)

タバコを買って来ると、おじはすぐに帰って行った。

あの時たしか、自分はこう思った。

(すぐ帰るくらいなら、どうしてぼくにタバコを買って来いといったんだろう。自分で買えばよかったのに)

あの時おじは、あの実印を、何かに使ったのかもしれない。

啓一は急に不安になった。自分が悪かったのだ。おじに判をあずけたまま、タバコを買いに行った自分が悪かったのだ。

(どうしよう！　八百万円も……)

啓一は不安で腹が痛くなったような気がした。しかしうつむいているのり子をみると、何もいうことができなかった。

第五回

一

三時間目の社会の時間がはじまっている。中村徳也《なかむらとくや》先生が、いつものニコニコ顔でみんなの顔を見ながらいった。

「さあ、きょうの社会の勉強は、八十八ページだ」

そういって、先生は黒板に、

「あたたかくて、雨の多い地方のくらし」

と書いた。みんな先生の書く字をみつめている。だが、のり子と啓一《けいいち》だけは、ほかのことを考えていた。

けさ、啓一の母は、目を泣きはらしていた。そしてひとことも口をきかなかった。いや、啓一の父に対して、

「すみません、すみません」

と、ほそい声でいい、いくども力なく頭をたれていた。のり子たちは、啓一の母が何をあやまっているのかよくわかった。啓一の母は、自分の兄が啓一の父を知らぬまに保証人

にしたてて、八百万円の金を借りて逃げたことを、わびているのだ。おそらく、昨夜少しも眠れなかったにちがいない。いや、眠るどころか、泣きつづけたのだろう。

啓一の父は、

「人生にはいろんなことがあるよ。くよくよするな」

と、妻の澄代《すみよ》をはげましていた。

だが、のり子は、自分の父のために、啓一の家がたいへんなお金を払わなければならなくなったこと、そして、おばの泣き悲しんでいるすがたが、重く心にのしかかっている。

啓一は啓一で、自分がうっかり渡した印鑑で、おじが借金の証書をつくり、そのために父が、八百万もの金を払わねばならなくなったことに腹を立てていた。おじにも腹が立ったし、うっかり印鑑を貸した自分にも腹が立った。その上、そのことを父や母に正直にいえないことも、啓一の心を重くしていた。

中村先生は、

「あたたかくて雨の多い地方というのは、この旭川《あさひかわ》のことかな。わかる人？」

と、みんなにたずねた。

「ハイ」

「ハイ」

と、ほとんど全員の手が上がった。だが、のり子と啓一の手は上がらない。中村先生の目が、そののり子と啓一の上に走った。一番前の生徒がさされた。

「旭川ではありません。ずっと南のほうの地方です」

生徒たちはみんなうなずいた。先生も大きくうなずいて、かべにかけた日本地図を長いムチでさしながら、

「このあたりかな」

と、青森のあたりをさした。みんなまた手を上げた。が、のり子はうつむいて、

(お父さん、どうしてそんなことをしたの)

とつぶやいていたし、啓一は、

(あのハンコのこと、きょう帰ったらいおうかな。それともだまっていようかな)

とまよっていた。

その二人を、中村先生は、またちらっと見た。

その日、最後の六時間目の授業が終わって、みんなが帰ろうとした時、中村先生がいった。

「啓一君、のり子ちゃん、ちょっと残って、先生の手つだいをしてくれないか」

「何の用事だべ」

だれかがすっとんきょうな声をあげた。啓一とのり子が仲がいいといううわさは、だい

ぶまえからたっている。それはいとこだからあたりまえだと思っている友だちもいるし、いくらいいとこでも仲がよすぎると、変な目でみている友だちもいる。すっとんきょうな声を出したのは、その変な目でみている友だちのほうだった。

だが、そんなことは、啓一ものり子も気にならなかった。二人はそれぞれの心の中で、

（いったい何のお手つだいだろう）

と思っていた。ときどき中村先生は、生徒たちにポスターを書かしたり、習字や図画をはる手つだいをさせたりすることがある。

二

二人は先生について、職員室に行った。先生は二人を当直室につれていった。男くさいような、タバコくさいような、そんなにおいのこもっているたたみじきの八じょう間《ま》だ。たたみも日にやけていて、のり子は、

（なんてそまつな部屋かしら）

と思った。

中村先生はガラス窓をガラリとあけて、たたみの上にあぐらをかいた。

「先生、お手つだいって、何ですか」

啓一が聞いた。中村先生は二人をじっとみてからニコッと笑って、

「うん、手つだいはない。手つだいで残れといわないと、ほかの友だちが変に思うからな。実はな、啓一君ものりちゃんも、きょうはぼんやりしていたんで、それが先生は気になっていたんだ」

中村先生はかわいくてたまらないという目で二人を見た。そのあたたかさに、のり子は何となくなみだが出そうになった。

「のりちゃんは啓一君の家にやっかいになっているんだね。二人とも仲よくやってるか」

二人は大きくうなずいた。自分たちでもふしぎなくらい仲がいい。それだけはたしかだ。

「仲のいいということはいいことだ。仲のいい人間がこの世にいることは、すごーく幸せだぞ」

先生はそういってから、

「しかし、きょうの二人のようすを見ていると、どうも何か心配ごとがあるようだね」

啓一ものり子も驚いて先生を見た。三十人以上も生徒がいるのに、どうして先生は自分たちの気持ちがわかったのだろうと思った。いつもだれよりも先に手をあげる二人が、ぼんやりと考えごとをしていたのだから、先生が気がつくのはあたりまえなのだ。だが二人とも、自分たちの心配ごとを、まだ先生に話してはいないのだから、わかるはずはないと思っていたのだ。

驚いて先生の顔を見る二人に、いつもよりもっとニコニコした顔で中村先生はいった。

「先生というものはね、勉強さえ教えればいいというものじゃないんだ。一番大事なのは、自分の生徒がどんな気持ちで生きているか、それを知ることなんだよ。そして困ったことがあったら、どうしたらいいかを考えてあげることなんだよ。二人とも、何か心配ごとがあればいってごらん。先生はひみつを守るからね、安心していってごらん」

のり子も啓一も、中村先生のことばがうれしかった。力強かった。

のり子が先に話しはじめた。父が多くの人に借金をつくったこと、母が、いつか迎えに来るからといって、逃げたっきり、ゆくえがわからないこと。ここまではむろん中村先生も知っておられる。いや、のり子の父の木野村安造《きのむらやすぞう》が、のり子をおいて逃げたことも知っている。

だがなぜ逃げたか、先生は知らない。

「ほんとうはね、先生、わたしのお父さんが啓ちゃんのお父さんに、八百万円もの借金を押しつけて、逃げてしまったんです」

きのうからきょうにかけての、くわしい話をのり子は先生に語った。

先生の笑顔はいつか消え、こいまゆをぐいとよせて聞いていたが、聞き終わると、

「ふーん。八百万円か。こりゃあただごとではない」

とうなった。

「じゃ、啓一君の心配ごとも同じことだね」

啓一はかすかにうなずいた。啓一のなやみは、自分の父が八百万円の借金を負わされたことだけではない。自分がおじに、実印を出して来てみせたこと、そのことを父や母にひみつにしていることだった。いえば自分がしかられる。まずそういう思いが啓一の心には

ある。そして、自分がおじに実印を貸したといえば、子どもをだまして、実印を押したおじのしわざがあきらかになる。そんなことになれば、ますますのり子がかわいそうになる。

(いうほうがいいのか、いわないほうがいいのか)

啓一はそのことにまよっているのだった。だから啓一は、先生のことばに、かすかにしかうなずけなかった。はっきりとはうなずけなかった。

三

だが中村先生は、そんなことまでくわしくわかるはずはない。

「そうか、そりゃあのりちゃんもたいへんだな。母さんもいなくなった、父さんもいなくなった。しかもおじさんに借金を負わせていなくなった。のりちゃんも、おじさんの家にいるのがつらいなあ」

のり子はなみだをこらえてうなずいた。

「のりちゃん、次から次と、いやなことばかりつづくね。しかしね。それはのりちゃんの責任じゃないんだよ。のりちゃんがこうかいしたり、これからはあらためますなどといわなきゃならないことではないんだよ。とにかく大変なことがつづいたね。もしかしたら、まだまだいやなことが待っているかもしれないよ。だがね、先生も小さい時には、ずいぶんといやな目にあったよ。先生のお父さんはね、からだが弱くて長いこと病気だった。それでね、先生と弟たち三人は、ノートも買ってもらえなくてね。友だちに頼んで、ほら、新聞にはいってくる広告があるだろ。あれをみんなからもらって、それを糸でとじてさ。その広告をノートがわりに使ったもんだよ。ところが、病気のお父さんも、八年病気して死お母さんも入院さ。おまけに先生も病気になって、お母さんといっしょに入院したよ。弟たちはしせつにあずけられたし、先生は病気で二年も寝たよ。学校も友だちよりおくれてね、一年落第もしたよ。だけどね、先生のお母さんは、こういったもんだよ。

『ねえ徳也。どんなに長い長いトンネルでも、一歩一歩歩いていったら、いつかは明るい向こう側に出るんだよ。トンネルはまっ暗でいやなものだ。だからといって、トンネルの中ですわりこんだり、立ちどまっていたりしては、トンネルの向こうには出られないんだよ。元気な気持ちで、毎日生きていこうね』

先生はね、お母さんのいうとおりだと思ったよ。どんなに長いトンネルだって、いつかは出てしまえる日がくるんだからね。のりちゃんはいま、まっくらなトンネルの中にいるようなもんだよ。だがね、きっといい日が来るからね、のりちゃん、がんばれな」

中村先生はのり子のかたに手をおいて、しみじみと語ってくれた。のり子はほんとうだと思った。のり子はがんばろうと思った。

(そうだわ、長いトンネルだって、終わりがあるんだわ。いつかはお父さんもお母さんも帰ってくるわ。八百万の借金だって、わたしが大きくなって、お父さんお母さんと力を合わせて返す気になれば、返せる日がくるかもしれないわ)

のり子は、先生のことばに力を与えられたような気がした。

だが啓一は、先生の話を聞いても、自分がおじに実印を貸したことを、いっていいのか、わるいのか、わからなかった。何よりも、母にしかられるのが恐ろしかった。自分が実印を出しさえしなければ、のり子の父は八百万借りることはなかったのだ。何もかも自分が悪かったような気がして、啓一の心は晴れなかった。

その啓一の心を見とおしたかのように、中村先生がいった。

「どうした啓一、さえない顔をしているぞ」

啓一は頭をかいた。

「何かほかに心配ごとがあるのならいってみなさい」

啓一は、そばにいるのり子をちょっと見た。のり子がかわいそうで、先生にまで実印のことをいえない気がした。

「どうした?」

先生はうながした。啓一は顔を上げていった。

「先生、どうしていいか、わからない時、どうしたらいいんですか」

「どうしていいか、わからない時?　……そりゃあ難問だな。たとえばどういう時だ?」

「そのたとえがいえないんです。右に行ったらいいか、左に行ったらいいか、わかないことがあるでしょう、先生」

「うーむ」

先生は腕を組んだ。日にやけた、たくましい腕だ。みんなが、先生先生といってぶらさがる腕だ。

ちょっと考えてから先生はいった。

「どうしていいかわからない時には、自分が損をするほうの道をえらぶことだね」

「自分が損をするほうですか」

啓一はしんけんに先生の顔を見た。

「うん、たいていの場合、そのほうが正しいことになるはずだ」

啓一は考えた。のり子はその啓一を、少し元気になった顔で見ていた。

(啓ちゃんは何を考えているのだろう)

啓一は考えつづけた。

(ぼくがおじさんにハンコを貸したことをいえば、ぼくがしかられる。つまりそれは、ぼくの損になることだ。だけど、正直にいえば、おじさんが子どもをだましてはんをおしたことがわかる。するとお母さんは、おじさんをもっと悪く思うにちがいない。それとも、おじさんは悪いことをしたのだから、悪く思われてもいいんだろうか。ぼくをだましたおじさんはにくたらしいが、いつも悪いとは限らない。いいおじさんの時だってある。おじさんのしたことをかばってあげるということは、だいじなことではないだろうか）

考え込んでいる啓一を見て、先生はいった。

「まようことも勉強の一つだ。いくら考えてもわからなかったら、また先生のところへ聞きに来い。のりちゃんがんばれな。先生応えんするからな」

「ハイ、がんばります」

のり子は元気よく答えた。自分が元気を出せば出すほど、暗く長いトンネルを、早く出られるような気がした。

啓一とのり子が家に帰った時、家の中はしんとしていた。啓一の母の澄代の姿が見えなかった。

啓一が

「お母さーん、どこにいるの」

といいながら、寝室のほうにいくと、啓一の母はふとんの中で、油あせを流して苦しんでいた。

顔色が紙のように白かった。

「どうしたの、お母さん？」

啓一がさけんだ。澄代は左の胸をかきむしるようにした。のり子はすぐに、電話器にとびついた。そして、一一九番で救急車をよんだ。

第六回

一

長いトンネル

列車の窓から顔を出した清《きよし》を、啓一《けいいち》はじっとみつめた。

清はきょう、父につれられて、母方の祖父母の家にあずけられるのだ。祖父母の家はオホーツク海《かい》に面した村にある。そこは、どの家も牛をかっている村だ。新鮮な牛乳がたっぷりと飲める村だ。

その村で、祖父母は小さな文房具店をほそぼそとやっている。のり子の父も、啓一の母も、この祖父母の子供である。だから、のり子の祖父母でもある。

「おばあちゃんによろしくね」

のり子は清にいった。

「うん」

体の弱い清は、青白い顔でうなずいた。啓一はその清をかわいそうに思う。母が、心臓の発作で倒れ、救急車で病院に運びこまれて、もう二十日になる。

ちょうど夏休みが始まったので、清が祖母のところにあずけられることになったのだ。

体の弱い清が、いなかにいって、また病気にでもなるのではないかと、啓一は不安になった。

（ぼくがあの実印を、おじさんに貸さなかったら……）

啓一の心はまた重くなった。自分が実印を貸したばかりに、八百万の借金を父がせおい、心配のあまり母は病気になり、その上かわいいたった一人の弟は、せっかくの夏休みだというのに、離ればなれになって暮らさねばならない。

（みんな自分が悪いんだ）

もし清がまた病気にでもなったら、自分のせいだと啓一は思った。

発車のベルが鳴りひびいた。

「じゃ、おとうさんはあした帰ってくるからな。二人でしっかりるす番をしてくれな」

清のうしろから、啓一の父が顔を出していった。

「だいじょうぶよ、おじさん」

のり子は明るく答えた。だが啓一は、清の顔をじっとみつめたままだ。

列車が静かに動きはじめた。

「清、サイナラ」

「サイナラ、にいちゃーん」

清も啓一も手をふった。列車がみるみる早くなる。

「清ーっ、清ーっ」

人目もかまわず啓一は、大声でさけびながら走った。

「にいちゃーん」

清の声も風にちぎれて飛んだ。ピンク色の汽車が大きくゆれカーブをしだいに遠ざかっていく。見送りの人々がぞろぞろと改札口を出ていった。

だが啓一は、長いプラットホームのはしに、一人立っていた。何本ものレールが、くもり日の下に鈍く光っていた。

その啓一のすがたを、のり子は少し離れてみつめていた。

(啓ちゃんはきっと、泣いているんだわ)

のり子はそう思った。大声を上げて泣き出したい思いを、啓一はきっとこらえているのだと、のり子にはわかった。

そんな思いをさせるのも、みんな自分の父のせいだと思うと、のり子はたまらない気がした。

このごろ少しよくなったが、入院中のおばのことも気にかかる。

(お父さんったら、みんなにめいわくかけて……)

のり子は胸が痛んだ。のり子だってかなしい。啓一には父や母がいるが、のり子のそばには、今父も母もいなかった。

しばらくして、啓一がうつむいて歩いて来た。

「啓ちゃん、清ちゃん早く帰ればいいね」

のり子が声をかけたが、啓一はむっつりした顔で、さっさと歩いていく。

啓一は啓一で、実印のことがくやまれてならないのだ。が、それはのり子の知らないことだった。

(啓ちゃんも、きっとおこっているんだわ)

のり子はさびしいと思った。が、中村徳也《なかむらとくや》先生のことをすぐ思い浮かべた。

「どんなに長い長いトンネルでも、一歩一歩歩いていったら、いつかは明るい向こう側に出るんだよ」

あれいらい、中村先生のこのことばを、のり子はいくども、自分自身にいいきかせてきた。

不きげんに、改札口のほうに歩いていく啓一のうしろから、のり子は先生のことばを思ってついていった。

(啓ちゃんがおこるのも、むりはないわ。おこる啓ちゃんが悪いんではないわ。うちのお父さんがわるいんだもの)

が、啓一は別のことを思っていた。

（おかあさんは病院に入院した。清もおばあちゃんの家にいってしまった。みんな、ぼくがわるいんだ。ぼくがおじさんにハンコを貸したからだ）

啓一は、のり子がさびしい思いをしていることに気づかなかった。

二

「おばさん、きょうのぐあいはどうなの。」

清がおばの家にいって、十日ほどたった。もう八月だ。のり子は、庭のアジサイの花を持って、啓一と二人で、病院の澄代《すみよ》のところに見まいにきた。澄代は、白いベッドの上に、あおむけに寝ていたが、のり子の持っている花を見ると、

「まあ！　アジサイのお花を持ってきたの。おばさんのだいじな花なのよ。切らないでほしいわ」

澄代はまゆねをひそめた。のり子はハッとして、

「ごめんなさい」

と、うなだれた。すると啓一がいった。

「そうかい。知らんかったもんだから、ぼくが切ったんだ」

のり子は思わず、啓一の顔を見た。切ったのは啓一ではない。のり子なのだ。澄代がいった。

「あら、啓一が切ったの。それならしかたがないわね。男の子はお花のことなど、よくわからないから」

啓一はだまって、のり子の持っているアジサイの花を、床頭台《しょうとうだい》のつぼにさした。

「あら、そんなことは、女の子にさせなさいよ。」

「女の子も男の子もないでしょ、おかあさん。こんなことぐらい」

啓一はふきげんに母を見た。澄代はちょっと、その啓一におどろいたようだったが、

「そうね。でも、女の子はそのぐらい気がつかなくちゃいけないのよ」

「気がついたったって、たったいまもんくいわれてさ。のりちゃんだってどうしていいかわからないよ」

むっとした顔でいいかえしたが、啓一はすぐに
「あ、忘れてた。これ、清からおかあさんに手紙がきてた」

と、ズボンのポケットから手紙をさしだした。清の手紙ときいて澄代の顔が急に明るくなった。

澄代は手紙をよみはじめた。

「おかあさん。びょうきはなおりましたか。ぼくも、おじいちゃんも、おばあちゃんもげんきです。うしがいっぱいいます。さかなもいます。ぼくもさかなをつりたいです。そしておかあさんに、たべさせたいとおもいます。

ではみなさん、さようなら」

思わず澄代はニコッと笑った。つった魚を食べさせたいと書いてあるのもうれしかったし、みなさんさようならと書いてあるのも、おもしろかった。

澄代の目に、一年生の清が、海で魚をつっているようすが目に浮かんだ。すると、けさからいらいらしていた気持ちがおさまってきた。澄代は、自分が病気になったのは、のり子の父のせいだとずっとうらんできた。だから、のり子のすることが、どれも気にいらなかった。のり子には罪がないと思いながら、このごろはのり子にやさしくできなかった。

手紙をたたみながら、澄代はのり子をみた。のり子は、つぼに水を入れかえて、運んできたところだった。

「ありがとう、のりちゃん」

澄代の声がやさしかった。

三

清は、ほんとうに、母に魚をつって送りたいと思った。祖父や祖母が、ひとりで海にいってはいけないという。だが、清は何としても魚をつってみたい。防波堤や海べに行って、おとなや子供たちの魚つりを、いくども見ていて、つり方もおぼえた。それで、きょうこそ自分でつってみようと思って、出てきた。

防波堤では、祖父や祖母に見つかるので、清は少し離れた岩かげのほうに、ひとりで、てくてく歩いていった。いつもは、一人か二人は必ずいる岩かげに、きょうはだれもいない。おとながいると思ってきたのに、おとながだれもいないとなると、急にさびしくなった。清はおそるおそる岩場にこしをおろした。いつもより海が深く見える。清はこわごわと、つり糸をたらした。きっと、この糸の先に、ぴちぴちとおどる魚がかかってくる。清の足もとから、いきなり深い海になっていて、落ちれば泳げない清はおぼれてしまう。おとながいっしょの時は、落ちるなどとは考えたことがなかったが、きょうはおそろしい気がした。

そのころ、清の祖父の店先に、ふらりとはいっていった男がいた。店番をしていた祖母が顔を上げた。そしてさけんだ。

「あっ！　おまえはっ！　安造《やすぞう》じゃないか？」

立ちあがった自分の母親を見て、のり子の父の安造は、のびたひげをさびしそうになでた。

「おまえったら！　八百万も……どこさ持って逃げた？」

六十過ぎにしては、祖母はいせいがよかった。

「心配かけたな、おっかさん。おれはな、あの金で、借金全部払ってよ、ふところに五万ほど持って、東京までいったんだ。だがな、このごろおっかさんの夢ばかりみるからさ。急にあいたくなってさ……」

安造は、ほんとうは死ぬつもりで東京にいったのだった。

「安造、おまえのために、澄代は心臓で入院したし、清はいまここの家に来てる。みんなおまえのせいだ。このろくでなし！」

「すまん、すまん、すまんかった」

安造はそのまま、くずれるようにゆかに手をつくと、頭をすりつけ、かたをふるわせて泣いた。

「何もおまえ、泣くことはない」

祖母はいったんはおこったものの、息子の泣くのを見ると、胸がつまってことばが出ない。

ちょうど祖父が、村役場に注文の品を届けに行って、るすだった。

とそこに、となりの子が、

「清、あそぶべ」

とはいってきた。その時になって、祖母は清がしばらく前からいないことに気づいた。

「あれ、清はおまえんとこにあそびにいってたんでないのか」

「こんよ」

祖母は、

「そんだら、どこだべ」

とあわてた。清はまだ、ここに来て十日ほどしかたたないから、たいていはとなりの子といっしょだ。となりの子は清より二つ上の三年生だ。

「ばあちゃん、インクひとつちょうだい」

近所の女子高校生がはいってきた。

「あれ、ハルコちゃん。うちの子、見かけなかったか。」

祖母が聞いた。インクよりも、清のほうがだいじだった。

「ああ、ぼうや？ さっきね、つりざおかついで一人で岩場のほうに歩いていったわ」

「ええっ!? つりざおかついで!?」

悲鳴に近い声だった。

それまで、店のすみにうずくまっていた安造ががばっと立ちあがった。

「岩場ってどこだ!?」

「あっちよ」

女子高校生が指さした。

「おれがつれてくる」

安造が走り出した。

「ああ、よかった。あずかってるまごは、気がはるねえ」

祖母がいった。

子供の清に、祖父のつりざおは重すぎた。それでさおの真ん中あたりをかかえて海に向かっていた。が、時々うしろのがけにさおがぶっつかる。場所をかえようと思って、清は立ち上った。が、その時、からだの弱い清は、めまいがして岩をふみはずした。

「あれーっ!」

さけびながら清は、深い海の中にドボーンと落ちこんでいった。

「何だ!? いまのさけびは!」

岩場のそばまでかけて来ていた安造は、ハッと胸がとどろいた。岩場に走りよった安造の目に、海の中に沈んでいく清の体が見えた。安造は上着とズボンを脱ぎ捨て、海に飛びこんだ。子供のころ泳ぎなれた海だ。が、突然のことで安造はあわてていた。安造はしたたか、水の中の岩にかたを打った。いっしゅん、気の遠くなる痛みだった。しかし安造は、清を目がけて、泳いでいった。

清の命を助けたのは安造だった。その安造が、かたの骨をくだいて入院した。清は無傷だったが安造の傷は、思ったよりひどかった。一か月は入院しなければならなかった。知らせをきいて、啓一の父と、のり子と啓一の三人が旭川《あさひかわ》からかけつけた。啓一の父は、安造の顔を見るなり、

「ありがとう！　清をたすけてくれてありがとう、おにいさん」

と、声をふるわせた。

「あわせる顔がない」

安造は申しわけなさそうにつぶやいた。

「おにいさん、八百万の金より清の命のほうがずっととうとい。その命を助けてくれたんです」

手をとりあっている二人を見ていたのり子の目に、いつしか涙があふれていた。

そして、それから三日め、のり子がただひとり安造のベッドのそばにいた。と、その時ノックがした。

「ハイ」

のり子は立っていってドアをあけた。とたんにのり子は声を上げた。母だった。

「おかあさん！」

「のり子！」

安造が清を助けた新聞記事をみて、母がかけつけてきたのだった。のり子の長いトンネルは、どうやら終わったようであった。

カッコウの鳴く丘

六月の丘からみおろす旭川《あさひかわ》の町は、紫にけむって静かだった。人口二十五万の町というのに、人ひとり住んでいないような、そんな静けさである。

順子《じゅんこ》は、のぼりつめた丘に立って、ぼんやりと町をながめていた。いや、目は町に向いているだけで、何も見ていないといったほうがよかった。

「わたしじゃないわ。わたしは人の物を盗んだりするほど、心まで貧しくなってはいないわ」

級友の真寿子《ますこ》が、きょうのひる休みに、さいふがなくなったとさわぎ始めたのである。

「変ねえ」

真寿子と仲よしの安枝《やすえ》がそういって、じろりと順子のほうをふりかえった。

「いくらはいっていたの?」

周子《しゅうこ》が真寿子にたずねた。

「三千円と、あとは小銭だけど、四百円くらいかしら……」

「まあ、三千四百円も」

安枝は大げさにおどろいてから、ふたたび順子のほうをふりかえった。

「金額なんかよりも、なくなるって気分がいやだわ」

真寿子はふきげんな声でいった。

「へんねえ。このごろ、ときどき物がなくなるわね」

安枝がそういって、あごをしゃくるように順子のほうをみた。

「二年の時は、こんなことはなかったわ」

「クラスが編成変えになってからよ」

「ああ、いやになってしまう」

真寿子と安枝と周子は口々にそういっては、順子のほうをみた。三人は仲よしグループだ。仲よしのしるしに、そろいのバッジを胸につけ、同じグリーンの小さな手帳を胸のポケットに入れている。

三人ともクラスの中で、もっともはで好きでおしゃれだった。そろって髪を長くあみ、水色のリボンをつけて、左の肩から前にたらしている。

「ねえ、あの立野《たての》くんの歩き方!」

とくすくす笑いながら、足の悪い立野芳夫《よしお》のまねをしたり、

「わたしね、ぶた肉って大きらい」

などと、ふとっている只木雪子《ただきゆきこ》のうしろから、きこえよがしにいうことくらい、この三人組にとっては、朝めし前のことなのだ。

ある時、順子が首にはれ物ができて、ほうたいを巻いて学校に行った。すると三人組はただちに友だちにこういった。

「あの人のほうたいはダテなのよ。あんなものを巻いて、男の子の目を引こうとするのよ。」

三人組は毎日のように、クラスの中に話題を提供した。たとえなんの気なしに石を投げ入れても、池の中のかえるに当たれば、それはかえるたちにとって、生き死にの問題だと、かえるが抗議したたとえ話があるが、池に石を投げ入れるいたずらっこのような、むじゃきなものではなかった。

三人組は、毒をそそぐように、人の悪口や悪意のあるうわさ話をクラスの中にばらまいた。そんな真寿子たちを級友はきらいながら、しかし面とむかって、その態度を指摘する者もいなかった。それどころか、真寿子たちのたてるうわさを本気にして、わざわざいいふらす者もたくさんいた。

どこの組にもひとりやふたり、ふしぎに真寿子たちのような生徒がいるものらしい。特に真寿子たちは順子をきらった。その第一の理由は、順子が貧しい家の娘だったからである。

順子の家は、家というより、つぶれかかった小屋のようであった。父が長いこと病気でねていて、母もまた弱かった。生活保護を受けて、順子と順子の弟と四人が、生活しているのだ。貧しさは順子一家の罪ではない。

〝すずめさん〟

と、三人組は順子をよんだ。いつも一枚の同じ服を着たきりすずめだというのである。

順子はとりたてて美しくはなかったが、深く澄んだ大きな目は、人目をひいた。それは級友のだれよりも、深い悲しみを知っているからかもしれなかった。

いままでも、二、三度クラスの中で紛失事件があった。そのたびに三人組の視線は順子にそそがれた。しかしきょうのようにろこつにじろじろみつめられると、順子は腹がたつよりも悲しかった。

(たしかにわたしの家は貧乏だわ。でも貧しい家の人間が、必ずしもお金にきたないとはかぎらないわ)

新聞で何百万円という汚職をしているのは、むしろお金のある人たちではないか、と順子は思った。丘の上には、さっきからカッコウが鳴いていたが、いまの順子の耳にははいらなかった。

「あら、こんなところで何をしていたの」

うしろで三人組の周子の声がした。ふり返ると、安枝と周子が真寿子をまん中にして立っている。そろいの星形のバッジが胸に、光っている。

「町をながめていたのよ」

順子の声は沈んでいた。

「へえ、あんた、あんがいロマンチックなのね。わたしはまた……」

いいさして周子はチラッと赤い舌をみせた。

「なあに?」

「いや、なんでもないの」

周子はずるそうに笑った。

「あなた、ほんとうに町をながめていただけなの」

いままで、つきさすように順子をみつめていた真寿子が、口をひらいた。

「そうよ。なぜそんなことをいうの」

順子は、この三人が自分のあとをつけてきたように思って、不快だった。

「わたしのおさいふがなくなったこと、知っているでしょう」

真寿子は半分問いつめる口調である。

「ええ、知ってるわ」

「あなた、もしかしたら」

そういって真寿子は周子と安枝にうなずいてみせた。順子はがまんがならなかった。

「もしかしたら、わたしが盗んだんじゃないかといいたいのね」

「そういうわけじゃないけれど……」

さすがに真寿子は断言することはできなかった。

「そういうわけさ」

ふいにうしろの草むらで声がした。驚いてふり返った四人の前に、今泉哲夫《いまいずみてつお》が立っていた。

「あら、今泉さん」

周子がまっ先に声をあげ、真寿子も安枝もほおを赤らめた。

同じクラスの哲夫は、学校きっての秀才である。しかし背が高くて、浅黒く引きしまったその目鼻だちは、秀才というより、スポーツマンのような感じを与えた。テニスも水泳もうまい。特にスキーは選手だった。回転のフォームは、女生徒ばかりか男生徒も声を上げて応援するほど、巧みで美しかった。そのうえ、哲夫はさっぱりとした気性で親切でもあった。

真寿子たち三人組は、とりわけ熱心な哲夫のファンである。哲夫の前に出ると、三人組は頭が上がらない。先日三人連名で、哲夫にデートを申しこむ手紙を書いた。だが、翌日の放課後、

「先約があるんだ。悪いけど」

と、あっさり哲夫にいなされてしまった。

「先約って、どなたなの」

周子が思いきってたずねた。

「おふくろさ」

哲夫はそういって、さっさと帰ってしまった。

「ほんとうかしら、おかあさんとデートするなんて」

「うそじゃないと思うわ。あの人うそつきには思えないもの」

「そうねえ」

三人は哲夫のことになると、得意の悪口のほこ先もにぶった。そして、内心、自分たちは哲夫にきらわれているのではないか、という不安をめいめい感じてもいた。

いま、白いランニングシャツを着た哲夫が、日に焼けたふとい腕を組んで、真寿子たちをじっとみつめていた。常日ごろは女王のようにごう慢な真寿子も、哲夫にみつめられると、うつむいてしまった。

(わるいところをみつかったわ)

哲夫には、やさしい少女にみられたかった。自分を反省することを知らないような真寿子にも、そんなしおらしさはあったのである。

（どうしよう。なんといいつくろったらいいだろう）

真寿子はうつむいたまま、かるくくちびるをかんだ。

カッコウがまた近くの木の上で鳴いた。

「順子さん。きみがこの人のさいふをとったのだと、この人たちはいっているんだね。」

順子をみる哲夫の目がやさしかった。

「いいえ、そこまではおっしゃらないわ」

順子は思わず三人組をかばうようにことばをにごした。順子のことばに、哲夫はふっと驚きに似た表情を浮かべた。

「いや、ぼくは聞いていたんだ。ひるねをしようと思って、この草の中でねころんでいたら、この三人組が、順子さんに妙ないいがかりをつけてきたじゃないか」

哲夫はそういうと、草の上にどっかと腰をおろした。

「まあ、いいがかりだなんて……」

しかし、真寿子は強いことはいえない。たしかに順子がさいふをとったような気がした。順子ほど貧しい生徒はほかにいなかった。真寿子は貧しい者を、理由もなくきらっていた。どんな理由で貧しいのか、貧しい生徒がどんなに苦しいものか、などと想像する力を、豊かな家に育った真寿子は持っていなかった。

偶然金持ちの家に生まれたのに過ぎない自分なのに、偶然貧しい家に生まれた者の不幸を思いやるなどということもない。

無論、その人間の偉さと金とは、なんの関係もないなどとは考えたこともない真寿子だった。

「そうかい。いいがかりでなければ、じゃ、なんといったらいいんだい」

哲夫はニヤリと笑って、周子、真寿子、安枝と順々に視線をうつした。笑うと顔全体がおとなびて、少なくとも高校三年生ぐらいには見えた。

「とにかく、ぼくはきみたち三人を、実に美人だとは思うよ」

哲夫がふたたびニヤリと笑った。

「まあ」

三人は顔を見合わせた。悪い気はしないが、哲夫のもののいい方が気になった。順子は少し離れて、だまってうつむいていた。

「ぼくだけがすわって、きみたちが立っているんでは、なんだかぼくが見くだされているようでいやだな。すわってきょうはゆっくり話をしようじゃないか」

その時、丘の下の校舎でブザーが長く鳴りひびいた。

「あ、いけない。午後の授業が始まる。じゃ放課後、またここへ集まって、ゆっくり話をしようじゃないか」

　そういって、哲夫は立ち上がると、順子のほうをチラリとみてから、さっと丘をかけ降りていった。一瞬ではあったが、哲夫の目は順子に、

〝心配するな。ぼくがついているから〟

　そういっているように順子には思われた。順子も真寿子たちも、哲夫のあとを追って校庭にかけ降りていった。


　午後の五時間めは音楽である。順子は授業もうわの空だった。放課後、あの三人組と哲夫と五人で、いったいどんな話になるのか不安でもあった。

（あの三人を、哲夫さんは美人だといったわ。）

　それがなんとなく皮肉ないい方に思えもした。しかし三人組は、人の目にたつ顔だちである。自分はまちがっても美人だといわれることはないと、そっとうしろの席をみた。順子はハッとした。哲夫が順子をみていたからである。いままで、順子はクラスのだれからも、じっとあたたかくみつめる視線を受けたことはなかった。

（哲夫さんがみていてくれた）

　学校じゅうの女生徒のあこがれの的である哲夫に、ほんの少しの間でもみつめられたこ

とで、順子は幸福だった。三人組に意地わるく当たられようと、順子はもう、つらくはないと思った。

放課後になって、真寿子たち三人は廊下に立ってひそひそ話し合っていた。

「ね、どうする？」

「しかたないわ。哲夫さんがこいといったんだもの」

真寿子は、とにかく行ってみたかった。哲夫とゆっくり話す機会は、そうザラにあるわけではない。たとえ哲夫に責められることになっても、なんとかいいのがれる自信があった。そして美人だと言った哲夫のことばを考えると、哲夫はそう真寿子たちに悪意をもっているとは思えなかった。第一、順子と自分たち三人とをならべれば、どんな男生徒だって、きたきりすずめの貧しい順子に好意を持つなどとは、真寿子には考えることはできなかった。

「でも、わたし、哲夫さんて、なんだかおそろしいわ」

安枝がしりごみした。

「でも、逃げたなんて思われるの、いやよ。わたしはいくわ」

真寿子のことばは、いつしかふだんのようにごう然としていた。

順子が丘にのぼった時には、すでに哲夫も真寿子たちも草の上にすわっていた。

「こないのかと思ったわ」

安枝が順子にいった。

「ごめんなさい、おそくなって」

順子はどこにすわってよいかわからずに、立っていた。

「ここにおいでよ」

哲夫が自分の横を指さした。順子はちょっとためらってから、すなおに哲夫の横にすわった。

「ぼくはね、きょうこそはっきり、真寿子さんたちにいいたいことがあるんだ」

哲夫のことばはおだやかだが、表情はきびしかった。

「どんなこと?」

真寿子はかすかにまゆ根をよせた。

「きみたちの、順子さんに対するさっきの態度は、少しひどかったと思わないか」

「さあ、そんなにひどいつもりはないけれど……」

周子がぬけぬけといった。

「そうか。あれでひどいつもりでないんなら、ひどいというのはどんなことなのかなあ」

哲夫は、かたわらのチモシーの草をぐいとぬいた。

「わたしのおさいふがなくなったのを知っているでしょう、ときみは順子さんにいったね」

哲夫は、真寿子に顔を向けた。真寿子はちょっと目をふせた。

「それから、きみはなんといったか知っているか」

哲夫の顔に怒りに似た色が走った。

〝あなた、もしかしたら……。〟

さっき真寿子がそういって周子と安枝に目で合い図をしたことを、順子は思い出していた。

「なんの権利があって、なんの証拠があって、きみたちはこの人にあんなひどいことをいったの」

哲夫のことばは鋭かった。

「わたしたちには、わたしたちの考えがあるわ」

真寿子は、哲夫が自分を責めることばに耐えられなかった。自分が悪かったと思うより先に、ぶじょくされたように真寿子は思った。

「きみたちの考え?」

そういうと、哲夫はふいにニヤリと笑った。

「とにかく、きみたちはこの人にあやまるべきだと、ぼくは思うよ。すなおにさっきのことばをあやまるべきだな」

「だって……」

真寿子はくちびるをかんだ。

「だって、なんだというんだい」

哲夫は落ち着いていた。

「この人が……」

盗まないという証拠はないと、真寿子はいいたかった。

「なんだ！　まだきみはこの人を疑っているのか」

哲夫は、ズボンのポケットに手をつっこんだかと思うと、さいふをぬっと真寿子の前につき出した。

「あら！」

「まあ！」

真寿子も周子も安枝も、そして順子も驚いて、哲夫のつき出したさいふをみつめた。

「ぼくが盗んだとでもいうのか？」

哲夫は大声で笑った。

「自分のものがなくなれば、すぐに人を疑うというのは、悪いくせだな。きみはこれを職員室の前の廊下で落としたんじゃないのか」

いわれれば、真寿子はきょう売店でノートを買った帰り、職員室の前を通ったはずだった。

「まあ、あなたが拾って、いままで知らないふりをしていたの」

真寿子は、逆に責めるような口調になった。

「すぐそれだ。きみの悪いくせは、善意に解釈するということを、どうしてすぐできないんだろう。」

「だって、拾ったものを、いままでだまって持っているなんて……」

周子が口を出した。

「ぼくはすぐ遺失物係《いしつぶつがかり》の木野《きの》先生に届けたよ。さっきここできみが順子さんにさいふのことをいうまで、だれのものかわからなかったんだ。そりゃ教室の中ででも落ちていたのなら、すぐにもたずねられるさ。しかし二千人からいる生徒の、だれがさいふを落としたか、わかるはずがないからね」

順子はうれしくて涙が出そうだった。

「さっき、きみたちがこの人を疑うような態度をとったので、ぼくは木野先生に事情をいってもらってきたんだ。きみもあとで木野先生のところに行ってきてほしい」

　真寿子は草原に投げ出された自分のさいふに手をのばした。

「ちょっと待ってほしいな。」

「あら、なぜ？　これはわたしのものよ」

「だけどね、ぼくにありがとうぐらいいっても、ばちが当たらないだろう？　しかし、それより先に、順子さんに、三人で手をついてあやまってほしいんだ」

　哲夫のきびしい語調に、三人はたじろいだ。

「いいのよ。わたしが盗んだのではないってわかればそれでいいの」

　順子がいった。

「いや、よくはない。これは単に順子さんと、この三人だけの問題じゃないんだ。ぼくは常日ごろ、この人たちはどろぼうより悪いと思っていたんだ」

「まあ、なんですって？　どろぼうより悪いなんて、あんまりだわ」

　いくら哲夫のことばでも、聞きずてならないと真寿子はきっとなった。

「そうかな。じゃ、きくけれどね」

　哲夫はおとなのように落ち着いたものの言い方だった。

「もし、真寿子さんが、そのさいふをだれかに盗まれたとしたら、泣き悲しむかい」

「まさか、さいふのひとつやふたつ盗まれたぐらいで、泣きはしないわ」

「そうだろうね。一時は惜しいと思っても、いつかわすれることだろうね。しかし、人に悪口を言われたらどうだろう？　盗みもしないものを盗んだと言われたり、足の悪い人が、そのまねをされたりしたら、おそらく一生忘れられないくやしさだろうと、ぼくは思うな」

　真寿子たちは答えることができなかった。

「きみたちは、いったい学校に何しにきているの。一日でも、人のうわさ話や悪口をいわない日がある？　あの人は先生におべっかをつかっているだの、だれとだれは仲がいいだの、足がふといだの、背が低いだの、そんなことをいって何がおもしろい？　もっとほかに話題はないのかな。本の話とか、音楽の話とか」

　ひと言も答えられずにうつむいている真寿子たちをみると、順子はきのどくでその場にいたたまれないような気がした。

「わたし、おさきに失礼するわ」

「ああ、ごめん。でも、ちょっと待っていてくれない？　きみにも話があるんだけれど……」

　哲夫は表情を和らげたが、ふたたび真寿子たちのほうを向いた。

「ね、真寿子さんたちは、心の弱い人なら、学校をやめたくなるようなことをいっているんだよ。もっと気の弱い人なら、生きている気もしなくなるかもしれないよ。お互いに中学時代は二度とかえってこないんだ。どうせ人のうわさをするのなら、もっと人のよいところをみてあげて、楽しい中学時代を送ったほうがいいと思うがなあ」

「お説教はもうたくさん。わたし帰るわ」

真寿子はさいふをカバンに入れると立ちあがった。つられて安枝も周子も立ちあがった。

「そうか。ぼくは級友のひとりとして、忠告したかったんだが」

三人は哲夫と順子に背を向けて、丘の小路《こうじ》をおりていった。元気のないうしろ姿だった。

くまざさの葉が、さやさやと鳴った。

「いろいろと、どうもありがとう」

順子が立ちあがると、哲夫も立ちあがった。

「順子さん」

哲夫は改まった顔をした。なんとなく順子は胸がドキンとした。

「順子さん、ぼくと友だちになってくれない?」

哲夫は、ちょっと顔をあからめた。

「わたしとお友だちに……」

順子には信じられないことばだった。

「そうなんだ」

哲夫はまじめな顔で大きくうなずいた。

「でも、わたしなんか、あなたのお友だちになる資格はないわ」

順子はからかわれているような気がした。

「悪いけれどね、実はぼく、きょうまで順子さんという人を、あまり注意して見ていたことはなかったんだ。だけど、さっき、きみのあの三人をかばうような態度を見たとき、ぼくは世の中にこんなやさしい人もいるのかと思って、ほんとうに感動したんだ。自分をどろぼうのようにいわれては、なかなかその人をかばう気にはなれないな、ぼくには」

哲夫はそういって、じっと順子をみつめた。順子はなんと答えてよいかわからずに、足もとをみつめていた。

「人の美しさなんて、きれいな服を着ているなんてこととは、無関係なものだなあ」

つぶやくように哲夫はいった。順子さん、きみは美しい人だね、と哲夫はいいたかった。

「友だちになってくれる？　順子さん」

哲夫はふたたびたずねた。

「こちらこそ、おねがいするわ」

順子はにっこりと笑ってうなずいた。その大きな澄んだ目を、哲夫はほんとうに美しいと思った。

「きょうはずいぶん、カッコウが鳴いているね」

　ふたりは顔を見合わせて、なんとなくほほえんだ。

　ふたりがふと丘の下をみると、真寿子たちがふり返って、こちらを見あげている。思わず順子は手を高くあげてふった。すると、真寿子も周子も安枝も手をふってこたえた。

「ああ、あの人たちも、やっぱりわかってくれたんだね」

　哲夫も高く手をあげた。

　カッコウが、順子と哲夫の目の前を低く飛んで、丘の中腹のニレの木にとまった。


――おわり――

〈底本について〉

この本に収録されている作品は、次の出版物を底本にして編集しています。

『雨はあした晴れるだろう』『この重きバトンを』『茨の蔭に』……

『雨はあした晴れるだろう』角川文庫　２０００年10月25日

（２００６年11月25日第3版）

『片隅のいのち』……「三浦綾子全集 第六巻」主婦の友社　１９９２年３月３日

『長いトンネル』……「小学四年生」小学館　１９７７年４月号〜９月号

『カッコウの鳴く丘』……「女学生の友」小学館　１９６６年７月号

〈差別的表現について〉

作品本文中に、差別的表現とも受け取れる語句や言い回しが使用されている場合がありますが、作品が書かれた当時の時代背景や、著者が故人であることを考慮して、底本に沿った表現にしております。ご諒承ください。

三浦綾子とその作品について

三浦綾子　略歴

1922　大正11年　4月25日
北海道旭川市に父堀田鉄治、母キサの次女、十人兄弟の第五子として生まれる。

1935　昭和10年　13歳
旭川市立大成尋常高等小学校卒業。

1939　昭和14年　17歳
旭川市立高等女学校卒業。
歌志内公立神威尋常高等小学校教諭。

1941　昭和16年　19歳
神威尋常高等小学校文珠分教場へ転任。
旭川市立啓明国民学校へ転勤。

1946　昭和21年　24歳
啓明小学校を退職する。
肺結核を発病、入院。以後入退院を繰り返す。

1948　昭和23年　26歳
幼馴染の結核療養中の前川正が訪れ交際がはじまる。

1952　昭和27年　30歳
脊椎カリエスの診断が下る。
小野村林蔵牧師より病床で洗礼を受ける。

1954　昭和29年　32歳
前川正死去。

1955　昭和30年　33歳
三浦光世と出会う。

1959　昭和34年　5月24日　37歳
三浦光世と日本基督教団旭川六条教会で中嶋正昭牧師司式により結婚式を挙げる。

1961　昭和36年　39歳
新居を建て、雑貨店を開く。

1962　昭和37年　40歳
『主婦の友』新年号に入選作『太陽は再び没せず』が掲載される。

1963　昭和38年　41歳
朝日新聞一千万円懸賞小説の募集を知り、一年かけて約千枚の原稿を書き上げる。

1964　昭和39年　42歳
朝日新聞一千万円懸賞小説に『氷点』入選。
朝日新聞朝刊に12月から『氷点』連載開始（翌年11月まで）。

1966　昭和41年　44歳
『氷点』の出版に伴いドラマ化、映画化され「氷点ブーム」がひろがる。
『塩狩峠』の連載中から口述筆記となる。

1981　昭和56年　59歳
初の戯曲「珍版・舌切り雀」を書き下ろす。
旭川公会堂にて、旭川市民クリスマスで上演。

1989　平成元年　67歳
結婚30年記念CDアルバム『結婚30年のある日に』完成。

1994　平成6年　72歳
『銃口』刊行。最後の長編小説となる。

1998　平成10年　76歳
三浦綾子記念文学館開館。
1999　平成11年　77歳
10月12日午後5時39分、旭川リハビリテーション病院で死去。

没後

2008　平成20年
開館10周年を迎え、新収蔵庫建設など、様々な記念事業をおこなう。
2012　平成24年
生誕90年を迎え、電子全集配信など、様々な記念事業をおこなう。
2014　平成26年
『氷点』デビューから50年。「三浦綾子文学賞」など、様々な記念事業をおこなう。
10月30日午後8時42分、三浦光世、旭川リハビリテーション病院で死去。90歳。

２０１６　平成28年
『塩狩峠』連載から50年を迎え、「三浦文学の道」など、様々な記念事業をおこなう。
２０１８　平成30年
開館20周年を迎え、分館建設、常設展改装など、様々な記念事業をおこなう。
２０１９　令和元年
没後20年を迎え、オープンデッキ建設、氷点ラウンジ開設などの事業をおこなう。
２０２２　令和４年
生誕100年を迎える。

三浦綾子　おもな作品　（西暦は刊行年※一部を除く）

1962　『太陽は再び没せず』（林田律子名義）
1965　『氷点』
1966　『ひつじが丘』
1967　『愛することと信ずること』
1968　『積木の箱』『塩狩峠』
1969　『道ありき』『病めるときも』
1970　『裁きの家』『この土の器をも』
1971　『続氷点』『光あるうちに』
1972　『生きること思うこと』『自我の構図』『帰りこぬ風』『あさっての風』
1973　『残像』『愛に遠くあれど』『生命に刻まれし愛のかたみ』『共に歩めば』
『死の彼方までも』
1974　『石ころのうた』『太陽はいつも雲の上に』『旧約聖書入門』
1975　『細川ガラシャ夫人』

三浦綾子とその作品について

1976 『天北原野』『石の森』
1977 『広き迷路』『泥流地帯』『果て遠き丘』『新約聖書入門』
1978 『毒麦の季』『天の梯子』
1979 『続泥流地帯』『孤独のとなり』『岩に立つ』
1980 『千利休とその妻たち』
1981 『海嶺』『イエス・キリストの生涯』『わたしたちのイエスさま』
1982 『わが青春に出会った本』『青い棘』
1983 『水なき雲』『三浦綾子作品集』『泉への招待』『愛の鬼才』『藍色の便箋』
1984 『北国日記』
1985 『白き冬日』『ナナカマドの街から』
1986 『聖書に見る人間の罪』『嵐吹く時も』『草のうた』『雪のアルバム』
1987 『ちいろば先生物語』『夕あり朝あり』
1988 『忘れえぬ言葉』『小さな郵便車』『銀色のあしあと』
1989 『それでも明日は来る』『あのポプラの上が空』『生かされてある日々』
『あなたへの囁き』『われ弱ければ』
1990 『風はいずこより』

1991　『三浦綾子文学アルバム』『三浦綾子全集』『祈りの風景』『心のある家』
1992　『母』
1993　『夢幾夜』『明日のあなたへ』
1994　『キリスト教・祈りのかたち』『銃口』『この病をも賜ものとして』
　　　『小さな一歩から』『幼な児のごとく――三浦綾子文学アルバム』
1995　『希望・明日へ』『新しき鍵』『難病日記』
1996　『命ある限り』
1997　『愛すること生きること』『さまざまな愛のかたち』
1998　『言葉の花束』『綾子・大雪に抱かれて』『雨はあした晴れるだろう』
　　　『ひかりと愛といのち』
1999　『三浦綾子対話集』『明日をうたう命ある限り』『永遠に　三浦綾子写真集』
2000　『遺された言葉』『いとしい時間』『夕映えの旅人』『三浦綾子小説選集』
2001　『人間の原点』『永遠のことば』
2002　『忘れてならぬもの』『まっかなまっかな木』『私にとって書くということ』
2003　『愛と信仰に生きる』『愛つむいで』
2004　『「氷点」を旅する』

三浦綾子とその作品について

2007　『生きることゆるすこと　三浦綾子　新文学アルバム』
2008　『したきりすずめのクリスマス』
2009　『綾子・光世　響き合う言葉』
2012　『丘の上の邂逅』『三浦綾子電子全集』
2014　『ごめんなさいといえる』
2016　『国を愛する心』『三浦綾子　366のことば』
2018　『一日の苦労は、その日だけで十分です』
　　　『信じ合う　支え合う　三浦綾子・光世エッセイ集』
2020　『カッコウの鳴く丘』（小冊子）
2021　『雨はあした晴れるだろう』（増補復刊）『三浦綾子祈りのことば』
2022　『平凡な日常を切り捨てずに深く大切に生きること』
　　　『愛は忍ぶ　三浦綾子物語――挫折が拓いた人生』
　　　『三浦綾子生誕100年記念文学アルバム　ひかりと愛といのちの作家』
2023　『三浦綾子生誕100年＋α記念文学アルバム　増補版　ひかりと愛といのちの作家』

三浦綾子の生涯

難波真実（三浦綾子記念文学館 事務局長）

三浦綾子は1922年4月25日に旭川《あさひかわ》で誕生しました。地元の新聞社に勤める父・堀田鉄治と母・キサの五番めの子どもでした。大家族の中で育ち、特に祖母の影響が強かったのでしょうか、お話の世界が好きで、よく本を読んでいたようです。文章を書くことも好きだったようで、小さい頃からその片鱗がうかがえます。13歳の頃に幼い妹を亡くし、死と生を考えるようになりました。この妹の名前が陽子で、『氷点』のヒロインの名前となりました。

綾子は女学校卒業後、16歳11ヶ月で歌志内市《うたしない》（旭川から約60キロ南）の小学校に代用教員として赴任します。当時は軍国教育の真っ只中。綾子も一途に励んでおりました。

そんな中で1945年8月、日本は敗戦します。それに伴い、教育現場も方向転換しました。教科書への墨塗りもその一例です。そのことが発端となってショックを受け、生徒たちへの責任を重く感じた綾子は、翌年3月に教壇を去りました。私の教えていたことは何だったのか。正しいと思い込んで一所懸命に教えていたことが、まるで反対だったと、失意の底に沈みました。

しかし一方で、彼女の教師経験は作品を生み出す大きな力となりました。『積木の箱』『泥流地帯』『天北原野』など、多くの作品で教師と生徒の関わりの様子が丁寧に描かれていて、綾子が生徒たちに向けていた温かい眼差しがそこに映しだされています。また、綾子最後の小説『銃口』で、北海道綴方《つづりかた》教育連盟事件という出来事を描いていますが、教育現場と国家体制ということを鋭く問いかけました。

さて、教師を辞めた綾子は結婚しようとするのですが、結納を交わした直後に病気にかかります。肺結核でした。人生に意味を見いだせない綾子は婚約を解消し、オホーツクの海で入水自殺を図ります。間一髪で助かったものの自暴自棄は変わらず、生きる希望を失ったままでした。そしてさらに、脊椎カリエスという病気を併発し、絶対安静という療養生活に入ります。ギプスベッドに横たわって身動きできない、そういう状況が長く続きました。

しかしある意味、この闘病生活が綾子の人生を大きく方向づけました。療養が始まって2年半が経った頃、幼なじみの前川正という人に再会し、彼の献身的な関わりによって綾子は人生を捉え直すことになります。人はいかに生きるべきか、愛とはなにかということを綾子はつかんでいきました。前川正を通して、短歌を詠むようになり、キリスト教の信仰を持ちました。作家として、人としての土台がこの時に形作られたのです。

前川正は綾子の心の支えでしたが、彼もまた病気であり、結局、綾子を残してこの世を去ります。綾子は大きなダメージを受けました。それから1年ぐらい経った頃、綾子が参加していた同人誌の主宰者によるきっかけで、ある男性が三浦綾子を見舞います。この人が、三浦光世。後に夫になる人です。光世は綾子のことを本当に大事にして、愛して、結婚することを決めるのです。病気の治るのを待ちました。もし、治らなくても、自分は綾子以外とは結婚しないと決めたのですが、4年後、綾子は奇跡的に病が癒え、本当に結婚することができたのです。

結婚した綾子は雑貨店「三浦商店」を開き、目まぐるしく働きます。そんな折に弟から手渡された朝日新聞社の一千万円懸賞小説の社告を見て、1年かけて約千枚の原稿を書き上げました。それがデビュー作『氷点』。42歳の無名の主婦が見事入選を果たします。テレビドラマ、映画、舞台でも上演されて、氷点ブームを巻き起こしました。

一躍売れっ子作家となった綾子は『ひつじが丘』『積木の箱』『塩狩峠』など続々と作品を発表します。テレビドラマの成長期とも重なり、作家として大活躍しました。光世は営林局に勤めていたのですが、作家となった綾子を献身的に支えました。『塩狩峠』を書いている頃から綾子は手が痛むようになり、光世が代筆して、口述筆記のスタイルを採るようになりました。それからの作品はすべてそのスタイルです。光世は取材旅行にも同行しました。文字通り、夫婦としても、創作活動でもパートナーとして歩みました。

１９７１年、転機が訪れます。主婦の友社から、明智光秀の娘の細川ガラシャを書いてくれとの依頼があり、翌年取材旅行へ。これが初の歴史小説となり、『泥流地帯』『天北原野』『海嶺』などの大河小説の皮切りとなりました。三浦文学の質がより広く深くなったのです。同じく歴史小説の『千利休とその妻たち』も好評を博しました。

ところが１９８０年に入り、「病気のデパート」と自ら称したほどの綾子は、その名の通り次々に病気にかかります。人生はもう長くないと感じた綾子は、伝記小説をその頃から多く書きました。クリーニングの白洋舎を創業した五十嵐健治氏を描いた『夕あり朝あり』は、激動の日本社会をも映し出し、晩年の作品へとつながる重要な作品です。

１９９０年に入り、パーキンソン病を発症した綾子は「昭和と戦争」を伝えるべく、最後の力を振り絞って『母』『銃口』を書き上げました。〝言葉を奪われる〟ことの恐ろしさと、そこに加担してしまう人間の弱さをあぶり出したこの作品は、「三浦綾子の遺言」と称され、日本の現代社会に警鐘を鳴らし続けています。

綾子は、最後まで書くことへの情熱を持ち続けた人でした。そして光世はそれを最後まで支え続けました。手を取り合い、理想を現実にして、愛を紡ぎつづけた二人でした。

そして1999年10月12日、77歳でこの世を去りました。旭川を愛し、北海道を〝根っこ〟にして書き続けた35年間。単著本は八十四作にのぼり、百冊以上の本を世に送り出しました。今なお彼女の作品は、多くの人々に生きる希望と励ましを与え続けています。

三浦綾子とその作品について

この「手から手へ～三浦綾子記念文学館復刊シリーズ」は、〝紙の本で読みたい〟という三浦綾子文学ファンの声に応えるため、絶版や重版未定のまま年月が経過した作品を、三浦綾子記念文学館が編集し、本にしたものです。

〈シリーズ一覧〉

⑴ 三浦綾子『果《は》て遠《とお》き丘《おか》』（上・下）　２０２０年11月20日

⑵ 三浦綾子『青《あお》い棘《とげ》』　２０２０年12月１日

⑶ 三浦綾子『嵐《あらし》吹《ふ》く時《とき》も』（上・下）　２０２１年３月１日

⑷ 三浦綾子『帰《かえ》りこぬ風《かぜ》』　２０２１年３月１日

(5) 三浦綾子『残像《ざんぞう》』(上・下) 2021年7月1日

(6) 三浦綾子『石《いし》の森《もり》』 2021年7月1日

(7) 三浦綾子『雨《あめ》はあした晴《は》れるだろう』(増補) 2021年10月1日

(8) 三浦綾子『広《ひろ》き迷路《めいろ》』 2021年10月30日

(9) 三浦綾子『裁《さば》きの家《いえ》』 2023年2月14日

(10) 三浦綾子『積木《つみき》の箱《はこ》』 2023年8月15日

ほか、公益財団法人三浦綾子記念文化財団では左記の出版物を刊行しています（刊行予定を含む）。

〈氷点村文庫〉

(1)『おだまき』（第一号第一巻）　２０１６年12月24日　※絶版

(2)『ストローブ松《まつ》』（第一号第二巻）　２０１６年12月24日　※絶版

〈記念出版〉

(1)『合本特装版《がっぽんとくそうばん》　氷点《ひょうてん》・氷点《ひょうてん》を旅《たび》する』　２０２２年4月25日

(2)『三浦綾子生誕《みうらあやこせいたん》100年記念《ねんきねん》アルバム　―ひかりと愛といのちの作家』　２０２２年10月12日

〈横書き・総ルビシリーズ〉

(1)『横書《よこが》き・総《そう》ルビ　氷点《ひょうてん》』（上・下）　２０２２年９月30日

(2)『横書《よこが》き・総《そう》ルビ　塩狩峠《しおかりとうげ》』　２０２２年８月１日

(3)『横書《よこが》き・総《そう》ルビ　泥流地帯《でいりゅうちたい》』　２０２２年８月１日

(4)『横書《よこが》き・総《そう》ルビ　続泥流地帯《ぞくでいりゅうちたい》』　２０２２年８月15日

(5)『横書《よこが》き・総《そう》ルビ　道《みち》ありき』　２０２２年９月１日

(6)『横書《よこが》き・総《そう》ルビ　細川《ほそかわ》ガラシャ夫人《ふじん》』（上・下）　２０２２年12月25日

〈読書のための「本の一覧」のご案内〉

三浦綾子記念文学館の公式サイトでは、三浦綾子文学に関する本の一覧を掲載しています。読書の参考になさってください。左記URLあるいはQRコードでご覧ください。

https://www.hyouten.com/dokusho

ミリオンセラー作家《さっか》　三浦《みうら》綾子《あやこ》

1922年《ねん》北海道《ほっかいどう》旭川市《あさひかわし》生《う》まれ。小学校《しょうがっこう》教師《きょうし》、13年《ねん》にわたる闘病生活《とうびょうせいかつ》、恋人《こいびと》との死別《しべつ》を経《へ》て、1959年《ねん》三浦光世《みうらみつよ》と結婚《けっこん》し、翌々《よくよく》年《ねん》に雑貨店《ざっかてん》を開《ひら》く。

1964年《ねん》小説《しょうせつ》『氷点《ひょうてん》』の入選《にゅうせん》で作家《さっか》デビュー。約《やく》35年《ねん》の作家生活《さっかせいかつ》で84にものぼる単著作品《たんちょさくひん》を生《う》む。人《ひと》の内面《ないめん》に深《ふか》く切《き》り込《こ》みながらそれでいて地域風土《ちいきふうど》に根《ね》ざした情景描写《じょうけいびょうしゃ》を得意《とくい》とし〝春《はる》を待《ま》つ〟北国《きたぐに》の厳《きび》しくも美《うつく》しい自然《しぜん》を謳《うた》い上《あ》げた。1999年《ねん》、77歳《さい》で逝去《せいきょ》。

雨はあした晴れるだろう

手から手へ～三浦綾子記念文学館復刊シリーズ⑦

二〇二三（令和三）年十月一日　初版発行
二〇二三（令和五）年十二月一日　第二刷

著者　三浦綾子
発行者　田中綾
発行所　公益財団法人三浦綾子記念文化財団
〒〇七〇―八〇〇七
北海道旭川市神楽七条八丁目二番十五号
電話　〇一六六―六九―二六二六
https://www.hyouten.com
価格はカバーに表示してあります。
印刷所　三浦綾子記念文学館
株式会社あいわプリント
製本所　有限会社すなだ製本

 ISBN 978-4-9908389-2-8